MILENA
Verlag

**Edith Kneifl**

geb. 1954 in Wels/Oberösterreich.
Lebt und arbeitet als Psychoanalytikerin und freie Schriftstellerin in Wien.
Etliche Literaturpreise, u.a. 1992 als erste Frau den GLAUSER für den besten deutschsprachigen Kriminalroman des Jahres: »Zwischen zwei Nächten«, Wiener Frauenverlag, 1991. ROMY 2003 für den besten Fernsehfilm des Jahres: »Ende der Vorstellung« (Filmtitel »Taxi für eine Leiche«).
9 Kriminalromane, zuletzt »Kinder der Medusa«, Ullstein. Herausgeberin von »Tatort Wien. Kriminalgeschichten«, Milena Verlag 2004, »Mörderisch unterwegs. Von Berlin bis Mexico City« (Milena Verlag 2006).
www.kneifl.at

Edith Kneifl

# Gnadenlos

21 Kriminalgeschichten
aus 21 Jahren

Milena Verlag

Gedruckt mit freundlicher Unterstützung durch

WIEN KULTUR BUNDESKANZLERAMT FRAUEN KULTUR LAND OBERÖSTERREICH

**Bibliografische Information Der Deutschen Bibliothek**
Die Deutsche Bibliothek verzeichnet diese Publikation in der Deutschen Nationalbibliografie; detaillierte bibliografische Daten sind im Internet über http://dnb.ddb.de abrufbar.

Covergestaltung: Silvia Wahrstätter
www.buchgestaltung.at
Satz und Layout: Inge Fasan
Druck und Bindung: Interpress, Budapest


A-1080 Wien, Lange Gasse 51/10
www.milena-verlag.at


ISBN 978-3-85286-160-9

# Inhalt

# Eichenlaub

Aus dem Dorfwirtshaus dringen grölende Männerstimmen in den düsteren Gastgarten. Die grün gestrichenen Stühle sind zusammengeklappt, die Tische mit Laub bedeckt.

Unter den knorrigen Ästen der alten Eiche liegt ein Mann. Er rührt sich nicht mehr.

Sie werden über die Leiche stolpern, wenn sie das Gasthaus verlassen und nach Hause torkeln.

Der Tote unter der Eiche geht mich eigentlich nichts an. Aber ich habe noch nie einen Toten gesehen. Also beuge ich mich über ihn, sehe ihm ins Gesicht, das im Schein der Bierreklame grünlich schimmert, und überlege, ob ich ihm die Augen schließen soll. Er starrt mich so vorwurfsvoll an, mein toter Mann.

Stockfinstere Nacht, kein Mondschein, kein Sternenhimmel. Er hat sich eine ideale Nacht zum Sterben ausgesucht.

Die Fenster der Gaststube sind offen. Das schmutzige Gelächter der Männer macht mich neugierig. Ich bekomme von ihrer Unterhaltung nur ein paar Wortfetzen mit und warte, bis der große Streit ausbricht. Bevor sie nicht politisiert haben, gehen sie nicht nach Hause. Und weil man sich nie einig wird und doch immer einig ist, endet jeder Abend wie der vorherige. Man geht im Streit auseinander und setzt sich am nächsten Abend doch wieder an denselben Tisch. Mein armer Mann wird allerdings an keiner dieser brisanten politischen Diskussionen mehr teilnehmen können.

Ein schönes Begräbnis soll er bekommen, das bin ich seinen vielen Freunden schuldig. Er war sehr angesehen im Dorf, eine wichtige Persönlichkeit: Feuerwehrhauptmann und Kassier beim Sportverein. Vielleicht wird, außer dem Herrn Pfarrer, auch der Bürgermeister am Grab ein paar Worte reden. Mein Mann saß jahrelang im Gemeinderat. Obwohl er bei einer anderen Partei war als unser Bürgermeister, haben sich die beiden immer recht gut verstanden. Mein Alter war ein strammer Nationaler, der Herr Bürgermeister ist ein Konservativer, allzu weit lagen sie in ihren Ansichten nie auseinander. Und nach der Beerdigung werden wir alle zum Wirten auf einen anständigen Leichenschmaus gehen. Als Kind habe ich immer geglaubt, dass man dort tatsächlich die Leiche verschmaust, und mir hat schrecklich gegraust. Noch heute kann ich bei solchen Anlässen kaum einen Bissen hinunterkriegen. Ich habe eben ein empfindsames Gemüt.

Bei all den Gedanken an die bevorstehenden Begräbnisfeierlichkeiten habe ich anscheinend vollkommen vergessen, dass mein Mann keines natürlichen Todes gestorben ist. Ein Spalt klafft in seinem Kopf und auf seinem spärlichen Haar klebt getrocknetes Blut.

Kein Zweifel, dass er erschlagen worden ist, einfach totgeschlagen, wie eine miese, kleine Ratte.

So schnell, wie ich gedacht habe, wird man ihn sicher nicht begraben. Auf jeden Fall werden unsere Gendarmen den Fall genau untersuchen. Seinen Mörder werden sie natürlich nicht finden. Zu viel Gesindel treibt sich in letzter Zeit hier herum. Bestimmt war es einer von diesen Ausländern. Von den Hiesigen hatte keiner einen Grund, ihn umzulegen – Motiv nennt man das übrigens in der Kriminologie. Ich lese für mein Leben gern Kriminalromane, deshalb weiß ich bei Mordsachen so gut Bescheid. Ein Mord ohne Motiv wird jedenfalls so gut wie nie aufgeklärt.

Ich würde lügen, wenn ich behauptete, besonders unglücklich über sein plötzliches Ableben zu sein. Im Gegenteil, ohne ihn wird es mir besser gehen.

Ich höre die Leute schon reden: »Die arme Frau, in guter Hoffnung ist sie auch noch …« Sicher werden sie mir beistehen. So eine funktionierende Dorfgemeinschaft ist halt doch etwas Schönes!

Das Geld, das wir für den Hausbau gespart haben, kann ich gut gebrauchen. Ein Haus werde ich mir in diesem Nest sicher nicht bauen. Ich wollte immer schon von hier weg, aber er hat mich ja nicht gehen lassen … Und der Gschrapp in meinem Bauch wird auch nicht lange drinnen bleiben. Keiner wird sich wundern, wenn ich bei all diesen Aufregungen das Kind verliere. Ich wollte kein Kind von ihm. Mir hat vor ihm gegraust.

Auch sein Geiz war mir verhasst. Im Gasthaus hat er gern den großen Herrn gespielt und eine Runde nach der anderen spendiert, aber zu Hause hieß es immer nur sparen. Mit dem bisschen Wirtschaftsgeld, das er mir gegeben hat, bin ich nicht einmal bis zur Hälfte des Monats ausgekommen. Trotzdem werde ich viel jammern und weinen um ihn – so wie man es eben von mir erwartet. Und dann werde ich eines Tages einfach abhauen und alle werden froh sein, mich endlich los zu sein.

Jetzt muss ich aber schauen, dass ich von hier wegkomme. Wenn mich einer unter der alten Eiche sieht, ist womöglich alles umsonst gewesen. Jedenfalls würde es keinen besonders guten Eindruck machen.

Ich habe ihn nur abholen wollen, habe es zu Hause vor dem Fernseher nicht mehr ausgehalten vor lauter Angst, dass er mich wieder schlagen wird, wenn er betrunken zu mir ins Bett taumelt und ich mich weigere, die Beine für ihn breit zu machen.

Ich weiß auch nicht, was plötzlich über mich gekommen ist, als ich die Axt auf dem Holzstoß liegen sah. Eine höhere Macht muss mit im Spiel gewesen sein. Es war einfach ein Wink des Schicksals, dass er in diesem Augenblick das Gasthaus verlassen hat. Wäre er nicht herausgekommen, wäre ich hineingegangen und hätte versucht, ihn zum Heimgehen zu überreden. Vielleicht wollte er auch noch gar nicht nach Hause? Vielleicht wollte er nur den Baum anpinkeln? – Egal.

Ich habe mich von hinten an ihn herangeschlichen, die Axt in der Rechten, die andere Hand vor dem Mund, damit er meinen aufgeregten Atem nicht hört, und im Schatten der deutschen Eiche habe ich dann ausgeholt.

Es ist alles so schnell gegangen, er hat keinen Laut von sich gegeben, bestimmt hat er nichts gespürt. Die Axt habe ich im Bach ordentlich abgewaschen und dann wieder auf den Holzstoß vor dem Schuppen gelegt. Es war gar nicht so viel Blut auf der Schneide. Sein Geld habe ich an mich genommen. Am Anfang des Monats trug er gern seinen ganzen Lohn bei sich, das wissen auch seine Stammtischbrüder. Nun wird es wie ein Raubmord aussehen. Mich wird sicher keiner verdächtigen, ich hatte ja kein Motiv.

Es ist schon spät, gleich Sperrstunde. Bald werden sich auch die anderen Saufbolde auf den Heimweg machen. Ich muss jetzt wirklich gehen. Leb wohl, mein Schatz, und ruhe in Frieden!

# Die Geliebte

Ich bin eine ausgehaltene Frau, ausgehalten von einem Mann. Manchmal nenne ich ihn »meinen Mann«, obwohl er das genau genommen nicht ist. »Mein Geliebter« wäre aber auch die falsche Bezeichnung für ihn, denn geliebt habe ich ihn nie. Bei aller Sympathie, die ich für ihn empfinde, ist und bleibt er doch nur der Besitzer des Daches, unter dem ich lebe, und des Wagens, den ich fahre. Ich werde ihn meinen Freund nennen, meinen großzügigen Freund. Aber so richtig befreundet sind wir eigentlich auch nicht miteinander ...

Demnächst werde ich dreißig. Das beste Alter für eine Frau, behaupten zumindest alle Frauen über vierzig. Dreißig Jahre alt und noch ledig.

Mein Freund ist verheiratet. Er spricht mit mir fast nie über seine Frau und er hat auch nie die geringste Absicht bekundet, sie meinetwegen zu verlassen. Beiläufig erwähnte er einmal, dass ihn eine Scheidung teuer zu stehen käme, schon allein wegen der Kinder. Warum musste er auch gleich drei Stück produzieren? Angeblich erfüllt er schon seit Jahren seine eheliche Pflicht nicht mehr. Als ich ihn dann zufällig einmal auf der Straße Arm in Arm mit ihr sah, wusste ich Bescheid. Seither finde ich ihn weniger sympathisch.

Mit mir zeigt er sich, außer wenn wir zusammen verreisen, nicht gern in der Öffentlichkeit. In letzter Zeit werden unsere gemeinsamen Reisen seltener. Er weiß mich lieber zu Hause in dem kleinen, goldenen Käfig, den er mir eingerichtet hat. Mein Freund bevorzugt sanfte Pastelltöne. Im Wohnzimmer dominiert die Farbe Rosa. Selbst Tapeten und Vorhänge sind rosa, nur die Ledercouch ist beige. Hellblau ist die Farbe des Schlafzimmers, Decke und Wände sind in hellen Blautönen gestrichen. Blau sind auch die kitschigen Spiegelschränke und meine überfüllte Psyche und unser Bettzeug ist ebenfalls hellblau. Bad und Küche erstrahlen in einfallslosem Weiß. Meine Wohnung ist ungefähr so gemütlich wie ein Appartement in einem Luxussanatorium. Von *meiner* Wohnung kann eigentlich gar nicht die Rede sein, denn mit mir hat diese Wohnung nur wenig zu tun. Sie hat überhaupt nichts Charakteristisches, gibt keinerlei Aufschluss über meine Persönlichkeit. Es liegen keine persönlichen Sachen herum. Seine Sachen werden nach jedem seiner Besuche wieder ordentlich weggeräumt. Da meine Sachen auch seine Sachen sind, haben wir immer eine aufgeräumte Wohnung.

Mein Freund ist ein schrecklicher Pedant. Er legt großen Wert auf Ordnung und Sauberkeit. Da ich in dieser Hinsicht seinen Ansprüchen nie genügte, engagierte er eine Putzfrau. Sie kommt viermal in der Woche. Mir kann das nur recht sein. Hausarbeit zählt nicht gerade zu meinen Stärken. Meinen schmalen gepflegten Händen sieht man an, dass sie an diese Art von manueller Arbeit nicht gewöhnt sind. Außerdem habe ich ohnehin genug zu tun. Ich langweile mich nie. Einmal in der Woche muss ich zum Friseur, einmal zur Kosmetikerin und einmal zum Masseur. Alle vierzehn Tage stehen Stretching und Saunabesuch auf dem Programm – die wöchentliche Maniküre und Pediküre nicht zu vergessen. Und wenn ich schlechter Laune bin, statte ich auch den Weight Watchers einen Besuch ab. Wenigstens weiß ich dann, warum ich so deprimiert bin. Bauchtanz und Aerobic-Kurs habe ich vor Kurzem aufgegeben. Der Stress wurde mir einfach zu viel.

Abends gehe ich nur selten alleine weg. Vielleicht gelte ich auch deshalb als treuer Typ. Womit ich nicht sagen will, dass es mir an Gelegenheiten mangelt, im Gegenteil. Aber ich bin einfach zu faul, um meinen Freund zu betrügen. Im Grunde mache ich mir nicht viel aus Männern. Zur Liebe bin ich allerdings jederzeit bereit, nicht aus Leidenschaft, sondern weil ich Neinsagen zu anstrengend finde. Ich lege einfach meinen wohlgerundeten Blondinenkörper zurück, zaubere diese ganz besondere Müdigkeit in meinen Blick und das geheimnisvolle gelangweilte Lächeln auf meine Lippen und schon ist er begeistert.

Ich bin eine echte Blondine mit feinen Zügen. Mein Freund behauptet, ich hätte ein Madonnengesicht. Für meinen Körper, der sich weniger durch klassische Schönheit als durch voluminöse Formen auszeichnet, findet er keinen so biblischen Vergleich. Mein gewaltiger Busen, der mir im Stehen fast bis zum Nabel reicht, wird, wenn ich liege – was meistens der Fall ist – unansehnlich flach und breit. Und nur ein ausgesprochen höflicher Mensch würde meine Taille heute noch als schlank bezeichnen. Mein Hintern beeindruckt durch seine geradezu obszöne Fleischlichkeit. Dass er noch rund und fest ist, verdanke ich in erster Linie meinem hervorragenden Masseur. Das Schönste an mir sind eindeutig meine Beine. Ich besitze prachtvolle Beine, kräftige Schenkel, wohlgeformte Waden und zarte Fesseln, so zart, dass sie mich eines Tages wohl nicht mehr tragen werden, wenn ich weiterhin so viel Schokolade in mich hineinstopfe.

Ich esse für mein Leben gern Schokolade, Milchschokolade, Nuss- und Mandelschokolade, einfach jede Schokolade, die ich kriegen kann. Als ich noch im Modelgeschäft war, konnte ich mir diese Passion für Schokolade nicht erlauben. Heute bin ich für die Modelbranche viel zu fett. Aber mein Freund hat eben eine spezielle Vorliebe für füllige Frauen.

Mein Gesicht kann sich, wie gesagt, auch heute noch sehen lassen. Meine Haut ist zart und fast faltenlos. Meine leicht schräg stehenden, grüngelben Katzenaugen bestechen durch den entrückten Blick aller Kurzsichtigen, um meine süße, kleine Stupsnase würden mich sogar Hollywoodstars beneiden und mein voller, sinnlicher Mund gibt strahlend weiße Zähne frei, wenn ich lächle. Ich lächle oft.

Irgendwann muss ich einmal zusammenrechnen, wie viele Tage, Wochen und Monate ich in meinem bisherigen Leben meinen Haaren, meinem Gesicht und meinem Körper gewidmet habe. Ich werde auf eine ganz schöne Summe kommen. Manchmal frage ich mich, warum ich mich ausgerechnet mit diesem kleinen, korpulenten Vierziger von nicht gerade anziehendem Äußeren eingelassen habe. Sein feistes, rötliches Gesicht mit den vorstehenden Augen, den wulstigen Lippen und der knolligen Nase, die jedem Boxer zur Ehre gereicht hätte, wirkt beinahe abstoßend. Seine beginnende Glatze stört mich ebenso wie sein weicher, dicker Hintern und sein schwabbeliger Brustkorb. Er hat fast so viel Brust wie ich. Der Bauch hängt ihm über die Hose, seine Hüften sind schlaff und seine kurzen, krummen Beine spindeldürr. Sein gedrungener Körper lässt mich unwillkürlich an einen Gnom denken, an einen fetten, geilen Gnom.

Ehrlich gesagt, habe ich mich ihm nur mit Widerwillen hingegeben, und weil sich gerade nichts Besseres angeboten hat. Ich habe ihn von Anfang an reichlich gewöhnlich und unerträglich selbstgefällig gefunden gefunden in seiner fragwürdigen Männlichkeit.

Aber er besitzt auch gewisse Qualitäten. Zum Beispiel bereitet es ihm ein spezielles Vergnügen, für mich Geld auszugeben. Er liebt es, mich schön und teuer einzukleiden. Mich anzuziehen ist für ihn ein erotisches Spiel. Mein Freund sucht alle Sachen für mich aus. Er weiß, was mir steht. Ich habe keinen eigenen Geschmack. Inzwischen habe ich gelernt, schön zu finden, was ihm an mir gefällt: meine überquellende Weiblichkeit noch betonende Kleider aus weichem, fließendem Material, tief dekolletierte Blusen, hautenge Röcke, bei denen regelmäßig die Nähte platzen, und Schuhe mit so hohen Absätzen, dass ich Angst habe, mir eines Tages die Beine zu brechen.

Mein Freund bezahlt auch ohne zu murren meine horrenden Parfümerie-Rechnungen und er vergisst fast nie, mir ein kleines Geschenk mitzubringen, wenn er mich besucht.

Ich bin sein Nymphchen – wohl eher eine ausgewachsene Nymphe – und sein Goldhamster, diese Bezeichnung passt schon viel besser für mich. Er will, dass ich nur schön bin, und ich bin, wie er mich haben will.

Meistens stehe ich sehr spät auf, manchmal gar nicht. Wenn ich keine Beauty-Termine habe, sehe ich tagsüber fern, blättere in meinen Frauenmagazinen und telefoniere mit meinen Freundinnen. Die Telefonrechnungen bezahlt mein großzügiger Freund. Am liebsten telefoniere ich im Bett, in dem ich mehr als die Hälfte meines Lebens verbringe, umgeben von Illustrierten, Radio, Kaffee und Schokoladenpapier.

Abends muss ich diesen kleinen Saustall, den ich so liebe, leider wegräumen. Abends kommt mein Freund. Er besucht mich jeden Abend, nur die Wochenenden gehören weiterhin seiner Familie – den Kindern, wie er behauptet.

Ich brauche die Wochenenden, um mich von ihm zu erholen. Diese beiden Tage widme ich ausschließlich der Pflege meiner Schönheit. Allerdings bereite ich meinen Körper auch unter der Woche täglich auf seinen Besuch vor. Diese Vorbereitungen laufen immer nach dem gleichen Ritual ab: Zuerst gönne ich mir ein entspannendes, mit exotischen Kräutern angereichertes Bad, dann bedecke ich meine empfindliche Haut mit einer dicken Cremeschicht und hülle mich in eine teure Duftwolke. Das Make-up lege ich zuletzt auf, da es auf die Kleidung abgestimmt werden muss. Ich kleide mich immer vor dem Spiegel an. Aber in letzter Zeit bereitet es mir keine besondere Genugtuung mehr zu beobachten, wie ich mich mehr und mehr in sein Geschöpf verwandle.

Kennengelernt habe ich meinen Freund bei der Arbeit. Er ist in der Werbebranche tätig und drehte mit mir einen kleinen Fernsehspot für einen adeligen Strumpfhosenfabrikanten. Das war mein letztes Engagement. Schon damals war ich zu rund um die Hüften.

Seither brauche ich nicht mehr zu arbeiten. Ich habe alles, was sich eine Frau nur wünschen kann: schöne Kleider, wertvollen Schmuck, exklusive Parfüms, eine hübsche Wohnung und einen flotten roten Mini vor der Tür, den ich allerdings kaum benütze.

Trotzdem bin ich unzufrieden. Ich weiß nicht, was plötzlich mit mir los ist. Ich fühle mich blockiert, habe zu nichts Lust, außer vielleicht dazu, meinen Freund heute Abend warten zu lassen oder ihn gar zu versetzen.

Momentan empfinde ich nicht einmal mehr Sympathie für meinen Finanzier. Genauer gesagt hält sich meine Begeisterung für ihn in Grenzen, seit ich von einer Freundin erfahren habe, dass er mit einer anderen übergewichtigen Blondine in einer Bar gesehen wurde. Meine Nachfolgerin?

In den letzten Nächten kam er immer erst sehr spät zu mir und war außerdem völlig unbrauchbar im Bett. Zum Glück läuft die Wohnung auf meinen Namen und der Mini Cooper auch. Wenn mich nicht alles täuscht, besitze ich sogar ein paar Anteile an seiner Firma. Er überschrieb sie mir aus steuerlichen Gründen, wohl wissend, dass ich von geschäftlichen Dingen nichts verstehe. Die Frage ist nur, ob ich das alles behalten darf, wenn er mich verlässt.

Ich denke in letzter Zeit oft an seine Frau. Mit ihr würde ich mich schon einigen. Sie sieht nicht unsympathisch aus, sympathischer als er jedenfalls. Außerdem würden ihr ja der Hauptanteil an der Firma, das schöne Haus und die Kinder bleiben. Und seine Lebensversicherung wäre bestimmt auch eine willkommene Bereicherung für ihre Haushaltskasse. Sie würde es nicht nötig haben, mir die paar Aktien streitig zu machen. Und wer weiß, vielleicht findet sich sogar wieder irgendein Idiot, der üppige Formen zu schätzen weiß und dem es Spaß macht, mich an- und auszukleiden.

Meine Idee gefällt mir immer besser. Ich werde ihm sein geliebtes Schaumbad vorbereiten und ihn in meinem durchsichtigsten Negligé empfangen. Seife, Massagehandschuh, Badetuch, alles wird auf seinem Platz liegen, so wie er es gerne hat. Dann werde ich den alten

Fön holen, den ich längst nicht mehr benütze. Er mag es, wenn ich ihm seine kümmerliche Haarpracht föne, während er noch im Wasser planscht. Mein Freund liest prinzipiell keine Hausfrauen-Magazine!

Er kommt sehr früh, viel früher als sonst, und drückt mir einen riesigen Strauß weiße Nelken an den Busen. Ich hasse Nelken, noch dazu weiße! Das kleine, hellblaue Päckchen mit der rosa Schleife erweckt allerdings mein Interesse. Klein, aber fein, sage ich mir und tippe auf Brillant. Was für ein originelles Abschiedsgeschenk!

Meine Aufmachung scheint ihre Wirkung nicht zu verfehlen. Er drängt mich gleich ins Bett. Das Badewasser wird kalt werden und ich werde wohl oder übel noch einmal heißes Wasser einlassen müssen. Vielleicht sollte ich auch den Heizstrahler ins Bad stellen? Mein Freund hat es gern kuschelig warm. Und wer weiß, ob ein alter Fön ausreichen wird? Während er sich auf mir abschwitzt und mir seinen übel riechenden Atem ins Gesicht bläst, male ich mir aus, wie gut ihm die anschließende Reinigung bekommen wird. Und zärtlich flüstere ich ihm ins Ohr, dass ich ihn nachher noch gern mit einem heißen Bad verwöhnen möchte …

# Kunststücke

Ich habe es satt, mir täglich das Geschwätz fremder Leute anzuhören. Obwohl ich oft behaupte, meine Arbeit zu lieben, bin ich auf der Suche nach neuen Herausforderungen. Allerdings scheint mir nichts anderes übrig zu bleiben, als mir selbst interessante Aufgaben zu stellen und nicht mehr darauf zu warten, dass sie sich anbieten.

Bisher ist es mir erst zweimal gelungen, Patienten erfolgreich zu manipulieren. Ich lasse nur diese beiden Fälle gelten. Alle anderen Manipulationsversuche haben sich kaum von jenen unterschieden, die auch meine lieben Kollegen andauernd praktizieren.

Mein erstes Opfer war eine biedere Hausfrau in der Blüte ihrer späten Jugend. Sie war ausgesprochen hübsch, schlank, aber vollbusig, lange Beine, nettes Puppengesicht. Meine Ordination hat sie wegen chronischer Kopfschmerzen und anderer psychosomatischer Beschwerden aufgesucht. Ihr Eheleben war ein wenig langweilig. Sie hatte keine Kinder. Natürlich hat sie sich Hals über Kopf in mich verliebt. Anfangs habe ich mich durch ihre schrankenlose Bewunderung geschmeichelt gefühlt. Später ist sie mir mit ihren kindischen Verführungsversuchen auf die Nerven gegangen. Ohne besondere Anstrengung habe ich sie dazu gebracht, ihren Mann zu verlassen. Bei der Scheidung hat sie sogar auf Unterhalt verzichtet. Als sie die Sitzungen bei mir nicht mehr bezahlen konnte, habe ich sie kurzerhand rausgeworfen. Sie ist bei einem Begleitservice gelandet, zuerst als Empfangsdame, später hat sie dort selber ihre Dienste angeboten.

Mein zweiter Fall war ganz anders gelagert und im Nachhinein betrachtet, doch etwas unter meinem Niveau. Mir ist es gelungen, einen psychisch schwer gestörten jungen Mann in kürzester Zeit vollkommen von mir abhängig zu machen. Der Junge hatte keine nahen Angehörigen. Er hätte in einem psychiatrischen Krankenhaus behandelt gehört und medikamentös ordentlich eingestellt werden müssen. Zwar habe auch ich ihm Medikamente verabreicht, aber diese Medikamente haben ihn noch aggressiver gemacht. Ehrlich gesagt habe ich nicht damit gerechnet, dass er Amok laufen würde. Ich habe damals eher an Totschlag im Affekt gedacht. Das war der einzige Fehler, der mir in meiner bisherigen Karriere unterlaufen ist. Dass er sich, nachdem er fünf Menschen mit einer Jagdflinte erschossen hatte, auch selbst eine Kugel in den Kopf jagte, ist ebenfalls nicht eingeplant gewesen.

Der Fall ist damals in allen Zeitungen gestanden. Auch ich bin dazu befragt worden. Besonders im Fernsehen sind meine geheuchelte Bestürzung und mein Eingeständnis, versagt zu haben, sehr glaubwürdig rübergekommen.

Es war keine große Kunst, einen Borderline-Patienten in Panik zu versetzen. Mein dritter Fall muss ein absolutes Bravourstück werden, sonst kann ich nicht mehr in den Spiegel schauen. Und dafür wünsche ich mir einen ganz anderen Typ von Patienten. Er sollte nicht zu suggestibel und nicht zu neurotisch sein, also über eine gewisse Charakterstärke verfügen. Ich will es mir dieses Mal nicht wieder zu einfach machen.

Ich verspüre eine leichte Nervosität, als es um Punkt sechzehn Uhr an der Tür meiner Ordination läutet.

Seit einem halben Jahr habe ich keine Sprechstundenhilfe mehr. Meine Vorzimmerdamen habe ich alle paar Monate gewechselt. Keine dieser Tussis hat meinen Ansprüchen genügen können.

Als ich die brennende Pfeife auf den Aschenbecher lege und den automatischen Türöffner betätige, registriere ich, dass meine Handflächen feucht sind. Ich ziehe meine dünnen Rehlederhandschuhe über. Vielleicht eine etwas übertriebene Vorsichtsmaßnahme. Aber jeder Patient ist ein potenzieller Bakterienüberträger. Nach exakt fünf Sekunden erhebe ich mich dann aus meinem bequemen, braunen Ledersessel. Weitere zehn Sekunden brauche ich bis zur Tür. Ich habe das alles gestoppt. Und schon strecke ich meinem neuen Patienten zur Begrüßung die Hand hin.

»Doktor Martens«, sage ich und bemühe mich um die Andeutung eines Lächelns. Der Mann ist mindestens einen Kopf kleiner und etwa zehn Jahre jünger als ich. Schütteres Haar, verhärmte Züge, schmale Schultern, leichter Bauchansatz. Ein eher unscheinbarer Typ, den ich, wenn ich ihm morgen auf der Straße begegnete, nicht wiedererkennen würde. Obwohl ich mich rühme, über ein ausgezeichnetes

Personengedächtnis zu verfügen. Er ist ordentlich gekleidet, dunkelgrauer Anzug, weißes Hemd, dunkelblaue Krawatte. Seine schwarzen Schuhe sind geputzt, stelle ich befriedigt fest. Ich hasse es, wenn meine betuchten Patienten mit ihren dreckigen Schuhen über meine orientalischen Teppiche latschen.

Der Händedruck von Herrn Demuth ist überraschend kräftig. Am Telefon hat er sich als Herr Demuth, mit »th«, vorgestellt.

Ich bitte ihn, vor meinem Schreibtisch Platz zu nehmen. Der für meine Patienten vorgesehene Stuhl ist eine Spur niedriger als meiner. Dieser kleine Höhenunterschied garantiert mir, dass die meisten Patienten zu mir aufsehen müssen.

Herr Demuth wirkt verlegen und macht seinem Namen alle Ehre. Vielleicht habe ich ihn sogar wegen dieses Namens auserwählt?

»Was kann ich für Sie tun?«, frage ich. Mir ist bewusst, dass ich bei dieser Standardfrage jedes Mal meine elegant geschwungenen Brauen hochziehe. Ich kann nichts dagegen tun, habe es sogar schon vorm Spiegel geübt. Die Brauen schießen wie von selbst hinauf.

»Ich weiß nicht, wo ich anfangen soll«, sagt der Mann und verkrampft seine Finger ineinander. Mit leicht vorgebeugtem Oberkörper sitzt er auf der vorderen Stuhlkante.

»Am besten Sie erzählen mir, wie Sie auf die Idee gekommen sind, mich anzurufen. Sie haben am Telefon erwähnt, dass Sie vorher noch nie in Behandlung waren.«

»Ich habe Sie im Fernsehen gesehen, damals bei dieser schrecklichen Geschichte. Ihre Ehrlichkeit hat mir imponiert.«

Ich kann meine Enttäuschung kaum verbergen und bin nahe daran, ihn sofort als Protagonisten meines Meisterstücks auszuschließen.

»Verstehen Sie mich bitte nicht falsch. Es geht mir nicht darum, dass Sie im Fernsehen waren«, sagte er leise. »Was mir gefallen hat, war Ihre Aufrichtigkeit.«

»Auf der Suche nach der Wahrheit«, werfe ich erleichtert ein und schwäche diese ironische Bemerkung sogleich ab, indem ich erklärend hinzufüge: »In einer Therapie geht es immer um die Wahrheit. Nichts anderes als die Wahrheit. So lautet meine oberste Maxime!«

Habe ich zu dick aufgetragen? Herr Demuth blickt mich irritiert an. Doch dann lehnt er sich zurück und beginnt mit knappen Sätzen zu erzählen: »Vor einem Jahr hat mich meine Frau verlassen. Ich habe zu trinken begonnen und Schwierigkeiten in der Firma bekommen. Ich arbeite in einem großen Computerkonzern. In der Verkaufsabteilung. Da ich viel unterwegs bin, habe ich meinen Alkoholkonsum eine Zeit lang vor den Kollegen und vor meinem Chef verbergen können. Aber nun hat man mir ein Ultimatum gestellt. Wenn ich es in drei Monaten nicht schaffe, trocken zu sein, werden sie mich feuern.«

Eine ganz normale Geschichte. Seine Geschichte. Er scheint doch der ideale Kandidat zu sein. Jede Menge aufgestaute Wut, massive Aggressionshemmung, depressive Verstimmung, Suchtverhalten …

Den übertriebenen Alkoholkonsum merkt man ihm äußerlich nicht an. Zwar hat er fettiges, dünnes Haar, doch keine Schnapsnase, keine geplatzten Äderchen, keine geröteten Handflächen, keine zitternden Hände. Auch sein Gang ist unauffällig, keineswegs neurasthenisch, so weit ich das nach den paar Metern, die er bis zu meinem Schreibtisch zurückgelegt hat, beurteilen konnte. Kein Wunder, wenn er erst seit einem Jahr trinkt, zerstreue ich mein Misstrauen. Der Verlust seiner geliebten Frau scheint ihn aus der Bahn geworfen zu haben. Ich frage sofort nach der Trennung.

Ein trauriger Blick. Womöglich fängt er gleich zu heulen an. Ich vergewissere mich, dass die Papiertaschentücher auf ihrem Platz liegen.

Er schafft es, sich zu beherrschen. Auch ein gutes Zeichen.

»Das ist eine lange Geschichte.«

»Wir haben Zeit, viel Zeit«, beruhige ich ihn. Mir ist nicht entgangen, dass der Mann einen kurzen Blick auf seine Armbanduhr geworfen hat. »Ihre fünfundvierzig Minuten sind noch lange nicht um.«

Die Schilderung seiner gescheiterten Ehe nimmt dann die restliche Zeit der ersten Sitzung in Anspruch.

Ich bemühe mich, meine Langeweile zu verbergen, stelle immer wieder, scheinbar interessiert, Zwischenfragen, komme aber bald zu dem Schluss, dass auch an dieser Geschichte nichts außergewöhnlich ist.

Sie kannten sich seit der Schulzeit, begegneten einander ein paar Jahre später wieder, heirateten kurz darauf. Sie war die erste und einzige Liebe seines Lebens. Sie wollten zusammen alt werden. Anscheinend reichte ihr jedoch irgendwann ein Mann nicht mehr. Sie verliebte sich in einen anderen und ging. Er sah sie nicht wieder, weiß nicht, wo und wie sie lebt. Aber er hat Sehnsucht nach ihr, träumt beinahe jede Nacht von ihr.

»Wir müssen noch das Setting und die finanzielle Frage besprechen«, unterbreche ich seinen Monolog und beschließe ausnahmsweise ein paar Minuten zu überziehen. Wir einigen uns rasch auf ein angemessenes Honorar und drei Sitzungen wöchentlich.

Ich werde nur knapp drei Monate Zeit haben, um ihn zu meinem Werkzeug zu machen. Aber mein Vertrauen in meine Fähigkeiten ist grenzenlos.

Als die Haustür hinter ihm ins Schloss fiel, legte Demuth, der eigentlich Theurer hieß, seinen gequälten Gesichtsausdruck ab und lächelte mindestens so überheblich wie Doktor Martens zum Abschied.

Die erste Stunde war zu seiner vollen Zufriedenheit verlaufen. Dieser präpotente Seelenklempner hatte nicht den geringsten Verdacht gehegt. Er hatte sich total überlegen gefühlt. Wahrscheinlich hielt er sich für ein Genie.

Theurer hatte im letzten Jahr viele psychologische Bücher gelesen. Er kam mit dem Fachjargon inzwischen ganz gut zurecht und diagnostizierte Doktor Martens eine schwere narzisstische Störung, übersteigertes Selbstbewusstsein, Größenwahn und Gefühlskälte. Außerdem hielt er ihn für einen Zwangsneurotiker. Die penible Ordnung in seiner Ordination, das spiegelblank geputzte Vorzimmer … Ob seine Putzfrau wohl täglich kommt?

Auf den ersten Blick wirkte Doktor Martens wie ein Ausbund an Seriosität und durchaus Vertrauen einflößend. Er war ein gut aussehender, großer, schlanker Mann. Ende vierzig. Markante Züge. Graumeliertes, volles Haar. Nur auf der Stirn begannen sich Geheimratsecken abzuzeichnen. Sportlich gekleidet, Sakko, Hemd und Cordhose. Pfeifenraucher. Außerdem schien er ein exzellenter Zuhörer zu sein. Zugleich auch ein blendender Redner. Seine gepflegte Ausdrucksweise verriet seine gute Herkunft. Er schien großen Wert auf Qualität zu legen, zumindest was die Einrichtung seiner Ordination betraf. Das Interieur war gediegen, aber nicht protzig. Bis zur Decke reichende, Respekt einflößende Bücherschränke aus Vollholz, zwei dunkelbraune Lederfauteuils, ein Jugendstiltischchen und ein imposanter Schreibtisch aus Nussholz. Teppiche und Vorhänge in gedeckten Braun-Rot-Tönen. An den Wänden informelle Malerei, farblich zur Einrichtung passend. Natürlich keine Reproduktionen, sondern Originale. Keine Deckchen, kein Nippes, keine Blümchen. Theurer war durchaus imstande, den guten Geschmack des selbstherrlichen Psychiaters zu würdigen. Frauen standen auf solche Männer. Dass auch seine Serena auf ihn reingefallen war, wunderte ihn nun nicht mehr. Er hatte diesen Menschen, der seine Ex-Frau auf dem Gewissen hatte, unbedingt kennenlernen wollen. Dass Martens sie, rein aus Spaß oder nur, um zu sehen, wie weit seine Macht reicht, in die Prostitution getrieben hatte, stand für ihn bereits nach der ersten Stunde fest, die er mit ihm verbracht hatte.

Es war gut, dass ich mir bei der Auswahl des geeigneten Patienten so viel Zeit gelassen habe. Seit meinem Fernsehauftritt kann ich mir die Leute buchstäblich aussuchen. In letzter Zeit behandle ich fast überhaupt nur mehr Prominente, bevorzugt Ehefrauen oder Geliebte von prominenten Männern. Zwar sitze ich nicht direkt an den Hebeln der Macht, aber mit der Zeit gewinne ich mehr und mehr Einfluss auf Politik und Showbusiness. Ich genieße meine Rolle als graue Eminenz. Dieses Gefühl entschädigt mich ein wenig für die unerträgliche Langeweile, die ich in den Sitzungen mit diesen Leuten empfinde.

Dem kleinen, unscheinbaren Demuth ist es jedoch schon nach wenigen Stunden gelungen, mein Interesse zu wecken. Oft haben die einfachen Leute die spannendsten Lebensgeschichten. Ich spüre, dass er etwas vor mir verbirgt. Sein kleines Geheimnis reizt mich, spornt mich zu Höchstleistungen an. Er leistet mehr Widerstand, als ich erwartet habe, ist extrem starrköpfig und verdammt zwänglerisch. Außerdem scheint er ein gewissenhafter Mensch zu sein. Er läutet jedes Mal pünktlich auf die Minute an meiner Tür. Pünktlichkeit weiß ich sehr zu schätzen. Aber ob die kurze Zeit, die uns noch bleibt, wohl ausreichen wird, um ihn dazu zu bringen, einen Mordanschlag auf mich zu verüben? An sich leide ich nicht unter Selbstzweifeln. Doch es wird schwieriger werden, als ich gedacht habe. Dieser Mann ist kein Psychopath wie mein Amokschütze und auch keine labile Persönlichkeit wie diese kleine Hure. Trotzdem sollte es mir gelingen, ihn zu Wachs in meinen Händen zu machen. Mir meinen eigenen Mörder zu erschaffen, das muss mir erst einmal jemand nachmachen! Natürlich werde ich gewappnet sein und seinen Anschlag auf mein Leben in letzter Sekunde verhindern. Ob ich ihn dann der Polizei übergeben oder begnadigen werde, muss ich mir noch überlegen.

Ich habe bereits dafür gesorgt, dass er seinen Job verloren hat. Nun werde ich ihn noch weiter in die Enge treiben, bis ihm kein anderer Ausweg mehr bleibt, als zuzuschlagen. Er muss in mir nicht nur seinen unerbittlichen Chef, sondern auch seine geschiedene Frau sehen. Doch die negative Übertragung hat leider noch nicht eingesetzt.

Ich komme wieder einmal auf diese Frau zu sprechen, die ihn ruiniert hat. Aber er lässt sich nicht so leicht provozieren. Im Gegenteil – mit treuherzigem Blick wagt er es sogar, mir eine Gegenfrage zu stellen: »Wie sieht es denn mit Ihrer eigenen Beziehungsfähigkeit aus, Herr Doktor?«

Natürlich ist es ihm nicht gelungen, mich mit dieser unerwarteten Frage zu verunsichern. Obwohl keine meiner Liebesbeziehungen das kritische zweite Jahr überdauert hat und ich die meisten meiner Affären bereits nach zwei Monaten beendet habe, halte ich mich sehr wohl für beziehungsfähig.

»Ich bin kein großer Frauenheld. Die Anzahl meiner Geliebten ist überschaubar. Aber die Frauen mögen mich«, habe ich lächelnd geantwortet.

»Aber Sie waren nie verheiratet?«, fragt er und zieht seine kümmerlichen Brauen hoch.

Seine Beharrlichkeit imponiert mir. Und ich finde es auch amüsant, dass er sich bemüht, mir ähnlich zu werden. Er versucht sogar meinen berüchtigten arroganten Blick zu kopieren. Was für ein lächerlicher Hampelmann! Glaubt dieses Würstchen denn tatsächlich, dass er jemals mehr als eine schlechte Kopie von mir sein könnte? Andererseits, warum nicht? Auch Gott hat sich sein Ebenbild erschaffen. Diese neue Idee bringt mich fast zum Lachen. Und plötzlich finde ich diesen einfach strukturierten Menschen durchaus sympathisch.

Er bewundert mich sehr. Seine kritischen Fragen sind nichts anderes als klägliche Versuche, die Faszination, die ich auf ihn ausübe, abzuwehren. Ich darf mich jedoch nicht zu lange mit der Deutung seiner Abwehrmechanismen aufhalten. Die Zeit läuft mir davon.

Ich muss endlich konfrontativer vorgehen, ihn dazu bringen, dass er mir die Schuld an seinen schweren Schicksalsschlägen in die Schuhe schiebt, ihm die Wut und Hass auf mich suggerieren. Ich sehe schon, mir steht noch ein hartes Stück Arbeit bevor.

Der Doktor redete zu viel. Theurer hatte immer gedacht, Psychiater würden hauptsächlich zuhören, hin und wieder verständnisvoll nicken oder ein leises Brummen von sich geben. Doch ihr Verhältnis hatte sich schon nach wenigen Sitzungen umgekehrt. Martens redete und Theurer hörte zu.

Sein Hass wuchs von Stunde zu Stunde. Nicht nur einmal tauchten während der therapeutischen Sitzungen Mordgelüste auf.

Martens sorgte dafür, dass die Erinnerungen an Serena wach blieben. Obwohl der Doktor noch immer nicht ahnte, dass es sich bei Serena um seine Ex-Frau handelte, war Theurer ständig bewusst, dass sie über drei Jahre lang mehrmals in der Woche auf demselben Stuhl gesessen hatte, auf dem er jetzt saß.

Im ersten Jahr hatte er noch geglaubt, die Behandlung täte ihr gut. Sie hatte plötzlich wieder öfter gelacht. Später erkannte er, dass es ihre Vernarrtheit in diesen selbstherrlichen Psychiater gewesen war, die sei fröhlich gestimmt hatte.

Er wollte diesen überheblichen Menschen demütigen, erniedrigen, ihm all das antun, was er Serena angetan hatte. Zwar konnte er ihn nicht zu Prostitution zwingen, doch es würde ihm schon was Vergleichbares einfallen. Er musste ihn nur noch besser kennenlernen, seine Schwächen und seine Empfindlichkeiten herausfinden.

Auch für Theurer wurde die Zeit knapp. Er hielt sich für einen guten Menschenkenner. Empathie war auch in seinem Beruf gefragt. Doch dieser Psychiater war kein leichter Fall. Er ähnelte keinem seiner Gemeindekinder. Theurer arbeitete nicht für einen Computerkonzern, sondern war evangelischer Geistlicher. Außerdem trank er nur mäßig Alkohol. Aber die Rolle des reuigen Alkoholikers beherrschte er seiner Meinung nach sehr gut. Eine gewisse Suchtneigung hatte er sich unlängst selbst diagnostiziert. Allerdings hatte ihn seine Einsamkeit nicht in die Arme des Alkohols getrieben, sondern an den Bildschirm seines PCs. Seit Serena gegangen war, suchte er an seinen wenigen freien Abenden Trost beim Computer.

Nach dem Skandal, den die Scheidung ausgelöst hatte, gab er mehr oder weniger freiwillig seine Gemeinde auf und bat um Versetzung. Nicht nur wegen des Geredes der Leute, sondern weil er seiner Ex-Frau näher sein wollte. Obwohl sie sich weigerte, ihn zu treffen, zog er in die Stadt und bewarb sich als Studentenseelsorger. Er litt unter

Schuldgefühlen, fühlte sich für das Schicksal seiner Frau mitverantwortlich, glaubte, als Geistlicher und vor allem als Ehemann versagt zu haben. Theurer warf sich vor, zu wenig Einfühlungsvermögen und Verständnis gezeigt zu haben. Er beschuldigte sich selbst, sich mehr um die alten Betschwestern als um seine Frau gekümmert zu haben. Serena war für eine Pfarrersgattin zu hübsch gewesen. Sie hatte den Neid der lieben Mitschwestern erregt. Außerdem hatte sie es auf dem Land kaum ausgehalten, hatte immer schon viel lieber in der Stadt gelebt. Seit sie wusste, dass sie keine Kinder bekommen konnte, war alles noch schlimmer geworden. Er hatte eine Adoption vorgeschlagen. Sie hatte sich mit dieser Idee nicht anfreunden können, sich in allerlei Unpässlichkeiten geflüchtet und schließlich Hilfe bei diesem mondänen Psychiater gesucht. Und damit hatte das Übel seinen Lauf genommen.

Pfarrer Theurer alias Demuth hat in der letzten Stunde seine Brieftasche in der Ordination liegen gelassen. Er zahlt jede Sitzung bar. Sein Führerschein hat mir seine wahre Identität verraten.

Hoch erfreut über diese interessante Wendung habe ich mir sogleich eine neue Strategie zurechtgelegt. Das Ende der Therapie naht. Ich kann die alles entscheidende Sitzung kaum mehr abwarten.

Als es um Punkt sechzehn Uhr an der Tür meiner Ordination läutet, fällt es mir schwer, mir meine Freude nicht anmerken zu lassen. Um mich zu entspannen, stopfe ich rasch meine Pfeife. Kaum hat er Platz genommen, überreiche ich ihm seine Brieftasche.

Es scheint ihn nicht zu überraschen, dass ich seine wahre Identität nun kenne. Ich lasse ihn gar nicht zu Wort kommen, sondern beginne sogleich, ihm Serenas Karriere als Hure zu beschreiben. Meinen kleinen Revolver habe ich neben das Telefon gelegt. Auf der dunklen Schreibtischplatte fällt er kaum auf.

»Vor Kurzem bin ich den Gürtel entlanggefahren. Und wer stand da? Ecke Lerchenfeldergürtel/Thaliastraße? Ihre Frau oder besser gesagt, Ihre Ex-Frau. Sie ist immer noch sehr attraktiv, sieht jedoch ein bisschen aufgeschwemmt aus. Trinkt sie neuerdings auch?«, frage ich besorgt.

Der kleine Schlaumeier behält sein Pokerface bei. Aber ich spüre, dass er nahe daran ist, die Beherrschung zu verlieren. Ein suggestiver

Blick auf den Revolver und schon fahre ich fort: »Ich habe Angst gehabt, dass sie sich erkälten wird. Unter dem superkurzen Miniröckchen haben ihre nackten Arschbacken rausgeschaut. Und das tief ausgeschnittene, knallenge T-Shirt hat ihre wundervollen Brüste kaum bedeckt. Soweit ich mich erinnere, hat sie doch immer über chronische Blasenentzündung und Halsschmerzen geklagt.«

Er ist schnell. Aber ich ducke mich rasch. Seine Faust streift nur mein linkes Auge. Sein zweiter Schlag geht ins Leere. Allerdings ist mir die Pfeife aus der Hand gefallen. Die kleine Schweinerei auf meinem Schreibtisch macht mich rasend.

»Sie hat unheimlich geil ausgesehen. Hat sogar mich in Versuchung gebracht anzuhalten. Bestimmt hat sie inzwischen jede Menge Tricks dazugelernt«, sage ich und grinse ihn zynisch an.

Seine nächsten Schläge wehre ich geschickt mit beiden Armen ab.

»Im Blasen war sie ja schon früher unschlagbar.«

Endlich scheint er kapiert zu haben. Er schielt auf den Revolver.

»Erzählen Sie mir jetzt bloß, dass Sie nie in den Genuss gekommen sind …«

Als Pfarrer Theurer die Mündung des Revolvers auf meine Brust richtet, lächle ich ihn liebevoll an und sage: »Worauf warten Sie noch? Drücken Sie doch ab.«

Er zögert, fixiert mich mit durchdringendem Blick.

»Beenden Sie doch endlich diese Farce«, befehle ich ihm leise und so eindringlich wie möglich.

Mit einem süffisanten Lächeln lässt Theurer den Revolver wieder auf den Schreibtisch fallen. »Diesen Gefallen werde ich Ihnen sicher nicht tun. Sie sind schwer krank, Herr Doktor, Sie brauchen dringend professionelle Hilfe. Ich werde Ihnen die Adresse und Telefonnummer eines sehr erfahrenen Seelsorgers dalassen.« Er legt eine Visitenkarte neben den Revolver und verlässt meine Ordination, ohne sich zu verabschieden.

Der Schuss fiel im selben Moment, als Pfarrer Theurer die Tür der Ordination zuknallte.

»Die Rache ist mein, sagt der Herr«, murmelte er. »Denn die Macht über Leben und Tod besitzt eben nur er. Und vielleicht auch sein Stellvertreter auf Erden.« Ein zufriedenes Lächeln umspielte seine Lippen.

Beschwingt eilte er die Stiegen hinunter, ohne auch nur einen Gedanken darauf zu verwenden, dass sich nur seine Fingerabdrücke auf dem Revolver befinden.

# Maria Theresia – ein Stillleben

Ein Kranz aus Glassplittern und getrocknetem Blut saß einer Dornenkrone gleich auf ihrem Haupt; verkrustetes Blut rund um das Loch in ihrem Kopf färbte das blondierte Haar kastanienrot.

Ihr aufgedunsenes Gesicht war zu einer grotesken Maske erstarrt. Ein dicker, gelber Saft, der aussah wie Eiter, lief über ihre Stirn, verklebte die weit aufgerissenen Augen und tropfte in den erschlafften Mund.

Neben der Leiche lag eine zerbrochene Eierlikörflasche. Blut und Eierlikör verwandelten das bunte Blumenmuster des Morgenrocks in eine abstrakte Struktur. Die Reste des Likörs bildeten kleine, dunkle Lachen auf dem Teppich.

Ihre entblößten Schenkel obszön gespreizt, lag sie ausgestreckt auf dem Küchenboden. Die kurzen, dicken Finger krallten sich haltsuchend in den Saum ihres Flanellnachthemdes und aus dem Ausschnitt des Hemdes quoll eine weiche, wabbelige Fleischmasse.

Ihm graute vor diesem Stillleben. Er hasste jede Form von Gewalt, und beim Anblick von Blut wurde ihm schlecht.

Den ganzen Tag lang hatte er sein Zimmer nicht verlassen, bekleidet mit Hose und Pullover lag er auf dem Bett, neben sich ein aufgeschlagenes Buch. Die bunten Bilder verschwammen vor seinen Augen. Er starrte zum Fenster hinaus – gegenüber nichts als graue Häuserfassaden. Es wurde früh dunkel im November. Die Geschäfte hatten noch offen, der Berufsverkehr setzte gerade ein. Wenn der Autolärm einmal für ein paar Minuten nachließ, hörte man den Kohlenhändler vom Nebenhaus seinen Wagen beladen.

Die Pension »Maria Theresia« nahm den ganzen dritten Stock eines alten Zinshauses im 2. Wiener Gemeindebezirk ein. Das dritte Stockwerk war eigentlich das vierte, wenn man den Mezzanin mitzählte. Der Zustand des Hauses rief Erinnerungen an die Nachkriegszeit wach. Im Stiegenhaus bröckelte der Verputz ab, das Geländer begann bei jeder Berührung gefährlich zu wackeln, und der Lift, der noch aus der Jahrhundertwende stammte, funktionierte so gut wie nie.

Den Besitzer schienen nur die regelmäßigen Mieteneingänge auf seinem Schweizer Konto zu interessieren.

Die Pensionsinhaberin pflegte die Schuld an der Verwahrlosung des ehemals sehr stattlichen Gründerzeitbaus der Verwaltung in die Schuhe zu schieben: »Die scheren sich einen feuchten Dreck um uns. Sie wissen, der Herr Baron ist zu alt, um die weite Reise nach Wien zu machen. Aber eines Tages werde ich ihm einen langen Brief schreiben …«

Ihre feisten Wangen zitterten vor Empörung und ihre zusammengekniffenen Äuglein funkelten böse. Aber es blieb bei dieser Drohung, die kein Mensch ernst nahm. Sie war ein eher mütterlicher Typ und wirkte auf den ersten Blick sehr gutmütig.

Der Herr von Zimmer sechs wohnte seit vier Monaten in ihrer Pension. Er konnte sich in seinen vier Wänden kaum umdrehen. Die Vermutung, dass man aus einem Zimmer drei gemacht hatte, lag nahe. Da der Raum jedoch fast vier Meter hoch war, bekam er wenigstens keine klaustrophobischen Zustände. Das Mobiliar hätte jeder Mönchsklause zur Ehre gereicht – ein schmales Bett, ein Stuhl, ein Spindkasten und ein kleines Waschbecken.

Bad und WC befanden sich auf dem Gang. Er teilte sie mit den ständig wechselnden Pensionsgästen. Außer ihm gab es nur einen anderen Dauergast. Der alte Herr bewohnte das Zimmer neben ihm und störte regelmäßig seine Nachtruhe. Er konnte seine Uhr nach dem Husten seines Nachbarn stellen. Pünktlich jeden Morgen um halb vier bekam er einen Anfall. Zuerst wollte er die Wirtin um ein anderes Zimmer bitten, inzwischen hatte er sich an die Husterei gewöhnt.

Die dicke Pensionsbesitzerin versuchte nicht nur, ihn zu bemuttern, sondern schien auch ein Auge auf ihn geworfen zu haben. Sie fand alle möglichen Vorwände, um unerwartet sein Zimmer zu betreten. Einmal waren es frische Handtücher, einmal ein selbst gebackener Kuchen, ein anderes Mal die Post.

Als er ihr eines Tages zu verstehen gab, dass er ihre ständigen Besuche nicht wünsche, änderte sie schlagartig ihr Verhalten.

Sie erwiderte seinen Gruß nur mehr knapp und forderte die Miete jetzt schon am Ersten des Monats, obwohl sie wusste, dass er die Notstandshilfe erst um den Zehnten herum bekam.

Heute Morgen hatte sie ihm mit hochrotem Kopf und gepresster Stimme mitgeteilt, dass die Miete wegen der kommenden Feiertage erhöht werden würde – ein Zuschlag von vierzig Prozent, das sei so üblich.

Er hatte diese Hiobsbotschaft schweigend zur Kenntnis genommen, bemüht, sich nicht anmerken zu lassen, wie schwer sie ihn traf. Selbst wenn einem schon alles egal war, gab es anscheinend immer noch jemanden, der einen quälte und dem man sich hoffnungslos ausgeliefert fühlte. Jedenfalls gelang es ihr, ihm seine triste Lage bewusst zu machen.

Er würde sich das Zimmer nicht mehr leisten können. Mehr als die Hälfte seiner Notstandshilfe ging jetzt schon für die Miete auf. Sie wollte ihn offensichtlich loswerden. Aber wo sollte er hin? Er sah sich außerstande, eine eigene Wohnung zu nehmen, konnte weder eine Ablöse noch eine Kaution bezahlen. Und mit Untermieten hatte er auch nur negative Erfahrungen gemacht. Eine Pension schien ihm nach wie vor das kleinere Übel. Und diese Pension war die billigste in der Stadt.

Er überlegte, ob er sich mit seinem Nachbarn verbünden sollte. Gemeinsam könnten sie versuchen, die Wirtin zu überzeugen, dass sie bei Dauergästen wegen des Zuschlages eine Ausnahme machte. Er hatte mit dem alten Herrn, der schon seit einem Jahr hier wohnte, bisher kaum gesprochen. Zwar grüßten sie einander jeden Morgen freundlich, wenn sie sich vor dem Badezimmer trafen, doch pflegten sie sonst keinerlei Kontakt. Der Alte war immer als Erster im Bad. Ohne ein Wort darüber zu verlieren, hatten sie es sich so eingeteilt, und diese stille Abmachung funktionierte reibungslos. Nur die Touristen störten manchmal ihren Rhythmus.

Diese schwachsinnigen Idioten, die von einem Ort zum anderen rasten, um ihrem eintönigen Alltag zu entfliehen, waren eine ständige Quelle des Ärgernisses für ihn. Die dünnen Wände lieferten ihn ihren aufgeregten Stimmen und ihrem hysterischen Gelächter aus. Diese Geräusche erweckten bei ihm immer unangenehme Erinnerungen an das Getuschel und Gekicher in den Klassenzimmern des Mädchengymnasiums, an dem er zuletzt unterrichtet hatte. Am liebsten hätte er sich die Ohren zugehalten. Es bereitete ihm eine gewisse Genugtuung zu wissen, dass die Dicke die Touristen nach Strich und Faden ausnahm.

Sogleich fiel ihm wieder der Zuschlag für Dezember ein. Das Wort des alten Mannes würde bei der Wirtin nicht viel gelten. Er erinnerte sich, dass sie sich des Öfteren über ihn beklagt hatte.

»Dieses alte Ferkel verwechselt meine Pension wohl mit einem Pflegeheim.«

Und all das Theater, nur weil ihm manchmal ein paar Tröpferln danebengingen. In seinem Alter gelang es einem eben nicht mehr, die Blase unter Kontrolle zu halten. Wahrscheinlich hatte er Probleme mit der Prostata. Laut Statistik stand ihm selbst das auch noch bevor.

Er konnte sich über den Alten, abgesehen von seinem Husten, nicht beklagen. Das Bad hinterließ er meist in tadellosem Zustand.

Außerdem merkte man seiner Kleidung an, dass er schon bessere Tage gesehen hatte. Seine Anzüge waren, wenn auch abgetragen, gut geschnitten und aus teurem Stoff. Er war immer ordentlich gekleidet, verließ das Haus nie ohne Weste, Krawatte und Hut. Mittags ging er ins Beisl gegenüber essen und im Sommer machte er täglich einen Spaziergang im benachbarten Beserlpark. Nur jetzt, während der kalten Jahreszeit, ging er fast nie aus.

Obwohl er mindestens zwanzig Jahre jünger war als der alte Herr, verbrachte auch er oft den ganzen Tag im Bett. Bei zugezogenen Vorhängen und künstlichem Licht wusste er oft nicht, ob es Morgen oder Abend war. Das Zimmer wurde erst ab Dezember geheizt und dafür wollte seine liebe Wirtin noch einmal 500 Schilling extra kassieren. Er zog es vor, weiterhin im Pullover zu schlafen.

Sein Nachbar hatte früher einen Heizstrahler gehabt. Noch heute genierte er sich dafür, dass er den Alten bei der Pensionsbesitzerin angeschwärzt hatte. Der Arme musste für mehrere Monate nachzahlen. Beschämt erinnerte er sich an das laute Organ der erbosten Dame, das schamlos bis zu ihm gedrungen war. Das Bild des spindeldürren, vor Angst zitternden oder gar weinenden Männchens verfolgte ihn so manche Nacht. Ihm war klar, dass er ihn nur denunziert hatte, um sich bei der Dicken beliebt zu machen. Und er unterließ es, seinen Nachbarn um Unterstützung zu bitten.

Die Pensionsbesitzerin gehörte zu jenen sparsamen Frauen, die jeden Schilling zweimal umdrehten. Angeblich heizte sie nicht einmal ihre eigene Wohnung.

»In kalten Räumen schläft man besser«, lautete einer ihrer Lieblingssprüche.

Wenn sie die Miete nun wirklich um vierzig Prozent erhöhte, musste er ausziehen. Von zweitausend Schilling im Monat konnte er nicht leben, nicht einmal, wenn er seinen Zigarettenkonsum drastisch einschränkte.

Die Zigaretten waren das letzte Vergnügen, das ihm noch geblieben war, und er rauchte ohnehin nur die billigste Marke. Mit dem Trinken hatte er längst aufgehört, trotzdem fand er keine Arbeit.

Einmal Alkoholiker, immer Alkoholiker, dachten wohl die Leute.

Auch sein Interesse an den jungen Mädchen hatte während der letzten Jahre merklich nachgelassen. Hin und wieder drehte er sich noch auf der Straße nach einem besonders hübschen Kind um, aber dieses drängende Verlangen von früher spürte er schon lange nicht mehr.

Wenn diese lüsterne Alte nicht gewesen wäre, hätte er sich vielleicht mit seinem Schicksal anfreunden können. Warum sollten sich nur die dem Müßiggang hingeben dürfen, die zu reich waren, um zu arbeiten? War denn das Nichtstun für Arme weniger erfreulich?

Diese Freude am Nichtstun war, seit man ihn unrühmlich aus dem Schuldienst entlassen hatte, sein einziges Laster. Er liebte es, stundenlang über scheinbar nichtige Fragen nachzudenken und fühlte sich durch die aufdringliche Herrin des Hauses in seiner über alles geschätzten Trägheit gestört.

Früher lud sie ihn jeden Nachmittag zum Kaffee ein und bot sich auch an, abends für ihn zu kochen.

»Sie sind viel zu dünn, wir müssen schauen, dass Sie wieder zu Kräften kommen.«

Er lehnte jedes Mal dankend ab und erlaubte ihr auch nicht, seine Hemden zu waschen. Solange er es sich leisten konnte, hielt er dem netten Wäschermädel in der Reinigung am Praterstern die Treue.

Wenn er an die gestärkten, weißen Blusen seiner Wirtin dachte, konnte er sich ein spöttisches Grinsen nicht verkneifen. Sie war immer unvorteilhaft gekleidet, schien eine spezielle Vorliebe für Faltenröcke und unmögliche Hüte zu haben.

Ihre Fürsorglichkeit war ihm nicht nur zuwider, sondern auch suspekt. Eine alleinstehende Frau, seit Jahren verwitwet, und er, obwohl die fünfzig schon überschritten, ein Mann in den besten Jahren. Groß, dünn, Hakennase, stechender Blick, ein asketischer Zug um den Mund, das Haar schütter und grau, aber der Schnurrbart noch schwarz und dicht.

»Ein aristokratischer Typ!«

Aus ihrem Mund hörte sich das an wie ein Kompliment. Eines Abends ging er zu ihr fernsehen. Er wollte sich ein Fußballmatch ansehen. Sie redete ununterbrochen, er bekam von dem Spiel nicht viel mit. Seither schlug er auch alle Einladungen zum Fernsehen aus.

An jenem Abend erzählte sie ihm ihre ganze Lebensgeschichte. Und zu fortgeschrittener Stunde verriet sie ihm auch ihre »geheime« Schwäche für Süßigkeiten. Kokett mit den Augen zwinkernd, bekannte sie: »Ich bin halt leider ein kleines Naschkätzchen.«

Bei diesem Geständnis strich sie sich demonstrativ über die ausladenden Hüften und seufzte so schwer, dass ihr mächtiger Busen aus dem Korsett zu rutschen drohte.

Wenn er sie nicht von Herzen verabscheut hätte, würde ihm diese peinliche Szene höchstens ein mitleidiges Lächeln entlockt haben.

Es war allgemein bekannt, dass sie abends gern ein paar Gläschen Eierlikör trank. Er hasste dieses klebrige Zeug, hatte sich sein Leben lang an Bier und eiskalten, gebirgsklaren Schnaps gehalten. In der Rezeption lagen immer Pralinen herum, die sie Neuankömmlingen großzügig offerierte. Selbst der Hinweis auf sein Magengeschwür hielt sie nicht davon ab, auch ihm diese zuckersüßen Bonbons aufzudrängen.

Doch sie beschränkte sich nicht nur auf süße Verführungsversuche, sondern wurde an jenem verhängnisvollen Fernsehabend noch deutlicher.

»Für eine Frau allein macht eine Pension viel zu viel Arbeit. Und dann andauernd diese Scherereien mit den Ausländern. Nein, das ist kein Beruf für eine Frau, da gehört wieder ein Mann ins Haus.«

Der Blick, den sie ihm bei diesen Worten schenkte, brachte ihn nicht zum Schmelzen, sondern ließ ihn vor Schreck erstarren. Als sie auch noch seinen Schnurrbart »ausgesprochen fesch« fand und alte Fotoalben hervorkramte, um ihm zu beweisen, dass er eine gewisse Ähnlichkeit mit ihrem Großvater väterlicherseits hatte, einem k.u.k. Oberstleutnant, ergriff er die Flucht.

In jener Nacht dachte er ernsthaft daran, seinen Bart abzurasieren.

Sie war höchstens fünf oder sechs Jahre älter als er und mochte in ihrer Jugend durchaus attraktiv gewesen sein. Ihr ebenmäßiges Gesicht war beinahe faltenlos, was bei dicken Menschen keine Seltenheit ist, und ihr dichtes, langes Haar trug sie hochgesteckt. »Schwalbennest« nannte man diese Frisur in seiner Kindheit. Normalerweise verwendete sie keinerlei Make-up. Nur vor ihren überfallsartigen Besuchen in seinem Zimmer pflegte sie einen grässlichen orangeroten Lippenstift aufzulegen und ihre zu einem dünnen Strich gezupften Augenbrauen dunkel nachzuziehen.

Er hätte es ihr besorgen sollen, dann wäre er jetzt all seine Sorgen los und vielleicht sogar Teilhaber an der Pension »Maria Theresia« – es ekelte ihn allein schon der Gedanke.

Doch das Männerheim in der Meldemannstraße schwebte wie ein Damoklesschwert über ihm. So tief war er noch nicht gesunken – dann lieber gleich in die Donau.

All das Grübeln führte zu nichts. Er sehnte sich nach einer Zigarette, aber es war noch zu früh für die nächste. Um mit einem Päckchen pro Tag auszukommen, hatte er sich angewöhnt, nur zu jeder vollen Stunde eine zu rauchen.

Einmal bot sie ihm zum Kaffee eine dicke Zigarre an. Das edle Stück stammte angeblich noch von ihrem verstorbenen Gatten.

»Gott hab' ihn selig!« – Sie bekreuzigte sich und schlug schamhaft die Augen nieder, vergaß aber nicht zu betonen, dass sie der Rauch nicht störte.

»Zu einem richtigen Mann gehört der starke, würzige Duft einer guten Zigarre.«

Er verbrachte den Rest des Nachmittags auf der Toilette.

Einsame, abgewiesene Frauen konnten sich jedoch zu wahren Furien entwickeln. Ihre Gehässigkeiten häuften sich in letzter Zeit.

Er hatte sie in Verdacht, seine Post zu unterschlagen. Private Briefe bekam er höchst selten, doch seit Wochen trafen auch keine Briefe vom Arbeitsamt mehr ein.

Außerdem hatte er die jugoslawische Putzfrau im November kein einziges Mal zu Gesicht bekommen. Vorher räumte sie jeden Samstag bei ihm auf.

Er genoss es, nun auch samstags im Bett bleiben zu können. Seine Aschenbecher leerte er selbst aus. Nur frische Bettwäsche und saubere Handtücher hätte er gern wieder einmal gehabt. Aber er war zu stolz, um seine Wirtin darum zu bitten.

Die anderen Zimmer wurden bestimmt nach wie vor geputzt, sonst wäre nicht einmal der ärmste Rucksacktourist hier abgestiegen. Allerdings war er in der Pension schon seit Tagen keinem Fremden mehr begegnet. Zurzeit schienen der alte Herr und er die einzigen Gäste zu sein.

Bei dem Gedanken an seinen Nachbarn packte ihn sogleich wieder das schlechte Gewissen. Doch sein Hass auf diese gierige alte Schachtel ließ seinen Schuldgefühlen nicht viel Raum. Er machte sie nicht nur für seine ausweglose und entwürdigende Situation, sondern auch für sein jämmerliches Verhalten dem Alten gegenüber verantwortlich. Tag für Tag führte sie ihm sein Scheitern vor Augen, ließ sie ihn seine Minderwertigkeit und Hilflosigkeit spüren; er fühlte sich erniedrigt, korrumpiert und gedemütigt.

Wenn er das Haus verließ, wechselte er die Glühbirne seiner Nachttischlampe aus und versteckte sie im Kasten unter der Schmutzwäsche. Gleich als er eingezogen war, hatte er eine neue Birne gekauft, die 40-Watt-Lampe hatte seine schwachen Augen nur noch mehr ruiniert. Er las auch tagsüber bei künstlichem Licht.

»Sie lesen zu viel, Herr Professor! Eines Tages werden Sie sich noch die Augen verderben«, tadelte sie ihn immer, wenn sie die vielen Pornohefte und Sexualkundebücher auf seinem Bett liegen sah.

Seine Augen waren schon verdorben, aber er konnte sich keine Brille leisten.

Früher hatte sie ihn respektvoll »Herr Professor« genannt. Von den niedlichen kleinen Schülerinnen in den aufreizenden kurzen Röckchen schien sie zum Glück nichts zu wissen. Trotzdem war er heute nur mehr der Herr aus Zimmer sechs für sie.

Ihre Zweizimmerwohnung lag am anderen Ende des düsteren Ganges. Selbst bei der Gangbeleuchtung versuchte sie zu sparen.

Abends hielt sie sich gern in ihrer geräumigen Küche auf, die durch eine Tür mit der Rezeption verbunden war.

Er warf einen Blick auf seine Armbanduhr: 22 Uhr 30. Noch nicht zu spät für einen Besuch. Gewöhnlich sah sie bis Mitternacht fern.

Prostitution, und darauf lief es hinaus, war aber auch nicht jedermanns Sache, schon gar nicht die eines Mannes seiner Generation. Außerdem bezweifelte er, ob er überhaupt so etwas Ähnliches wie Sex mit ihr zusammenbringen würde.

Nur widerwillig trennte er sich von seinem nach Schweiß und Nikotin stinkenden Pullover. Das Hemd schien noch in Ordnung.

Bei seinem linken Socken schaute allerdings die halbe Ferse heraus. Vergeblich suchte er im Schrank nach einem sauberen Paar ohne Löcher. Schließlich entschied er sich für einen dunkelblauen und einen schwarzen Wollsocken.

Im kleinen Spiegel über dem Waschbecken betrachtete er kritisch seine bleichen, eingefallenen Wangen. Er fand, dass er ziemlich heruntergekommen aussah. Die Bartstoppeln waren mindestens eine halbe Woche alt. Sich zu rasieren erschien ihm aber als zu großer Aufwand.

Er strich seinen Schnurrbart glatt und fuhr sich mit dem Kamm durchs Haar. Dann verließ er sein Zimmer.

Zaghaft klopfte er an die Tür mit dem Schild »Privat«.

Es wurde ihm sofort geöffnet – als hätte sie geahnt, dass er kommen würde. Sie empfing ihn im Nachthemd, hatte nur ihren scheußlichen Morgenrock übergezogen. Geblümt und wattiert, das war selbst für einen armen Mann wie ihn zu viel.

»So spät noch, Herr Professor? Was verschafft mir die Ehre?«

Keine Spur von Ironie, im Gegenteil, sie schien hoch erfreut und errötete wie ein Schulmädchen.

Die Antwort blieb ihm zum Glück erspart. Sie komplimentierte ihn sogleich in ihre ordentlich aufgeräumte Wohnküche und forderte ihn auf, es sich auf dem Sofa gemütlich zu machen. Im Fernsehen lief eine dieser brutalen amerikanischen Krimiserien und auf dem Küchentisch stand eine Flasche Eierlikör. Aus der Flasche fehlten höchstens ein, zwei Stamperln.

»Möchten Sie nicht ein Gläschen Eierlikör mit mir trinken, Herr Professor?«

# Royal Hawaiian Motel

»Meine besten Jahre habe ich dir geopfert, aber du bist und bleibst ein Versager. Das Einzige, was dich interessiert, ist Fressen und Saufen.«

Die heiße, stickige Luft trieb ihr den Schweiß auf die Stirn, das mausgraue Haar hing ihr ins Gesicht und der Kaugummi knirschte zwischen ihren Zähnen. Obwohl die Fenster des Buicks geschlossen waren, drang Sand in das Innere des Wagens.

Die Sonne stand tief im Südwesten. Die verdorrten Sträucher am Straßenrand glänzten wie Chrom, als hätte jemand Silberfäden ins triste Braun gewoben. In diesem weiten Land, in dem kaum Regen fiel, wurde das Gras nie richtig grün.

»Nicht einmal einen Wagen mit funktionierender Klimaanlage können wir uns leisten«, schimpfte sie weiter. Seit sie Buttonwillow verlassen hatten, jammerte sie pausenlos über seine Fahrweise, den fürchterlichen Verkehr und über die schreckliche Hitze.

Er schaltete das Radio ein. Mühelos überschrie sie den Countrysänger. Es gab so viele nette Mädchen, ausgerechnet an ihr musste er hängen bleiben. Sie war nicht einmal hübsch, sondern viel zu dünn für seinen Geschmack. Und beim Anblick ihres schmalen, knochigen Gesichts musste er immer an einen gierigen, kleinen Vogel denken. Er vermied es, sie anzusehen.

Bald nach der Hochzeit hatte sie begriffen, dass diese Ehe eine Fehlinvestition war. Da sich jedoch nichts Besseres ergab, blieb sie bei ihm. Manchmal dachte sie an eine Affäre, aber in der trostlosen Kleinstadt, in der sie lebten, fand sich keiner, der ihren Vorstellungen auch nur annähernd entsprochen hätte. Es blieb ihr nichts anderes übrig, als diesen »schmierigen Möbelvertreter« aus Buttonwillow weiterhin zu ertragen.

Sie hatte darauf bestanden, ihn nach Las Vegas zu begleiten.

Während er seine Geschäfte abwickelte, wollte sie sich ein paar schöne Tage machen: Urlaub in der Stadt, in der das Glück auf der Straße liegt. Alles, was man brauchte, war ein scharfes Auge und eine schnelle Hand.

In den Casinos hoffte sie endlich jene interessanten Leute kennenzulernen, denen sie bisher nur in ihren 50-Cent-Romanen begegnet war: schwarzhaarige, glutäugige Spieler, gepflegte, ältere Herren, Geschäftsleute mit grauen Schläfen und weißem Cadillac, charmante Salonlöwen und heiratswillige Millionärssöhne. Sie malte sich aus, wie sie, umgeben von all diesen Traummännern, an einem der großen, grünen Tische sitzen würde, die eleganten Bewegungen des Croupiers, die wundersame Vermehrung der bunten Chips, das aufregende Geräusch der rollenden Kugel, alle Blicke auf sich ziehend ...

Sie hatte ihre gesamten Ersparnisse mitgenommen. Ihr Mann besaß kein Verständnis für ihre Spielleidenschaft. Zu oft hatte er auf sein Abendessen verzichten müssen, weil sie sich nicht von ihrem Roulettespiel trennen konnte. Manchmal lud sie die Nachbarskinder zu einem Spielchen ein, meistens spielte sie allein. Es machte ihr sogar mehr Spaß als Fernsehen. Sie befürchtete nur, ihre 300 Dollar würden nicht allzu lange reichen. Der Gedanke an ihr kurzes, knallrotes und tief dekolletiertes Abendkleid beseitigte ihre Zweifel. Jeder Mann würde ihr Kredit gewähren. Ein versonnenes Lächeln erschien auf ihren Lippen – wenn sie lächelte, sah sie jünger aus.

Ihr Mann nahm dieses Lächeln nicht wahr. Er hing seinen eigenen Träumen nach.

Die untergehende Sonne verwandelte die Wüste in ein glühendes Meer und ließ die gigantischen Felsen in fantastischen Farben leuchten. Wind und Wasser hatten ihr eigenes Spiel mit den geologischen Schichten getrieben und bizarre Formen entstehen lassen: riesige Giftpilze, gewaltige Trommeln und nebeneinander aufgereihte versteinerte alte Männchen mit wulstigen Speckfalten um die Mitte. Jeder kleine Kaktus warf einen Schatten wie ein Baumriese. Die Summe aller Schatten malte kuriose Muster auf die kahlen Hügel im Norden. Auf den abfallenden Hängen schrumpften die Schatten dann zu winzigen Punkten.

Sie schenkte diesem faszinierenden Schauspiel von Licht und Schatten keinerlei Beachtung. Es wurde rasch dunkel. Die Nacht schlich sich nicht an wie in den Städten, sie kam schnell, ohne Vorwarnung und Vegas war noch weit.

»Bei Baker kenne ich ein Motel«, sagte er plötzlich. »Ich habe keine Lust, bis spät in die Nacht hineinzufahren. Der Termin ist sowieso erst für morgen Nachmittag angesetzt.«

Sie wollte lautstark protestieren, überlegte es sich aber anders und schlug vor, ihn am Steuer abzulösen. »Ruh dich aus, ich werde fahren«, säuselte sie zuckersüß.

Er ließ sich nicht erweichen. »Spielen wollten wir sowieso nicht. Was sollen wir also in Vegas? Geld hinauswerfen für ein sündteures Hotel?«

Aus war der Traum.

Das Royal Hawaiian Motel kam ihr bekannt vor. Alle Motels in dieser Preiskategorie sahen gleich aus. In einer dieser Holzhütten hatte sie ihre Hochzeitsnacht und auch einige Nächte vorher verbracht. Sie war stocksauer und sprach kein Wort mehr mit diesem Spielverderber.

Ihm war ihr Schweigen nur recht. Er stellte den Wagen auf dem fast leeren Parkplatz ab, begab sich zur Rezeption und trug sich als Jonathan Smith ein, obwohl er George Malcome hieß.

Seine Frau erwähnte er vorsichtshalber nicht.

Der nicht mehr ganz nüchterne Mann an der Rezeption verlangte keinen Ausweis, steckte die 40 Dollar in seine Hosentasche und verschwand wieder hinter seinem Computerspiel.

Mr. Malcome atmete erleichtert auf. So einfach hatte er es sich nicht vorgestellt. Jetzt musste er nur noch auf eine günstige Gelegenheit warten. Es sollte wie ein Unfall aussehen. Er hatte sich alles genau überlegt. Die Geschäftsreise nach Vegas war nur ein Vorwand. Da er wusste, wie verrückt sie nach diesem Spielerparadies war, hatte er damit gerechnet, dass sie mitkommen wollte. Sein Chef wähnte ihn in San Francisco und erwartete ihn nicht vor dem Wochenende zurück. Es blieb ihm also eine knappe Woche Zeit, um sich ihrer zu entledigen und danach spurlos zu verschwinden. Er wollte in Mexiko untertauchen. Ein neuer Name, ein neues Outfit, eine neue Frau – eine temperamentvolle Mexikanerin vielleicht?

Ursprünglich hatte er an den einsamen Campingplatz im Afton Canyon gedacht. Aber es wäre sicherlich schwierig, wenn nicht gar unmöglich gewesen, sie zu bewegen, eine Nacht im Auto zu verbringen. Das Royal Hawaiian Motel war für seine Zwecke ebenso gut geeignet. Hier kümmerte sich keiner um den anderen. Gäste kamen und gingen, ohne einander überhaupt wahrzunehmen. Niemand würde sich an den kleinen, dicken Mann im beigen Buick erinnern.

Er trug nur das Nötigste bei sich. Bald würde er sich alles, was sein Herz begehrte, leisten können.

Mr. Malcome hatte sein gesamtes Vermögen von der Bank geholt und zusammen mit den Provisionen, die er den Geschäftspartnern in San Francisco hätte überweisen sollen, waren es immerhin 50.000 Dollar, die er zwischen seiner Wäsche versteckt hatte.

Ihr Apartment befand sich am Ende der Anlage. Das benachbarte Zimmer stand leer und auf der anderen Seite gab es nichts als Wüste.

Die Luft in dem tristen Zimmer war ebenso stickig und verbraucht wie im Wagen. Der altmodische Ventilator diente nur Dekorationszwecken.

Das dünne Sommerkleid klebte unschicklich an Ms. Malcomes mageren Körper. Sie sehnte sich nach einer Dusche und eilte gleich ins Bad. »George, komm sofort her!«

Ihr Gekreische drang ihm durch Mark und Bein.

In dem kleinen Badezimmer wimmelte es von ekelhaften Käfern. Die rosa Kacheln verschwanden fast völlig unter der schwarzen, krabbelnden Masse. Sie kamen aus allen Löchern, aus dem Klo, dem Waschbecken, dem Abfluss der Dusche. Egal, wie viel kostbares Nass sie auf die armen Tierchen verschwendeten, sie wurden dieser Invasion nicht Herr. Bald stand das ganze Bad unter Wasser, aber einige Käfer bewegten sich noch immer.

»Hier bleibe ich keine Minute länger! Besorg uns sofort ein anderes Zimmer!«, schrie Ms. Malcome.

»Sie haben kein anderes mehr frei«, log er unverblümt und bemühte sich, sie zu beruhigen. Eine hysterische Frau passte nicht in sein Konzept.

Sorgfältig suchte er Bett und Polstermöbel nach dem scheußlichen Ungeziefer ab. Der weiche Teppichboden kam ihr besonders verdächtig vor. Schnaufend kniete er sich auf den Boden und strich mit seinen klobigen Fingern über den Synthetikbelag. Sein Blutdruck erreichte ungeahnte Höhen. Er war nicht mehr der Jüngste und viel zu dick für seine Größe. Aber er musste Ruhe bewahren, durfte sie nicht reizen, ihr Geschrei war das Letzte, was er brauchen konnte.

Sie stand am Fenster und starrte auf den hell erleuchteten Swimmingpool. Schweißüberströmt und mit hochrotem Kopf kam er unter dem Bett hervor, legte seine Hände auf ihre Schultern und streichelte zaghaft ihren Nacken. Sie ließ seine Zärtlichkeiten regungslos über sich ergehen. Seine Finger schlossen sich um ihren Hals. Er zögerte ein paar Sekunden zu lang.

Sie riss die Terrassentür auf und rief so laut, dass die Leute draußen sie hören konnten: »Ich halte es in diesem elendigen Loch nicht aus, lieber verbringe ich die Nacht im Pool. Dir würde ein Bad auch nicht schaden, du stinkst drei Meilen weit gegen den Wind!«

Er ließ seine Hände sinken. »Gut, ich komme mit, aber warte noch ein bisschen, ich hasse überfüllte Swimmingpools. Außerdem habe ich mir nach dieser verdammten Käferjagd einen Drink und eine Zigarette verdient.«

Er nahm eine Flasche Bourbon aus seiner Reisetasche und bot auch ihr ein Gläschen an.

Ihre Laune besserte sich zusehends und sie beschloss, noch etwas fürs Abendessen einzukaufen. »Der Supermarkt drüben bei der Tankstelle hat bestimmt noch offen.«

Mr. Malcome erblasste. Womöglich kam sie mit jemandem ins Gespräch. Er musste um jeden Preis verhindern, dass sie das Apartment verließ.

»Wir könnten ja nach dem Schwimmen noch eine Kleinigkeit im Restaurant essen«, schlug er scheinheilig vor.

Ihr verschlug es ob dieser Großzügigkeit beinahe die Sprache. Sie gingen so gut wie nie zusammen aus. Was ist bloß heute in ihn gefahren? Zuerst diese zärtlichen Annäherungsversuche, dann der Drink und jetzt auch noch diese Einladung? Sie musterte ihn argwöhnisch. Mit einer Kleinigkeit werde ich mich aber nicht abspeisen lassen. Du wirst deine Freigebigkeit schon noch bereuen, dachte sie.

Die hellen Kinderstimmen am Pool waren verstummt, die Unterwasserscheinwerfer ausgeschaltet.

Er vergewisserte sich, dass die Vorhänge der anderen Apartments zugezogen waren, dann schlüpfte er in seine Badehose und wartete, bis auch sie sich umgezogen hatte. Unwillkürlich musste er an die vollbusige Mexikanerin denken, die er sich demnächst anlachen würde.

Sie setzte ihre grellgelbe Bademütze auf, schließlich hatte sie erst gestern 30 Dollar beim Friseur gelassen.

Das Wasser war überraschend sauber und sehr kalt – anscheinend war es erneuert worden. Erschrocken stellte sie fest, dass sie fast nirgendwo stehen konnte.

Er nahm einen kurzen Anlauf und sprang kopfüber hinein, tauchte sie mit dem ganzen Gewicht seines Körpers unter. Prustend und wild um sich schlagend, kam sie wieder hoch. »Du Idiot, du weißt doch, dass ich nicht schwimmen kann.« Es war stockfinster. Ihr Mann war nirgends zu sehen. Zitternd klammerte sie sich an den Beckenrand.

»George, wo bist du?«

Ein sanftes Platschen verriet ihr, dass sie nicht allein im Pool war.

»Lass die dummen Spielchen!« Sie zitterte vor Angst, befürchtete, er würde sich ihr unter Wasser nähern, sie an den Füßen packen und hinunterziehen. Verzweifelt strampelte sie mit den Beinen.

Sie glaubte, ein leises Röcheln zu vernehmen. »Hör sofort mit diesem Blödsinn auf.«

Als sie endlich begriff, dass der Sprung ins kalte Wasser zu viel für sein schwaches Herz gewesen war, tastete sie sich am Rand des Beckens bis zur Leiter vor und verließ rasch den Pool. Sie hatte keine Lust, ihrem Mann beim Sterben zuzusehen.

Habe ich ihn nicht wiederholt gewarnt, dass sein Herz eines schönen Tages nicht mehr mitspielen würde? Zu viele Hamburger, zu viel Alkohol und zu viele Zigaretten. »Aber er wollte ja nicht auf mich hören«, seufzte sie leise und ging, ohne sich nach der gespenstischen Silhouette, die sich nur undeutlich vom dunklen Wasser abhob, umzudrehen, ins Haus.

Nach diesem Schock brauchte sie unbedingt einen Schluck Bourbon. Die angebrochene Flasche stand auf dem Nachtkästchen neben dem Bett, das er nun wohl nicht mehr benützen würde. Als sie nach der Flasche griff, fiel ihr Blick auf die Schachtel mit seinen schnell wirkenden Digitalispillen. Zögernd nahm sie die kleinen, orangeroten Kugeln aus der Packung, betrachtete sie mit einem seltsamen Lächeln und schob sie lächelnd wieder zurück in die Schachtel.

Dann stärkte sie sich mit einem großen Schluck aus der Flasche, trocknete sich sorgfältig ab und zog sich an.

Sie verständigte weder die Rettung noch die Polizei. Sie hasste Scherereien. Nach einer Weile sah sie noch einmal nach ihrem Mann. Lächelnd beugte sie sich über den Rand des Pools und vergewisserte sich, dass sie nun Witwe war.

Wieder zurück im Apartment packte sie hastig ihre Sachen und vergaß auch nicht, die Taschen seines Anzugs zu durchsuchen. Die Motelrechnung lautete komischerweise auf einen Jonathan Smith. Sie dachte nicht lange darüber nach, legte die Rechnung auf den Tisch und steckte seine Papiere ein. Es würde eine Weile dauern, bis man den Toten in der Badehose identifizierte.

In seinem Portemonnaie befanden sich über 200 Dollar. Das Kleingeld ließ sie drinnen. Zusammen mit ihren eigenen Ersparnissen besaß sie nun 500 Dollar. Eine hübsche runde Summe. Für ein paar schöne Tage in Vegas würde es jedenfalls reichen, und wer weiß, vielleicht begann jetzt endlich ihre lang ersehnte Glückssträhne.

Beinahe vergnügt stieg sie in den Buick. Sie fuhr gerne nachts.

Seine 50.000 Dollar schwere Reisetasche hatte sie im Royal Hawaiian Motel zurückgelassen. Sie wollte sich mit seinen alten Sachen nicht belasten.

# Die lange Nacht der Schuhe

Er bat sie, ihre Schuhe auszuziehen. Irritiert blickte sie ihn an. Mit einem Zwangsneurotiker wollte sie lieber nichts zu tun haben. Andererseits waren zwanghafte Männer meist gute Liebhaber.

Da sie schon lange keinen Mann gehabt hatte, beschloss sie, seiner Aufforderung Folge zu leisten. Schlüpfte aus ihren grasgrünen Rauleder-Stiefeletten von John Galliano, die sie auf ihrer letzten Lesereise in einem Designer-Outlet-Store erstanden hatte.

»Hast du etwa Angst, ich könnte deine edlen Teppiche beschmutzen?«, konnte sie sich eine spitze Bemerkung nicht verkneifen.

Er antwortete nicht, lächelte nur. Dieses melancholische Lächeln hatte sie schon in der Bar, in der sie sich kennengelernt hatten, für ihn eingenommen.

Sie waren einander an der Theke begegnet. Normalerweise hielt sie nichts von Bar-Bekanntschaften. Hatte zu viele Reinfälle mit einsamen, betrunkenen Männern erlebt. Dieses Mal war alles ganz anders gewesen. Sie hatte ihn angesprochen, nachdem er eine halbe Stunde lang schweigend neben ihr gestanden war und sie keines Blickes gewürdigt hatte. Als er seinen dritten Großen Braunen bestellte, fragte sie ihn, ob sein Herz denn diese Überdosis Koffein aushalten würde. Die grauen Strähnen in seinem fast schulterlangen dunklen Haar waren nicht zu übersehen.

Der Mann gefiel ihr: groß, schlank, traurige blaue Augen, sinnlicher Mund, schwarzer Anzug, dunkelblauer Rollkragenpullover. Sie hatte ein Faible für blauäugige Männer.

Nach seinem dritten Kaffee wechselten sie die Bar. Er stieg auf Whisky um. Jameson.

»Der Lieblingswhisky von Samuel Beckett – cheers«, sagte er.

Sie blieb bei Bier. Sie konnte Unmengen von Bier vertragen. Nach zwei Gläsern Wein wurde ihr normalerweise übel.

Er arbeitete an der Universität. War Dozent für Germanistik. Sie kannte sogar seinen Namen. Er kam in Literatursendungen auf Ö1 öfters zu Wort. Ihr Name sagte ihm offensichtlich nichts, obwohl sie eine erfolgreiche Autorin von Ratgebern für frustrierte Frauen war. Ihr letztes Buch: »Wie werde ich meinen Mann los?« hatte es sogar auf die Bestsellerlisten gebracht. In diese Niederungen des Literaturgeschäfts begaben sich solche Leute wie er jedoch nicht. Da sie trotzdem ähnliche Interessen hatten, ging ihnen der Gesprächsstoff in dieser langen Nacht der Literatur nicht aus.

Sie hatte gerade eine Lesung in einer kleinen Buchhandlung im zweiten Bezirk hinter sich gebracht. Hatte sogar viele Bücher verkauft. Anstatt Lesungen anderer Kolleginnen in den diversen Buchhandlungen und literarischen Veranstaltungsorten der Stadt zu besuchen, saß sie nun mit diesem interessanten Mann in einer schicken Bar und machte sich mit ihm über die unzähligen kulturellen Events in Wien lustig.

»Nacht der Museen, Nacht der Musik, Nacht der Literatur, Nacht des Films, Nacht der Kirchen, Nacht der Klöster, nächtliche Atelierspaziergänge und Galerierundgänge, ja, genauso bringt man Kultur unter das dumme Volk«, sagte er und rümpfte überheblich seine hübsche, feminine Nase.

»Hauptsache es gibt Gratis-Fahrscheine, Gratis-Würstel und Gratis-Wein«, sagte sie und prostete ihm mit ihrem Seidel zu.

Er küsste sie. Die lange Nacht hatte eben erst begonnen.

Nach ihrer gemeinsamen Tour durch einige Bars der Wiener Innenstadt war sie im Grunde froh, ihre unbequemen, hochhackigen Stiefeletten loszuwerden. Auf den dünnen, acht Zentimeter hohen Absätzen klebte der Dreck der Straße. Erde, vermischt mit Grashalmen und Hundekot, zierte die dünnen Sohlen. Auf dem Weg zu seiner Wohnung in der Josefstadt waren sie Arm in Arm durch den Volksgarten spaziert.

Auch er zog seine eleganten Maßschuhe vor der Wohnungstür aus. Erst jetzt bemerkte sie, dass er weiße Socken trug. Unwillkürlich musste sie grinsen. Weiße Socken zu schwarzen Anzügen und schwarzen Maßschuhen?

Sie stellte ihre schmutzigen Stiefelchen ordentlich neben den Fußabstreifer, bevor sie ihm auf Strümpfen in das große Vorzimmer folgte.

Ein leerer Raum. Nur an den Wänden hingen weiße Leinwände. Erst auf den zweiten Blick entdeckte sie reliefartige Muster. Beim genaueren Hinsehen nahmen sie die Formen von riesigen Schuhen an.

Keine Garderobe, keine Schuhablage, kein Spiegel. Nichts, was normalerweise in einem Vorraum herumstand.

Sie vermutete, dass er gerade erst eingezogen war.

Er öffnete die strahlend weiße Flügeltür zu seinem Wohnzimmer. Ein kalter Schauer streifte ihren Rücken. Auch dieser Raum war ganz in Weiß gehalten. Die Wände waren kahl. Eine weiße Ledercouch, ein winziger Glastisch und zarte, fast filigrane, ebenfalls weiße Bücherschränke bildeten das einzige Interieur. Sie wunderte sich, dass ein Germanistik-Professor so wenige Bücher besaß. Aber vielleicht hat er ja in einem der anderen Räume seine Bibliothek untergebracht, dachte sie. Erst auf den zweiten Blick fiel ihr auf, dass die Farbtupfer hinter den milchigen Glasscheiben nicht von Buchrücken stammten.

»Sind da etwa Schuhe drinnen?«, fragte sie ihn verwundert.

Er nickte, so als wäre es das Selbstverständlichste der Welt, dass man seine Schuhe im Wohnzimmer aufbewahrte.

»Bitte, nimm Platz. Was möchtest du trinken? Bier habe ich leider keines im Haus.«

»Ein Whisky tut's auch«, murmelte sie, nach wie vor irritiert.

Der Parkettboden war spiegelglatt. Sie fürchtete, dass ihre schwarzen Strümpfe feuchte Spuren hinterlassen hatten. Ihre Füße waren total verschwitzt. Sie bildete sich ein, den Schweiß riechen zu können.

»Darf ich kurz deine Toilette be … aufsuchen«, stammelte sie.

Er sah sie missbilligend an, zeigte dann aber auf eine der Türen.

Sie griff nach ihrer Handtasche und ging aufs Klo. Setzte sich auf die blitzsaubere weiße Klobrille und nahm ein Probefläschchen mit Chanel No. 5 aus ihrer Tasche. Besprühte damit ihre Fußsohlen.

Ihr Darm begann sich nun lautstark zu melden. Rasch drehte sie den Wasserhahn des kleinen Handwaschbeckens auf. Der Wasserstrahl übertönte die peinlichen Geräusche. Auch ihre Blase schien plötzlich nicht mehr ganz dicht zu sein. Sie verbrachte jedenfalls mehr Zeit auf der Toilette, als sich geziemte. Und sie fragte sich, was sie in dieser ungemütlichen Wohnung bei diesem seltsamen Mann mit den weißen Socken und den Schuhen in den Bücherregalen zu suchen hatte.

Zurück in seinem Wohnzimmer, versuchte sie erst gar nicht, ihn weiter zu verführen. Sie überlegte vielmehr, wie sie dieses seltsame Rendezvous am elegantesten beenden könnte. Normalerweise würde sie so ein arrogantes Arschloch einfach sitzen lassen. Doch seine

Universitätskarriere hatte sie anscheinend mehr beeindruckt als ihr lieb war.

Als er – zum ersten Mal in dieser Nacht, denn der Kuss, vorhin in der Loosbar, zählte nicht wirklich – Interesse an ihr zu zeigen begann, beschloss sie, ihm eine zweite Chance zu geben. Sie setzte sich neben ihn auf die Couch.

»Ich habe vorhin ein bisschen geschwindelt. Natürlich kenne ich deinen Namen. Leider habe ich bisher nichts von dir gelesen. Das muss ich jetzt unbedingt nachholen«, sagte er.

»Meine pseudowissenschaftlichen Ergüsse waren dir wohl zu minder.«

»Verzeih meinen Snobismus.« Er lächelte so charmant, dass sie ihm nicht ernsthaft böse sein konnte.

Als er ihre nach Chanel und Schweiß stinkenden Füße zu streicheln begann, fand sie ihn plötzlich wieder ungeheuer attraktiv. Sie nippte an ihrem Jameson und ließ sich sogar nachschenken. Auch sie schätzte Samuel Beckett.

Als sie mehr oder weniger auf der Couch lagen und er ihr Komplimente wegen ihrer hübschen zarten Füße machte, bereute sie es nicht mehr, mit ihm nach Hause gegangen zu sein. Er küsste gut und seine Worte törnten sie an.

Nach dem dritten Whisky folgte sie ihm widerstandslos in sein Schlafzimmer. Auch dieser Raum war ganz in Weiß gehalten. Links und rechts neben dem Queensize-Bett hingen große, moderne Spiegel. Und dem Bett gegenüber stand ein bis zur Decke reichender, mindestens fünf Meter langer weißer Schrank. Die blitzblank saubere Glastür erlaubte einen Blick auf unzählige farbenfrohe Schätze von Prada, Manolo Blahnik und Salvatore Ferragamo.

Zarte pastellfarbene Ballerinas, fantasievoll bemalte Sandaletten, martialische Reiterstiefel, Lackschuhe in diversen Farben und Größen.

Wie fast alle Frauen hatte sie für schöne Schuhe viel übrig. Hatte auch schon jede Menge Geld dafür ausgegeben. In ihrem Vorzimmer lagerten mindestens fünfzig Paar. Das Honorar für so manchen ihrer Ratgeber in Sachen Liebe war für extravagante Designerkreationen draufgegangen. Doch hier befand sie sich offensichtlich in einem Schuhparadies. In dieser Schrankwand thronten mindestens dreihundert Paar sündhaft teure und traumhaft schöne Damenschuhe. Ohne weiter darüber nachzudenken, was diese Schuhpracht im Schlafzimmer eines Germanistikprofessors verloren hatte, ging sie wie hypnotisiert zu dem Schrank und öffnete die Schiebetür.

Sofort fiel ihr auf, dass es sich, abgesehen von den derben Reitstiefeln, den flachen Ballerinas und Ballettstiefelchen in den unteren Regalen, eher um Schuhe mit hohen bis extrem hohen Absätzen handelte. Pumps, High Heels und Overknees waren eindeutig in der Überzahl. Auffallend war außerdem die strenge Ordnung, die in diesem Schrank herrschte. Alle Schuhe waren offensichtlich nach Faktoren wie Absatzhöhe, Schafthöhe, Material und Größe geordnet. Und alle sahen funkelnagelneu aus, waren garantiert ungetragen.

Er legte seinen Arm um ihre Schulter und flüsterte ihr ins Ohr: »Du darfst dir ein Paar aussuchen. Größe 37? Habe ich richtig geraten?«

»Im Ernst?«, fragte sie erfreut und drehte sich zu ihm um.

Er hielt ihr ein Traumpärchen mit schwindelerregend hohen Absätzen vor die Nase. »Probier die mal«, sagte er.

Obwohl sie einige Whiskys zu viel getrunken hatte, kam ihr die ganze Szene ziemlich absurd vor. Ich bin wohl im falschen Film gelandet, dachte sie.

Die preußisch-blauen Abendschuhe von Jean Paul Gaultier waren doch zu verführerisch. Was ist schon dabei, wenn ich mal rasch hineinschlüpfe, überwand sie ihre Bedenken und stolzierte dann mit diesem Schuhwunder wie ein Mannequin durch das große Zimmer. Sie gehörte der Generation von Frauen an, die auf hohen Stöckeln nicht wie frisch hüftoperierte Patientinnen herumwackelten.

Seine bewundernden, ja begehrlichen Blicke animierten sie dazu, sich selbst in diesen Meisterwerken zu betrachten. Komischerweise konnte sie sich in den beiden Spiegeln nur bis zur Brust sehen. Mit 1,65 war sie durchschnittlich groß, vielleicht sogar eher klein, verglichen mit den jungen Mädchen, die heute fast alle über 1,70 waren.

»Die Spiegel hängen zu niedrig«, stellte sie tadelnd fest, als sie sich vor beugte, um sich in die Augen sehen zu können.

»Du hast fantastische Beine«, sagte er.

»Ich weiß.«

Sie war eher androgyn gebaut, fast dünn, doch ihre langen Beine waren wohlgeformt. Deshalb trug sie auch meistens kurz Röcke, egal ob Mini gerade in oder out war.

Mit einem strahlenden Lächeln auf den Lippen reichte er ihr ein anderes mit Edelsteinen besticktes Kunstwerk aus violettem Samt.

»Setz dich aufs Bett«, befahl er. Kniete sich vor sie hin und half ihr die Schuhe zu wechseln. Als er ihr die samtigen Pumps von Versace überstreifte, streichelte er zärtlich über ihre Knöchel.

»Sigmund Freud hätte seine Freude an dir gehabt«, sagte sie lachend, als er sie auch noch dazu animierte, weiße Lackstiefelchen, knallgelbe Overknees und schwarze Stiefeletten mit unzähligen Häkchen und Ösen, wie sie in den vergangenen Jahrhunderten von Dienstmädchen getragen wurden, anzuprobieren. Die ellenlangen Schuhbänder fädelte er eigenhändig ein und schnürte diese fast antiquarisch anmutenden Exemplare aus extrem weichem Kalbsleder dann so liebevoll zu, als wären sie ein Korsett.

»Du erinnerst mich an eine Figur von Arthur Schnitzler oder Joseph Roth«, kehrte er nun wieder den Germanistikprofessor heraus.

Sie lachte albern, als sie in diesen halbhohen Schnürstiefelchen von Vivienne Westwood vor ihm auf und ab schritt.

Es dauerte eine kleine Ewigkeit, bis er all die Häkchen und Ösen und Knöpfchen wieder geöffnet hatte. Sie war nahe daran, die Geduld zu verlieren. Bevor er diese schwarzen Prachtstücke wieder ordentlich zurück in den Schrank stellte, schnüffelte er daran wie ein Hund.

»Das ist ja ekelhaft. Hör sofort auf!«, fuhr sie ihn an.

Seine eindeutig sexuelle Vorliebe für Schuhe ging ihr inzwischen ziemlich auf die Nerven. Verleidete ihr den Spaß und die Freude, die sie selbst an schönem Schuhwerk hatte.

Unwillig probierte sie noch hauchzarte Sandaletten mit unzähligen Riemchen um die Knöchel. Sie verweilte damit nur einige Sekunden vor dem Spiegel, bevor sie sich wieder aufs Bett fallen ließ.

»Hinreißend«, seufzte er. »Lass sie noch ein bisschen an. Sie sind wie gemacht für dich.«

»Die schnüren mich zu sehr ein«, sagte sie verdrossen.

Sofort öffnete er die Riemchen wieder, ließ aber die Sandaletten auf ihren Zehen hängen, während er Stöckelschuhe von Valentino aus dem Schrank holte.

Sie hatte dieses Schuhspiel, dieses ständige An- und Ausziehen, gründlich satt. »Denkst du nicht, dass es schön langsam genug ist?«, fragte sie.

Erschrocken sah er sie an. Er wirkte verletzt, fast beleidigt. Streifte ihr aber trotzdem diese klassischen Meisterwerke über.

»Sieh dich nur an, diese Schuhe machen dich zu einer Göttin der Nacht. Du bist viel schöner als all diese Edelnutten, die wir heute Abend in der Eden-Bar gesehen haben.«

Er blickte bei diesen Worten nur auf ihre Füße. Schenkte weder ihrer zerzausten Kurzhaarfrisur noch ihrem schmalen, müden Gesicht einen Blick.

Sie blieb auf dem Bett sitzen, hatte keine Lust mehr, sich im Spiegel zu bewundern.

»Möchtest du eine kleine Pause machen?«, fragte er sie hoffnungsvoll.

»Mir reicht's«, sagte sie und schlüpfte aus den ferrariroten High Heels, die seine blauen Augen soeben noch zum Leuchten gebracht hatten.

»Dann lass sie wenigstens eine Weile an den Zehen baumeln, bevor du sie ausziehst«, flehte er.

Widerwillig tat sie ihm den Gefallen. Er ist verrückt, schlicht und einfach verrückt, dachte sie. Andererseits war sie keine Unschuld vom Lande. Und Prüderie war ihr ohnehin fremd. Während ihres dreiundvierzigjährigen Singledaseins hatte sie genügend Erfahrungen mit Sonderlingen, Perversen und Impotenten gemacht. Ein Schuhfetischist war ihr allerdings bisher noch nicht begegnet. Sie beschloss, die Ereignisse des heutigen Abends als eine Art Feldforschung oder Fallstudie zu betrachten. Vielleicht würde sie demnächst einen Ratgeber für Ehefrauen von perversen Männern verfassen?

Während sie über diese grandiose Idee nachdachte, kniete er sich über sie, zwang sie sanft auf den Rücken und zog ihr langsam, fast wie in Zeitlupe, die halterlosen Strümpfe aus. Nach wie vor irritiert durch sein ständiges Schnüffeln, konnte sie seine Zärtlichkeiten nicht genießen. Als er ihre stinkenden Füße zu lecken begann, verkrampfte sie sich endgültig.

Er ließ seine Zunge von den Fersen bis zur Spitze wandern, spielte mit jedem ihrer Zehen. Unwillig musste sie sich eingestehen, dass das Spiel seiner Zunge sie erregte. Sogleich dachte sie wieder an ihren nächsten Ratgeber für verzweifelte Ehefrauen von Fetischisten.

»Hast du Turgenjews ›Sonderbare Geschichten‹ gelesen?«, fragte er sie plötzlich.

»Das würde dir so passen. Ich werde dich nicht treten, mein Lieber«, zischte sie.

Entweder überhörte er ihre Worte oder er ignorierte sie. »Bitte zieh deine hübschen Stiefeletten an«, bat er sie leise und reichte ihr die grasgrünen Gallianos.

Er muss sie aus dem Stiegenhaus geholt und unter seinem Bett versteckt haben, als ich auf dem Klo war, dachte sie empört, sprang auf und versuchte, ihm ihre Schuhe aus der Hand zu schlagen. Der eine flog in hohem Bogen aufs Bett. Den anderen umklammerte er wie ein Äffchen.

Ihr Entsetzen schien er nicht wahrzunehmen. Verliebt starrte er weiterhin auf den Schuh und legte sich mit ihm aufs Bett. Seine Lippen schlossen sich um den stark verschmutzen Absatz. Genüsslich leckte er den Dreck der Stadt ab.

Show worshipping nennt man das, dachte sie. Und ihr wurde speiübel. Am liebsten wäre sie wieder auf die Toilette geflüchtet. Sie blieb jedoch wie angewurzelt neben dem Bett stehen.

Er schien inzwischen jegliches Interesse an ihrem Körper, ja sogar an ihren Füßen verloren zu haben. Versonnen streichelte er den Schaft ihrer Stiefelette und bedeckte ihn mit leidenschaftlichen Küssen. Angeekelt sah sie zu, wie seine Zunge über die Spitze dieses John Galliano-Kunstwerks glitt, sie liebevoll umkreiste.

Sie versuchte noch einmal, ihm ihre Stiefelette zu entreißen. Wie zwei spielende Hunde zerrten sie beide an dem empfindlichen Leder.

Wenn die ganze Situation nicht so entwürdigend gewesen wäre, hätte sie sicher zu lachen begonnen. Momentan war ihr eher zum Heulen zumute.

»Du perverser Spinner«, fauchte sie und überließ ihm das begehrte Objekt.

Mit einem glückseligen Lächeln auf den Lippen nuckelte er an der Schuhspitze wie ein Baby an einem Schnuller. Der Speichel sammelte sich in seinen Mundwinkeln, tropfte auf den Schuh, hinterließ dunkle Flecken auf dem zarten Rauleder.

Sie konnte den Anblick des saugenden und sabbernden Mannes nicht länger ertragen. Empfand seine so ungeniert vor ihren Augen ausgelebte Lust als persönliche Beleidigung. Während sie überlegte, ob sie barfuß die Wohnung verlassen oder sich einfach ein Traumpaar von Gucci oder Dolce&Gabbana aus seinem Schrank nehmen sollte, begann er heftig zu husten.

Die Stiefelette rutschte aus seinem Mund. Rasch schnappte sie danach. Sobald sie dieses schlappe feuchte Ding in der Hand hielt, wurde ihr bewusst, dass sie es nie mehr würde anziehen können, dass sie überhaupt keinen Schuh mehr tragen könnte, den er berührt hatte. Und plötzlich empfand sie so etwas Ähnliches wie Mitleid mit diesem armen Schwein. Sein hilfloses Stöhnen, das eher einem Grunzen glich, klang unerträglich.

Sie erbarmte sich seiner. Steckte ihm die halbe Schuhspitze in den Mund.

Er verschluckte sich. Versuchte zu spucken. Doch sie trieb ihr schmales elegantes Stiefelchen immer weiter und weiter in seinen Rachen.

Offensichtlich hielt er es für ein erotisches Spiel. Er wehrte sich nicht. Im Gegenteil, er streckte seine Arme links und rechts von sich aus und deutete ihr mit begeisterten Blicken weiterzumachen. Seine langen Haare hingen ihm ins Gesicht. Seinen Lippen entwich ein flehender Seufzer.

Sie ließ sich nicht ein zweites Mal bitten. Stopfte den Rest des weichen biegsamen Schuhs in den weit geöffneten Mund dieses perversen Germanistikprofessors.

Er schlug mit den Armen wild um sich. Traf mehrmals ihr Gesicht. Seine Beine begannen zu zucken, und sein Unterleib bäumte sich mehrmals auf, bevor er erschlaffte, völlig in sich zusammensackte.

Als sie ihre beschmutzte grasgrüne Galliano-Stiefelette wieder an sich nahm, machte er keinen Atemzug mehr.

# Tschik

Jackie sammelte Zigarettenstummel, so wie andere Leute Bierdeckel, Streichholzschachteln, Ansichtskarten oder Briefmarken sammeln. Mit den Jahren wurde sie ihren Stummeln immer ähnlicher, ihre Haut war fahl und von ungesundem Gelb und in ihren Augen das Feuer längst erloschen, nur hin und wieder bekamen sie jenes gewisse Leuchten. Immer dann, wenn sie einen Stummel erblickte.

Sie hatte sich zu einer wahren Spezialistin für Zigarettenreste entwickelt. Ihre Sammlung beinhaltete kostbare Raritäten, wie etwa russische Papirossy und kleine, dicke Gauloises aus der Nachkriegszeit. Ihr absolutes Prunkstück war allerdings eine filterlose Chesterfield aus dem Jahre 1942, die eindeutig von Humphrey Bogart geraucht worden war, und zwar bei den Dreharbeiten zu »Casablanca«. Dieses Kleinod befand sich in einer speziell angefertigten Vitrine und hatte einen Ehrenplatz auf ihrem Nachtkästchen.

Jackie konnte stolz von sich behaupten, dass sie von jeder Sorte und Preiskategorie einen Stummel besaß.

Müde und erschöpft von einem langen, harten Arbeitstag – sie hatte die Gegend um den Busbahnhof durchgekämmt – betrat sie den Lift. Als sich die automatische Tür hinter ihr schloss, fiel er ihr schon auf, dieser fremde Stummel. Er lag gleich neben der Tür, klein und unscheinbar.

Normalerweise wusste sie immer ganz genau, von wem die Zigaretten stammten, die in ihrem Haus herumlagen. Selbst manche Besucher, die sie nie zu Gesicht bekommen hatte, erkannte sie bereits an den Stummeln, die sie hinterließen. Sie hielt sich schon lange nicht mehr mit der reinen Anhäufung von Zigarettenstummeln auf, sondern versuchte, von der Beschaffenheit des Stummels auf Geschlecht, Aussehen und Charakter des Rauchers zu schließen.

Ein wichtiges Kriterium war natürlich auch die Sorte. Da sich die meisten Raucher bei der Wahl ihrer Zigarettenmarke auf die Werbung verließen, lag es nahe, dass zum Beispiel ein eher schwächlicher, schmächtiger Kerl zu einer Zigarette griff, der das Image des starken, harten Mannes anhaftete. Ein kleinkarierter Provinzler würde es wahrscheinlich mit dem Duft der großen, weiten Welt probieren, während sich honorige Persönlichkeiten eher auf altbewährte Marken und gediegene Tabakqualität verließen.

Sogenannte milde Sorten wurden vorwiegend von Frauen geraucht, aber auch von Männern, die ängstlich um ihre Gesundheit besorgt waren. Jugendliche beiderlei Geschlechts liebten starke, teure Marken, die ihnen das Gefühl vermittelten, endlich erwachsen zu sein. Ältere und konservative Menschen neigten zu großen, bekannten Sorten oder stiegen, ebenfalls aus gesundheitlichen Gründen, auf leichteren Tabak um. Diese Fälle bereiteten Jackie die größten Schwierigkeiten. Sie hasste Leute, die ständig die Zigarettenmarke wechselten.

Zigaretten, die neu auf dem Markt waren, wurden vor allem von Opinionleadern, innovativen, risikofreudigen Managertypen oder von unkonventionellen, etwas zu jugendlichen Vierzigern getestet.

Da Jackie über diverse Preissteigerungen bestens informiert war, gelang es ihr meistens, auch die soziale Herkunft des Rauchers zu bestimmen. Obwohl ihr Aufsteiger, Angeber und Geizhälse manchmal einen Strich durch die Rechnung machten.

Sie unterschied außerdem zwischen typischen Frauen- und typischen Männersorten. Bevorzugte eine Frau den würzigen, kraftvollen Geschmack einer Männerzigarette, war das für Jackie mehr als bedenklich und sagte einiges über die geheimen Wünsche der Raucherin oder über ihre mangelnde Weiblichkeit aus.

Aber von der Wahl der Marke allein ließ sich noch nicht allzu viel über die Person aussagen. Es gab auch Marken, die von Frauen und Männern gleichermaßen gern geraucht wurden. Daher zog Jackie zur Bestimmung der Geschlechtszugehörigkeit und vor allem der Charakterisierung der in Frage kommenden Individuen auch noch andere Faktoren heran.

Jackie begann Eigenschaften und Eigenheiten der Raucher an der Form und Deformierung der Stummel abzulesen. Nette, liebevolle Menschen gingen meistens auch mit den kleinen Stummeln zärtlich um und zerquetschten sie nicht so brutal wie rücksichtslose, gewalttätige Typen. Sie dämpften das brennende Ende vorsichtig aus, sodass eine beinahe ebene Fläche zurückblieb. Leider gab es auch hier Fehlerquellen. Sanfte, ruhige Geschöpfe neigten häufig zu Jähzorn und reagierten sich dann sehr wohl auch an den unschuldigen Stummeln ab.

Diese Charakterstudien wurden ihr bald zu langwellig – eine reine Routineangelegenheit – und sie ging daran, Verhaltensweisen, ja komplette Lebensgeschichten aus den kümmerlichen Resten längst gerauchter Zigaretten abzuleiten.

Ihre Analysemethode war relativ einfach. Zuerst bestimmte sie das Geschlecht des Rauchers: Eine bis zum Filter gerauchte Zigarette stammte mit ziemlich großer Wahrscheinlichkeit von einem männlichen Wesen. Fanden sich allerdings Lippenstiftspuren auf dem verblichenen Papier, so handelte es sich um eine nervöse, hektische Frau, die sich eher nachlässig und ungeschickt schminkte.

Bei filterlosen Zigaretten fiel die Bestimmung ebenfalls nicht schwer. Sie wurden lieber – bis auf einige wenige Ausnahmen – von Männern geraucht. Diverse Schminkreste halfen ihr auch in solchen Fällen auf die Spur etwas exzentrischer junger Damen.

Ein total zerquetschter oder gar zertretener Stummel, aus dem braune Tabakreste wie verlorene Fäden hervorquollen, deutete auf eine zwiespältige, gequälte Persönlichkeit hin, der durchaus Gewalttätigkeit zuzutrauen war. Bei dem Stummel, den sie gerade im Lift entdeckt hatte, handelte es sich offensichtlich um so ein Exemplar. Sie konnte ein leichtes Schaudern nicht unterdrücken, als sie das armselige Ding näher betrachtete.

Komplizierter wurde es bei schlecht ausgedämpften Zigaretten. Jackie schrieb diese negative Angewohnheit vor allem Frauen zu. Rauchte eine Zigarette gar noch im Aschenbecher weiter oder befand sich ein hübsches Stück Aschenrest am Filter, so wies dies eindeutig auf eine Frau hin. Und zwar auf eine, die zu viel und zu schnell sprach, was wiederum ein Zeichen für große innere Anspannung war. Eine nur bis zur Hälfte gerauchte Zigarette dagegen verriet den eitlen »Mehr-Schein-als-Sein-Typ«, zeigte gleichzeitig aber auch eine gewisse Unsicherheit an. Verfärbte sich das Filterende bräunlich, handelte es sich um eine gierige, oft auch sehr leidenschaftliche Person, die allgemein zur Genusssucht neigte. Diese Gruppe von Rauchern war ihr am liebsten, gab sie doch von allen am meisten her und ließ eine zutiefst psychologische Diagnose zu: oral schwerstens geschädigt. Ein fast makellos weißes Filterende entlarvte den Gelegenheitsraucher und Leute, die unter mangelndem Selbstbewusstsein litten, während ein stark deformiertes Filterstück die Schlussfolgerung nahe legte, dass sich jemand krampfhaft an den Stängel geklammert hatte. Dieser Personengruppe unterstellte Jackie Unselbstständigkeit und Schüchternheit.

Was nun die Verhaltensanalyse betraf, so gelang ihr diese besonders gut, wenn die Stummel noch frisch waren. Und der Stummel im Lift war frisch, sogar sehr frisch, das zerfranste Ende fühlte sich sogar noch lauwarm an.

Eine ganze Reihe von Interpretationsmöglichkeiten boten sich ihr an, sie reichten von hastigem Aufbruch, wichtigem Vorhaben über Langeweile bis zu ungeduldigem Warten. Manchmal kam ihr auch die örtliche Umgebung zu Hilfe. Wartesäle, Busstationen, Cafés und Kinofoyers zahlten zu ihren bevorzugten Revieren.

Oft gelang es ihr festzustellen, ob jemand während einer bestimmten Tätigkeit geraucht hatte. Ölverschmierte Filter oder Stummel, die bestimmte, unverwechselbare Gerüche bargen, vereinfachten es ihr. Büroangestellte zum Beispiel rauchten ihre Zigaretten nie bis zum bitteren Ende, eine Angewohnheit, die sie selbst in ihrer Freizeit beibehielten.

Als außerordentlich aufschlussreich erwiesen sich öffentliche Toiletteanlagen. Leute, die sich auch am Klo nicht von ihrem Glimmstängel trennen konnten, waren entweder besonders nervös oder aber ausgesprochene Gemütsmenschen. Die endgültige Entscheidung, zu welcher Gruppe die Kloraucher gehörten, fällte sie wiederum anhand der Beschaffenheit des ausgelöschten Objekts.

Typen, die selbst im Aufzug rauchten, waren ihr bisher nur selten begegnet. Deshalb bereitete ihr die Zuordnung des fremden Stummels auch so große Schwierigkeiten. Da in Aufzügen das Rauchen generell verboten war, musste es sich jedenfalls um einen Menschen handeln, der sich relativ ungeniert über Gesetze hinwegsetzte. Mehr fiel ihr im Moment nicht dazu ein.

Der unbekannte Stummel beunruhigte sie mehr, als sie zugeben wollte. Sie hob ihn auf und hielt ihn gegen das schwache Licht. Dieses winzige, hässliche Ding jagte ihr Angst ein.

Auf den ersten Blick konnte sie nicht einmal sagen, ob die Zigarette von einer Frau oder von einem Mann weggeworfen worden war. Auch der Markenname war kaum mehr zu entziffern. Sie würde den Stummel in ihrer Küche, die sie zu einem Labor umfunktioniert hatte, genauer unter die Lupe nehmen müssen.

Der Filter war leicht beschädigt, Fingernägel hatten sich in das weiche Endstück eingekerbt. Er war einfach weggeschnipst worden, nicht etwa ausgetreten, wie sie zuerst vermutet hatte. Dieses Wegschnipsen war eher eine Angewohnheit von armen Leuten. Und auch von ehemaligen Häftlingen. Der Stummel ließ sich dann später weiterrauchen.

Ihre erste oberflächliche Untersuchung ergab, dass es sich um einen brutalen Menschen handeln musste, unberechenbar, vielleicht auch verzweifelt, aber auf jeden Fall zielstrebig und energisch. Jackie bekam es noch mehr mit der Angst zu tun.

Als sie den Lift verließ und auf den Gang hinaustrat, fand sie einen zweiten Stummel, der anscheinend von derselben Person stammte. Dieses Mal war die Zigarette zwar nicht knapp bis zum Filter geraucht worden, aber das Filterende war wieder dunkelbraun verfärbt.

»Die Person muss eine nach der anderen geraucht haben. Vielleicht hat sie sich Mut angeraucht? Oder hat sie eine der Zigaretten erst beim Verlassen des Hauses geraucht?«

Sie hob auch den zweiten Stummel auf. Er war kalt. Jackie fasste wieder Mut. Sie hoffte, dass der oder die Fremde das Haus bereits wieder verlassen hatte. Zumindest legte die lauwarme Zigarette im Lift diese Vermutung nahe. Doch dieser Gedanke beruhigte sie nicht. Sie blieb auf dem düsteren Gang stehen und zerbrach sich den Kopf über diese beiden Kippen in ihrer Hand.

Im Allgemeinen nahm sie jeden Stummel an sich, selbst den von der Straße und den aus der Gosse. Keiner schien ihr zu minderwertig, keiner zu unwürdig, um in ihre Sammlung aufgenommen zu werden.

Sie war gut organisiert in ihrer Wohnung im letzten Stock eines abbruchgefährdeten Hauses. Sortiert in speziellen Dosen hob sie die diversen Arten für die Nachwelt auf und bewahrte sie so vor dem Vergessen und vor der endgültigen Vernichtung.

In ihrem Zimmer standen riesige Töpfe und Schachteln, in denen sie die neueren Produkte verwahrte, grob sortiert nach Geschlecht und Alter. Das geräumige Badezimmer fasste das eigentliche Stummel-Museum, tausende Stummel, liebevoll verpackt in sorgfältig beschrifteten Tabakdosen. Jackie wollte diesen fremden Stummel sogleich in ihrem Labor analysieren. Ein interessantes und schwieriges Unterfangen. Leider war sie gerade heute nicht in bester Form. Sie würde sich sehr konzentrieren müssen.

Ihr Unbehagen verstärkte sich noch mehr, als sie sich ihrer Wohnungstür näherte. Der Fremde – sie war mehr und mehr überzeugt, dass es sich um einen Mann handelte – musste zu *ihr* gewollt haben, denn sie bewohnte das letzte Stockwerk allein. Die anderen Wohnungen unter dem Dach standen seit Langem leer.

Jackie überlegte, ob sie nicht besser kehrtmachen sollte, solange noch Zeit dazu war. Ihre Handflächen wurden feucht. Sie wagte nicht, sich zu rühren. Ihre Hilfeschreie würde kein Mensch hören. Der alte Mann, der unter ihr wohnte, war schwerhörig.

Aber ihre Leidenschaft für diese verdammten Stummel, ihre Neugier, was die nähere Prüfung der beiden Exemplare ergeben würde, erwiesen sich als stärker. Zögernd steckte sie den Schlüssel ins Schloss. Er ließ sich nicht nach rechts drehen. – Die Tür war offen. Sie wusste genau, dass sie am Morgen, als sie das Haus verlassen hatte, zugesperrt hatte. Kalter Schweiß bedeckte ihre Stirn.

Aber jetzt gab es kein Zurück mehr. Sie stieß die Tür auf. Der Schrei blieb in ihrer Kehle stecken. Blankes Entsetzen spiegelte sich in ihrem Gesicht wider. Ungläubig starrte sie ins Leere. Ihre Wohnung war sauber und ordentlich aufgeräumt wie immer. Nur die unzähligen Kisten, Schachteln und Töpfe fehlten. Wohin sie auch blickte, – nichts, kein einziger Stummel. Einem Nervenzusammenbruch nahe eilte sie ins Bad. Auch hier herrschte eine trügerische Ordnung. All die hübschen, bunten Dosen waren verschwunden.

Die mühselige Arbeit von Jahren, vernichtet mit einem Schlag.

Jackie, die Nichtraucherin aus Überzeugung war, wusste, warum sie in all den Jahren ihre kostbare Sammlung vor allen Rauchern verborgen hatte. Sie brauchte die beiden neuen Stummel nicht mehr zu analysieren. Kein Wunder, dass sie ihr so große Angst eingejagt hatten, sie stammten von einem fanatischen Kettenraucher, einem Süchtigen, der sich jetzt auf ihre Kosten mit Stoff für Jahre eingedeckt hatte.

# Alle Jahre wieder

Eigentlich ist es viel zu kalt, um auf der Straße zu stehen und auf Kunden zu warten, die ohnehin nicht kommen werden. Nur wenige Männer sind um diese späte Stunde noch unterwegs. Bei den frostigen Temperaturen verkriechen sie sich lieber zu Hause in ihren Ehebetten, schmiegen sich an die fülligen Leiber ihrer Frauen und sehen sich einen drittklassigen Softporno auf Video an.

Die letzte Tankstelle vor der Autobahnauffahrt hat noch offen. Schwacher Lichtschein schimmert durch die kahlen Bäume. Der Parkplatz auf der anderen Seite der Straße liegt völlig im Dunkeln.

Die klammen Finger in den Taschen ihrer kurzen Webpelzjacke vergraben, stapft sie im Schutz einer immergrünen Tanne auf und ab. Nasses Laub raschelt unter ihren Füßen und der feuchte Nebel kriecht unter ihren kurzen Rock. Wenigstens bleiben ihre Beine in den langen roten Stiefeln warm. Sie zieht die Schäfte über die Knie, bis ihre schwarze Glitzerstrumpfhose fast völlig bedeckt ist.

Ihr bevorzugter Arbeitsplatz sind die Ausfahrtsstraßen der Stadt. Früher, am Gürtel, haben sie und ihre Kolleginnen sich in solch trostlosen Nächten gegenseitig das schlechte Geschäft vorgejammert oder sich in einer Bar mit einem Glühwein getröstet. Seit sie auf eigene Rechnung arbeitet, sind die Standplätze am Gürtel für sie tabu. Obwohl immer noch attraktiv, ist sie nicht mehr die Jüngste. Die offenen Grenzen im Osten haben den Konkurrenzkampf verschärft – zu viele jugendliche slawische Schönheiten! Eine fast Vierzigjährige hat nur noch wenig Chancen, außer sie spezialisiert sich. Seit die »Bumsbomber« täglich Bangkok anfliegen, lieben es die Herren fernöstlich, schön exotisch und minderjährig. Trotzdem mangelt es ihr nicht an Freiern. Viele Männer, vor allem ältere Semester, wissen reifere, weibliche Rundungen nach wie vor zu schätzen.

An ihrem kurzen schwarzen Lederrock ist seitlich die Naht aufgeplatzt. Sie hat wieder zugenommen. Demnächst wird sie sich neue Arbeitskleidung anschaffen müssen. Für kalte Winternächte ist sie nur mangelhaft ausgerüstet.

Sie geht nur noch selten auf den Strich, ist sehr wählerisch geworden und lässt nur große Fische an sich ran. Obwohl sie neulich einen guten Fang gemacht hatte, reichten die Scheinchen nicht einmal einen Monat lang. Außerdem steht Weihnachten vor der Tür. Und wenn sie auch nicht weiß, wem sie etwas schenken könnte, lässt sie sich doch vom vorweihnachtlichen Kaufrausch anstecken.

Sie zittert vor Kälte und beschließt, sich in der Tankstelle ein bisschen aufzuwärmen. Der Tankwart wird sich bestimmt über Gesellschaft freuen. Seit sie auf dem Parkplatz unter den Bäumen steht, hat kein Wagen mehr an seinen Zapfsäulen gehalten.

Abschätzend mustert sie den jungen Mann. Ein netter Kerl, helle freundliche Augen, ein weicher Mund, schlank, eher klein gewachsen. Mit ihren hohen Absätzen überragt sie ihn beinahe um einen halben Kopf. Obwohl er mindestens zehn Jahre jünger ist als sie, beginnt sich sein dunkelblondes Haar bereits zu lichten.

Der Tankwart schenkt ihr ein Lächeln und fragt, ob sie einen Kaffee möchte. »Bei der Saukälte braucht man was Warmes im Bauch.«

Ein Bier wäre ihr lieber, doch sie will nicht unverschämt sein. Er begibt sich in die Kochnische. Und sie schaut sich in dem kleinen Raum aufmerksam um. Zwei elektrische Heizstrahler spucken Wärme aus, als seien sie Kraftwerke. Die Tiefkühltruhe ist vollgestopft mit vertrockneten Wurstsemmeln, Bier- und Limonadedosen und die Kasse verschwindet hinter Bergen von Süßigkeiten. Regale voller Werkzeug, und auf dem obersten Regal thront ein kleiner Farbfernseher. Es läuft gerade ein Western mit Gregory Peck. Sie fürchtet, Genickstarre zu bekommen. Eigentlich würde sie jetzt lieber zu Hause vor ihrem eigenen Fernsehapparat sitzen …

»Machen Sie es sich ruhig bequem«, ruft der Tankwart aus der Kochnische.

Der hat Nerven! Wo soll sie es sich hier bequem machen? Der einzige Stuhl steht hinter der Kasse. Während sie noch überlegt, ob sie sich einfach auf seinen Platz setzen soll, bringt er einen schmalen Hocker aus der Küche und stellt ihn neben die Kühltruhe.

»Kann ich mir ein Bier nehmen? Ich zahl's auch«, fügt sie leise hinzu.

»Bedienen Sie sich!«

Sie nimmt eine Dose aus der Truhe und versucht, ihren dicken Hintern auf dem wackeligen Hocker zu platzieren. Der Tankwart holt den Kaffee und bietet ihr Kekse an. »Oder mögen Sie lieber Lebkuchen?«

»Nein, nein, ist schon recht. Außer, Sie hätten vielleicht Vanillekipferl?«

Er fischt eine Schachtel aus dem Regal und reicht sie ihr mit einer galanten Verbeugung.

Seine Freundlichkeit verwirrt sie, macht sie verlegen. Sie weicht seinem treuherzigen Blick aus und starrt auf den kleinen Fernsehschirm. Den Film hat sie schon gesehen – wie fast alle Filme mit Gregory Peck.

Wenn diese beiden Idioten letztes Mal statt Kreditkarten mehr Bargeld im Sack gehabt hätten, müsste sie jetzt nicht in dieser überheizten Tankstelle hocken und sich den Hals nach Jimmy Ringo verrenken. Sie mag diesen Film nicht. Wie konnte er sich nur dazu hergeben, einen Bösewicht zu spielen? Trotzdem wird sie am Schluss wieder Tränen vergießen.

Verärgert runzelt sie die Stirn. Ihre Wangen brennen wie Feuer. Sie betrachtet sich in einem kleinen Rückspiegel. Strähniges, rotgefärbtes Haar, Schnapsnase, rotgeäderte Augen, Pickel auf Stirn und Kinn – sie ist heute wahrlich kein schöner Anblick.

»Warum ziehen Sie nicht Ihre hübsche Jacke aus? Draußen frieren Sie sonst wieder.«

Bildet sie sich nur ein, dass er ihren Busen mit einem begehrlichen Blick streift?

»Eigentlich wollte ich mich ja nur kurz aufwärmen«, sagt sie und schält sich aus ihrem unechten Tigerfell.

Kein Zweifel, der Kleine starrt tatsächlich fasziniert auf ihre vielversprechenden Brüste, die sich aufreizend unter dem hautengen roten Trikot abzeichnen. Deswegen ist er so freundlich, der Herr Tankwart, denkt sie beinahe erleichtert. Sie glaubt zu wissen, was er im Sinn hat. Aber da ist er an die Falsche geraten, für einen Kaffee und ein paar staubige Vanillekipferl macht sie es noch lange nicht.

Das hat der hübsche Porsche-Heini damals auch geglaubt, hat gedacht mit einer kleinen Spritztour könnte er sie rumkriegen. Mit runtergelassener Hose und durchgeschnittener Kehle sah er dann plötzlich gar nicht mehr so unwiderstehlich aus. Sie muss immer noch lachen, wenn sie an das dumme Gesicht des Mannes denkt, der als Nächster auf dem stinkenden Parkplatzklo sein Geschäft erledigen wollte. Vielleicht erlag er einem Herzinfarkt? – Zwei Fliegen auf einen Streich? Ganze 97 Schilling hatte dieses Schwein in der Tasche. Manchmal sind eben auch die Kerle mit den schicken Autos eine Enttäuschung. Dennoch bleibt sie bei ihrem Prinzip, nur in teure Wagen zu steigen. Mit armen Schluckern hat sie nichts am Hut.

Der nette Junge schenkt ihr einen irritierten Blick, er weiß ihr versonnenes Lächeln nicht recht zu deuten. »Prost!« Sie leert ihr Bier in einem Zug. »Noch eins?«

»Aber immer.«

Er nimmt sich auch eine Dose aus der Truhe und streift wie unabsichtlich ihre Schenkel. Der Lederrock ist hoch gerutscht und entblößt ihre Beine fast bis zur Scham. »Scheiße.« Sie nimmt seine Hand von ihrem Knie.

Ein Wagen steht an der Zapfsäule. Der Fahrer hupt schon zum zweiten Mal.

»Beeil dich und fertig ihn draußen ab, ich möchte den Film ungestört zu Ende sehen.«

»Willst du nicht …? Ich meine, er ist allein, und es ist schließlich dein Job …«

Sie zuckt resigniert mit den Schultern und bleibt sitzen.

Der Tankwart eilt im Laufschritt zu den Zapfsäulen. Sie schaut ihm grinsend nach.

VW – braver Familienvater, so was interessiert sie nicht.

Sie schielt hinüber zur Kasse. Wenn man es recht bedenkt, waren die beiden Deutschen mit dem Mercedes doch kein so schlechter Fang: fast zwanzig Blaue in harter deutscher Währung. Die Kreditkarten fasste sie nicht an. Sie begeht keinen Fehler. Nachher tat es ihr beinahe Leid um den schönen Wagen. Aber was hätte sie damit anfangen sollen? Einen Führerschein besaß sie nicht, und außerdem wäre es viel zu gefährlich gewesen, mit dieser Spezialanfertigung herumzukutschieren. Man hätte sie glatt wegen Autodiebstahls belangen können. Der kleine Feuerzauber machte großen Spaß. Dass die beiden Waffenschieber waren, konnte sie nicht ahnen. Aber wenigstens war sie dadurch aus dem Schneider. Der Anschlag wurde der PLO zugeschrieben. Die Bullen waren wirklich zu blöd. Profis hätten bestimmt keinen Fidibus verwendet – das sah doch eher nach einem dummen Jungenstreich aus. Ärgerlich war nur, dass sie es ihnen vorher hatte besorgen müssen, und zwar beiden gleichzeitig. Anschließend luden sie die zwei Angeber noch auf ein Schnäpschen in die Raststätte ein. Es war ihr letzter Schnaps. Sie ging sich die Hände waschen und kehrte nicht zurück.

Böse Männer sterben langsam. Jimmy Ringo verblutet ganze fünf Minuten lang. Sie wischt sich die Tränen von den Wangen, dreht den Fernsehapparat ab und schaltet das Radio ein.

»Ihr Kinderlein kommet …«

Ein eiskalter Luftzug streift ihre Beine. Der Tankwart stolpert über die Türschwelle. Sie empfängt ihn mit ihrem charmantesten Lächeln, ihr Blick bleibt jedoch auf dem großen Wagenheber im Regal gegenüber hängen.

Der Kleine trägt keinen Ring. Das hat zwar nichts zu bedeuten, aber er sieht auch nicht aus wie ein verheirateter Mann. Wahrscheinlich wohnt er noch bei seiner Mutter, denkt sie, als er sich gierig auf ihren Busen stürzt. Noch immer lächelnd, lässt sie ihn gewähren. Seine Mama wird um ihn bestimmt viel weinen, vor allem morgen, am Heiligen Abend, den sie nun allein vor dem Fernsehapparat verbringen muss.

Auch ihr graut vor dem morgigen Abend, auch sie wird allein sein und auch sie ist vor sentimentalen Anwandlungen nicht gefeit. Alle Jahre wieder sehnt sie sich nach trauter Zweisamkeit im Kerzenschein und Lichterglanz, nach selbst gebackenen Keksen und nach »Stille Nacht, Heilige Nacht« aus dem Radio zu jeder vollen Stunde.

»Hast du eine Zigarette für mich?«

Er reagiert nicht gleich. Sie stößt ihn unsanft weg. »Doch nicht hier. Jeder kann uns sehen.«

»Aber es ist … ist ja kei … keiner da.« Er errötet wie ein Schuljunge.

»Gerade war einer da.«

Vor so viel weiblicher Logik kapituliert er und begibt sich auf Zigarettensuche. Er ist Nichtraucher, wie es sich für einen anständigen Tankwart gehört, hofft aber, in der Küche noch ein Päckchen seines Kollegen zu finden.

Sie schnappt sich schnell den Wagenheber und versteckt ihn in der Kühltruhe, legt ein paar Wurstsemmeln drüber.

Der Opa mit dem Audi Quattro war auch strikt gegen das Rauchen, machte aber ihr zuliebe eine Ausnahme. Natürlich nicht, ohne zu betonen, dass sie der erste Mensch wäre, der in seinem ganz mit weißem Leder ausgekleideten Edelschlitten rauchen durfte. Sie zeigte sich dankbar und bereitete ihm das schönste Ende, das sich ein alter Mann nur wünschen kann. Die kleine Nachtfahrt hat sich auch für sie bezahlt gemacht. Zwei »Mozartkugeln« und zwei Blaue, ganz zu schweigen von dem goldenen Siegelring und der Cartieruhr. In ihrem Schmuckkästchen hat sich schon ein hübscher, kleiner Schatz angesammelt. Ihre Altersversorgung. Sie war nicht so dumm, die Kostbarkeiten gleich zu Geld zu machen. Selbst wenn sie aus dem letzten Loch pfiff, rührte sie die gefährlichen Klunker nicht an. Lieber ging sie arbeiten. Vielleicht hätte ihr wilder Ritt den Opa ohnehin ins Jenseits befördert. Er hatte ein schwaches Herz. Doch darauf konnte sie sich nicht verlassen. Als er kam, drückte sie ihm die Kehle zu – wie in diesem japanischen Film. Dann zog sie ihn wieder ordentlich an, nicht nur aus Pietät, sondern weil er so nett zu ihr war, und ließ ihn einfach sitzen in seinem schönen, weißen Sarg.

Der junge Tankwart reicht ihr stolz ein angebrochenes Päckchen Camel und gibt ihr Feuer. Sie bläst ihm den Rauch ins Gesicht.

»Ich sperr zu.«

Sie nickt nur und wirft die Asche achtlos auf den Boden.

Als er ihr den Rücken zukehrt, greift sie nach dem Wagenheber.

»Oh du fröhliche, oh du selige ...« Ihre tiefe, heisere Stimme übertönt die herzzerreißenden Stimmchen der Wiener Sängerknaben.

Ein lieber Junge und auch nicht unhübsch, wenn man von den Geheimratsecken absieht. Er ist zwar nicht gerade der Hellste, außerdem stottert er, wenn er nervös ist ..., aber wenn die Mama nicht wäre ...? Selbst die würde ich am Heiligen Abend in Kauf nehmen, allerdings nur am Heiligen Abend.

Er hat die Lichter draußen ausgeschaltet, schließt jetzt die Tür und dreht auch drinnen das Licht ab. Im Dunkeln tastet er sich zu ihr. Sie macht ihre Zigarette aus.

Seine Küsse sind feucht, seine Umarmungen stürmisch.

Sie holt aus, denkt an den Heiligen Abend und überlegt es sich plötzlich anders. «Hast du für morgen Abend schon was vor?«

Den Wagenheber in der Rechten, wartet sie auf seine Antwort.

# Straße der Männer

Wenn es dunkel wird in der Stadt, wenn sich die kinderreichen Familien in die desolaten Mietskasernen zurückziehen und die Langeweile über die Villen am Meer hereinbricht, wenn die Lichter hinter all den dicht verhängten Fenstern angehen, dann beginnt das Leben in den engen, schmutzigen Gassen.

Auch ich bin ein Geschöpf der Nacht. Sternenlose Neumondnächte so wie heute sind mir am liebsten. Bei Einbruch der Dunkelheit findet mein schwarz lackierter Alfa Spider den Weg in den Alten Hafen fast allein. Wegen des feuchtkalten Nieselregens musste ich heute Abend leider das Verdeck schließen.

Die beschlagene Windschutzscheibe taucht die triste Umgebung in einen beinahe undurchsichtigen Schleier. Meine altersschwachen Scheibenwischer werden der paar Tropfen kaum Herr. Die Straßenbeleuchtung lässt zu wünschen übrig. Nur jede dritte Lampe funktioniert.

Der enge, kurze Rock spannt gehörig über meinen kräftigen Schenkeln. Jedes Mal, wenn ich aufs Gaspedal steige, rutscht er ein kleines Stück höher. Die schwarzen Strapse schauen bereits keck hervor.

Ich schalte die Heizung ein, trage unter dem Rock nur einen hauchdünnen Tanga aus schwarzer Spitze. Im Sommer verschmelzen meine Beine mit dem heißen Ledersitz. Erhitzt und vollgepumpt mit Adrenalin steige ich dann meist zu fest aufs Gaspedal. Doch auch die Eiseskälte, die das Leder heute Abend ausströmt, bringt meine zarte Haut zum Prickeln.

Mit quietschenden Reifen biege ich gleich nach dem Bahnhof rechts ab. Das Fahrverbotsschild gilt nicht für mich. Es wurde nur aufgestellt, um Touristen von den baufälligen und abbruchgefährdeten Hallen fernzuhalten.

Gestank beherrscht die Luft, Kot und Unrat bedecken das Pflaster, das auch mein Pflaster ist. Bei Regen verwandelt sich der Alte Hafen in eine übel riechende Kloake. Ratten und anderes Ungeziefer tummeln sich dann in den finsteren Winkeln, laben sich an den Abfällen, die sich seit Wochen dort stapeln.

Junge, kräftige Männer mit breiten Schultern und kurzen Beinen lehnen an ihren Vespas, parken sie mitten auf der Straße, schieben sie aber sofort zur Seite, wenn sie meinen Wagen erblicken.

Rauchend, trinkend, lachend, aggressiv in ihrer Gestik, jederzeit bereit, das Lachen einzustellen und zuzuschlagen, hängen sie den ganzen Abend im Alten Hafen herum. Ihre Fäuste sind groß und geübt im Schlagen. Ihre ärmellosen T-Shirts zeigen mehr, als sie bedecken. Heute Abend tragen sie abgewetzte Lederjacken zu den hautengen Jeans – sie sehen darin aber nicht weniger verführerisch aus. Die Jungen lassen gern ihre Muskeln spielen und wiegen sich herausfordernd in den Hüften, sobald Fremde vorbeikommen. Doch ich bin den jungen Männern in meiner Stadt nicht fremd.

Die alten Männer sind ruhiger, geben sich gelassen unter den Markisen der schäbigen Cafés, schaukeln gemächlich mit ihren Stühlen, schauen stundenlang ins Glas und heben kaum den Blick, wenn ein Fremder vorbeikommt. Sie werden nur heftig in ihren Debatten, die sich immer um die gleichen Themen bewegen: Frauen und Motoren, Sport und Politik.

Frauen befinden sich um diese Stunde kaum mehr allein auf der Straße. Hin und wieder sieht man eine in einem dunklen Hauseingang auf den Knien, redlich bemüht, einem männlichen Wesen oral zu Diensten zu sein. An lauen Sommerabenden verirren sich auch jugendliche Pärchen hierher und versuchen es auf der Rückbank eines kleinen, unbequemen Wagens miteinander zu treiben. Manchmal dringt auch Stöhnen oder ein spitzer Schrei durch die undichte Toilettentür eines Cafés. Aber diese wenigen Frauen fallen nicht ins Gewicht – die Straße gehört den Männern. Nur in den Bars trifft man Frauen, alt und fett gewordene, stark geschminkt und blond gefärbt. Meist stehen sie hinter der Theke. Prostituierte meiden diese Gegend.

Die Straße der Frauen liegt in einem anderen Viertel, unten im neuen Hafen. Diese Straße mit den vielen kleinen, billigen Hotels wird von den Männern später besucht. Am frühen Abend wollen sie unter sich sein, ungestört trinken, rauchen und diskutieren. Das Abendessen zu Hause bei ihren Frauen und Müttern liegt noch nicht lang genug zurück.

Ich liebe die Straße der Männer, sie besitzt eine geradezu magische Anziehungskraft. Über zwei Kilometer lang windet sie sich zwischen den verfallenen Lagerhäusern, aufgelassenen Magazinen und ehemaligen Verwaltungsgebäuden, vorbei an zwielichtigen Bars und heruntergekommenen Cafés.

Ich fahre, wie immer, einmal auf und ab und parke meinen Spider dann am Anfang der Straße, versperre fast die Zufahrt. Nur die Vespas oder Aprilias kommen noch zwischen der Stoßstange meines Wagens und dem früheren Sitz von Lloyds Trieste durch. Die Hausmauer des ehemals sehr repräsentativen Gebäudes sieht an der Stelle, an der sich die Jungen mit ihren Mopeds und Rollern vorbeizwängen, ziemlich ramponiert aus. Mein Spider hat bisher keine einzige Schramme abbekommen. Sowohl die jungen als auch die alten Männer geben gut acht auf mein hübsches Auto.

Der Spider ist eben kein liebliches Spielzeug für verwöhnte junge Damen. Er hat seine Ecken und Kanten, ist ein echtes Geschoss und sehr wendig zugleich. Die hundert PS unterm Hintern reichen mir vollig, um mich relativ sicher zu fühlen. Außerdem bin ich mit meinem kleinen Alfa all den größeren und stärkeren Wägen, die durch die engen, verwinkelten Gassen der Stadt schleichen, haushoch überlegen. Allerdings ist der zierliche Wagen ziemlich ungeeignet für längere Reisen. Da ich meine Stadt ohnehin nie verlasse, ist es mir egal. Ich lege keinen Wert auf ein bequemes Gefährt. Das Gefühl, schneller zu sein als alle anderen, nicht erwischt, niemals eingeholt zu werden, beruhigt mich. Und das wissen auch die Männer in meiner Straße.

Ich weiß, dass sie jeden Samstag auf mich warten und mache mich auch jeden Samstag extra für sie schön. Heute trage ich zu meinem knallroten Ledermini ein schwarzes, tief dekolletiertes langärmeliges T-Shirt. Die kurze, dünne Lederjacke ist mein einziges Zugeständnis an den beginnenden Herbst.

Zum Glück ist es kein wirklich kalter Abend. Auch die eisige Bora, die an so trüben Tagen oft vom Karst herunterfegt, scheint mir wohl gesonnen, hebt sich ihren spektakulären Auftritt für einen anderen Tag auf.

Ein breiter, schwarzer Ledergürtel, an dem ein perlenbesetztes Bauchtäschchen baumelt, in dem ich meine Schminkutensilien und alles andere, was ich in solch einer Nacht benötige, aufbewahre, ergänzt mein schickes Outfit. Das schwarze Lederjäckchen, das ich locker um die Schultern geworfen habe, ist reine Dekoration. Ich liebe eben den Geruch von Leder und die Farbe Schwarz. Trotz meiner auffälligen Größe wirke ich beinahe zerbrechlich zwischen all den kräftigen Gestalten, die sich um diese Zeit im Alten Hafen herumtreiben. Wie eine Fee schwebe ich auf meinen hohen Absätzen über das tückische Kopfsteinpflaster. Unberührt vom Dreck der Straße promeniere ich auf und ab.

Ich bin gut gewachsen, wie meine Frau Mutter zu sagen pflegte. Gott hab sie selig, diese bigotte Alte! Was würde sie bloß jammern und beten, wenn sie mich heute in meiner vollen Pracht und Herrlichkeit sehen könnte?

Meine Haare sind lang, reichen mir fast bis zum Po und sind auffallend blond. Wasserstoffblond. Mein Gesicht ist trotz oder gerade wegen kleinerer Schönheitsfehler angeblich sehr reizvoll. Auf jeden Fall bin ich immer perfekt geschminkt.

Ich genieße die verlangenden Blicke der Jungen, die stummen Bitten der Alten und die anzüglichen Komplimente der wenigen Fremden. Ihre gierigen Münder versprechen die Wonnen einer kurzen Nacht und ihre hungrigen Augen nähren mein Verlangen. Sie werden mich auch heute wieder bis tief in die Nacht hinein verfolgen. Ich mache dieselbe Runde wie immer, schlendere die Straße mehrmals hinauf und hinunter, bevor ich mich in die stockfinsteren Seitengassen begebe.

Die jungen Männer grüßen mich mit respektvollem Nicken, wenn ich an ihnen vorbeispaziere, richten aber nie das Wort an mich, verstummen sogar, schenken mir unsichere Blicke, wenn ich ihre durchtrainierten Körper im Vorbeigehen streife, und sprechen erst weiter, wenn ich mich außer Hörweite befinde. Es scheint, als hätten sie Angst vor meiner teuren Kleidung, meinem exklusiven Parfum, meinen seidenen Strümpfen und eleganten Schuhen.

Auch die Alten respektieren mich, schenken mir vielleicht eine Spur weniger Beachtung als die Jungen, wagen es allerdings nicht, mich anzusprechen. Ich bin tabu für die Männer in meiner Straße.

Heute Abend sind nur wenige Fremde unterwegs, das ist mir schon vorhin, als ich die Straße auf und ab gefahren bin, aufgefallen. Zwei, drei Geschäftsleute, die nur für eine Nacht in der Stadt bleiben. Ich mag die Geschäftsleute viel lieber als die wohlhabenden Touristen aus dem Norden. Diese dekadenten Schwerenöter, die endlich mal etwas erleben wollen, machen nur Probleme. Geschäftsleute sind anspruchsloser, illusionsloser, schlicht und einfach weniger kompliziert, trotzdem aber ständig auf der Suche nach einem kleinen Abenteuer, das sie für ein paar Minuten über ihren langweiligen Job hinwegtröstet. Nur wenige von ihnen verirren sich in die Straße der Männer, die meisten begnügen sich mit den Bars der Innenstadt. Diejenigen, die es bis in den Alten Hafen schaffen, kommen natürlich auch nur, um sich Mut anzutrinken, für das, was sie später noch vorhaben, und weil es noch zu früh ist, um anderswo hinzugehen. Sie geben sich erfahren, beinahe weltmännisch, und sind auch nicht geizig. In den Augen der jungen Männer in meiner Straße sind sie arme Idioten. Ein gefundenes Fressen auch für jede Frau. Sie braucht nicht einmal besonders abgebrüht zu sein, muss nur treuherzig dreinschauen, freundlich lächeln, ein bisschen mit dem Arsch wackeln, den Bauch einziehen und ihre Brüste nicht verstecken. Normalerweise habe ich ein leichtes Spiel mit ihnen.

Die alten Männer verschwenden kaum einen Blick auf diese Fremden. Vertieft in ihre hitzigen Debatten bemerken sie die Eindringlinge oft nicht einmal. Die jungen Männer erlauben sich manchmal derbe Späße mit ihnen, pöbeln sie an, spotten über ihre Kleidung, über ihr angeberisches Getue und nehmen sie bei jeder sich bietenden Gelegenheit aus.

Aber weder die alten noch die jungen Männer in meiner Straße sind wirklich kriminell. Sie würden nie jemanden bis auf letzten Cent ausrauben, lassen sich von den Fremden nur auf ein paar Drinks einladen, hören sich geduldig ihre prahlerischen Geschichten an und geben ihnen gute Tipps für die Straße der Frauen mit auf den Weg. Nicht selten kehrt einer dann mit einem lästigen Geschenk einer kranken Hure zu seiner lieben, kleinen Ehefrau ins ländliche Kärnten zurück.

Viele Huren im Neuen Hafen sind nicht amtlich registriert und brauchen sich daher auch nicht den vorgeschriebenen Gesundheitsuntersuchungen zu unterziehen. Sie kommen per Schiff oder Bahn aus dem Südosten Europas, bleiben nur kurz in unserer Stadt, bevor sie in den reicheren Norden weiterziehen. Ich halte nicht viel von diesen neuen Nomadinnen. Sie verkaufen sich viel zu billig, haben keine Ahnung vom Geschäft.

Nach vollbrachtem Vergnügen trifft man die Fremden oft wieder. Volltrunken taumeln sie nach Mitternacht durch die ausgestorbenen Straßen der Stadt, vorbei an Geschäften mit heruntergelassenen Rollläden und an mit schweren Vorhängeschlössern versehenen Bars.

Meist haben die Frauen aus Südosteuropa nicht mehr viel von ihnen übrig gelassen. Auch das ist ein Grund, warum ich mir diese Herren lieber vor ihrem Besuch im Neuen Hafen vornehme.

Heute Abend sind tatsächlich nur drei Fremde in meinem Revier unterwegs – das hat mir einer der Jungen geflüstert, indem er drei Finger hochhielt.

Ich schätze solche Abende, an denen im Alten Hafen nicht viel los ist. Es erleichtert mir die Qual der Wahl.

Nach kurzem Überlegen entscheide ich mich für einen großen, nordisch aussehenden Mann um die vierzig. Blond, blauäugig, nicht zu übersehender Bauchansatz und Bluthochdruck – bestimmt ein Deutscher. Die Deutschen mag ich am liebsten, sie fragen nicht viel, sind geradeheraus, fackeln nicht lang herum, kommen gleich zur Sache und sind vor allem sehr großzügig. Besser gesagt, sie tragen oft große Summen mit sich spazieren.

Der Mann meiner Wahl lehnt an der Theke eines Cafés und hält sich an einem Grappa fest. Sein gerötetes Gesicht verrät den handfesten Trinker. Er wirkt nicht mehr ganz nüchtern.

Ich stelle mich neben ihn, bestelle einen Espresso und stürze ihn in einem Zug hinunter, schaue ihm dabei tief in die Augen und senke dann verschämt meine Lider. Wiederhole die ganze Zeremonie noch ein paar Mal. Er braucht eine Weile, bis er meinen Blick erwidert. Ich helfe noch ein bisschen nach, deute mit einer lasziven Handbewegung die Richtung an, in die ich gehen werde.

Prompt folgt er mir brav auf die Straße hinaus und weiter in eine dunkle Sackgasse, die, wie alle Gassen hier, am Wasser endet.

Ich habe keine Angst. Ich weiß, dass die Jungen und auch die Alten in meiner Straße gut auf mich achtgeben. Auch wenn ich momentan, außer diesem großen Blonden, der treuherzig hinter mir herlatscht, keinen Menschen hinter mir sehe, bin ich mir sicher, dass mich Dutzende Augenpaare verfolgen.

Wenn einer der Fremden es wagte, mich ernsthaft zu bedrohen, würden die jungen Männer mit ihren harten Fäusten sofort einschreiten. Auch in der Hand manch alten Mannes würde plötzlich eine scharfe Klinge aufblitzen.

Ich kann mich auf sie verlassen. Die Straße der Männer ist auch meine Straße. Die Jungen kenne ich alle von klein auf, bin mit ihnen Tür an Tür aufgewachsen und mit einigen von ihnen zur Schule gegangen. Früher, als sie noch mit mir sprachen, nannte ich sie alle bei ihren Kosenamen. Aber ihre Namen tun heute nichts mehr zur Sache. Sie besitzen ohnehin nur Vornamen für mich und die klingen alle ähnlich.

Die Alten, zum Teil die Väter der Jungen, kannten meine Mutter recht gut, auch sie würden mich immer und überall beschützen, das haben sie dieser frommen Frau, die es in ihrer Jugend mit fast allen von ihnen getrieben hat, am Sterbebett gelobt. Einer von ihnen ist wahrscheinlich mein Vater. Ich weiß nur leider bis heute nicht, welchem von ihnen ich mein Leben verdanke. Wahrscheinlich wissen es die alten Männer ebenfalls nicht. Deshalb lasse ich mich auch mit keinem von ihnen näher ein.

Ich rieche das Meer, bevor ich es sehe. Das Meer flößt mir keine Angst ein. All die verrosteten Kräne, die weit übers Wasser ragen, die ausrangierten Fischkutter in der aufgelassenen Werft und die monströsen Baumaschinen hinter mir finde ich viel bedrohlicher als das Wasser. Die schwarze Masse mag vielleicht für andere Schrecken bergen, für mich bedeutet das Meer, genauso wie mein Spider, die große Freiheit.

Die Eisenbahnschienen, überwachsen mit Gras, enden hier im Nichts. Ich muss höllisch achtgeben, mich in der Finsternis mit meinen hohen Absätzen nicht in den kaputten Schwellen zu verfangen.

Schritte. Schwere Männerschritte. Sie nähern sich langsam, fast zögernd.

Ich kehre dem großen Blonden, der mir brav gefolgt ist, meinen Rücken zu, habe den Blick aufs Meer gerichtet.

Das Wasser gibt mir Kraft und beruhigt mich gleichzeitig. Ich bin am Meer aufgewachsen, habe Respekt vor seiner Gewalt und Unendlichkeit, fürchte mich aber nicht vor seinen Launen.

Eine Welle schwappt über die niedrige Kaimauer, umspült meine Füße. Hoffentlich werden meine Zweihundertfünfzig-Euro-Schuhe die nächste Welle auch noch heil überstehen.

Während ich aufs Wasser schaue und mich auf den monotonen Gesang der Wellen zu konzentrieren versuche, kommen die Schritte näher.

Plötzlich spüre ich den heißen Atem in meinem Nacken. Zwei kräftige Arme schließen sich um meinen Hals. Unsinnige Worte dringen an mein Ohr.

Feuchte Lippen berühren mein Haar, ganz zärtlich und sanft. Ich lehne mich zurück.

Sein hartes Glied tanzt auf meinem Hintern auf und ab. Plötzlich nimmt er mein Gesicht zwischen seine Hände und dreht es zur Seite, schleckt es ab.

Mir ekelt vor seinem Speichel. Als er mir seine dicke Zunge tief in den Mund steckt, beginne ich zu würgen.

Hektisch krame ich in meiner Bauchtasche herum. Inzwischen sind seine klobigen Finger auf meiner Taille gelandet und tasten sich jetzt langsam vor zu meinem Po.

Ich nehme den Schlagring aus meinem mit Perlen bestickten Täschchen, ziehe ihn über meine Rechte.

Als seine Hand zwischen meinen Beinen angelangt ist, entfährt ihm ein leiser Schrei. Blitzschnell drehe ich mich um und versetze ihm einen kräftigen Schlag auf seine linke Schläfe.

Er taumelt, fällt um wie ein Mehlsack.

Sicherheitshalber beuge ich mich über ihn und versetze ihm einen zweiten Schwinger mitten ins Gesicht.

Er rührt sich nicht mehr. Seinem halb offenem Mund entweicht nicht einmal ein leises Stöhnen.

Habe ich zu fest zugeschlagen? Oder hat sein Herz vor Schreck zu schlagen aufgehört?

Ich habe keine Zeit, mir Gedanken darüber zu machen, nehme seine Brieftasche aus der Innentasche seines Sakkos und zähle rasch die Scheinchen.

Wie fast immer habe ich eine gute Wahl getroffen. Die Monatsmiete für meine Wohnung und ein paar Tankfüllungen für meinen Spider sind gesichert. Bankomat- und Kreditkarten sowie Ausweise rühre ich nicht an. Vielleicht können meine Freunde etwas damit anfangen. Ich nehme nur Bargeld. Auch das rührende Familienfoto, er und seine Frau plus zwei hoch aufgeschossene, sommersprossige Jünglinge, taste ich nicht an. Mein Respekt vor intakten Familien ist groß.

Der Typ bewegt sich nach wie vor nicht. Aber darum sollen sich die Männer in meiner Straße kümmern. Notfalls können sie ihn ja ins Wasser schmeißen oder, besser gesagt, der Unendlichkeit des Meeres übergeben. Es wird ihnen bestimmt eine Lösung für dieses Problem einfallen.

Ich muss jetzt schauen, dass ich ins Bett komme. Ich brauche den Schlaf für meine Schönheit. Schönheit ist ein Geschenk Gottes und darf deshalb nicht leichtfertig aufs Spiel gesetzt werden, pflegte meine fromme Frau Mutter immer zu sagen. Obwohl ich der beste Beweis dafür bin, dass sie auch in diesem Punkt nicht recht hatte, versuche ich wenigstens manchmal, ihre Ratschläge zu beherzigen.

Wirklich schön finde ich nur die Männer in meiner Straße und die kriegen bestimmt alle zu wenig Schlaf, dafür sorge schon allein ich mit meinen regelmäßigen Besuchen im Alten Hafen. Ich finde sie alle wunderschön, liebe ihre kurzen, kräftigen Beine, die im Gegensatz zu meinen stark behaart und voller Krampfadern sind. Ich stehe auf ihre flachen, harten Bäuche und ihre knackigen Hinterteile. Und ich liebe auch ihre breiten, mächtigen Oberkörper, ihre muskulösen Oberarme, ihre tätowierten Unterarme und ihre schmutzigen Hände mit den kurzen Fingern und den abgenagten Nägeln. Ja, ich mag selbst ihre unreine, dunkle Haut, die aussieht wie gegerbtes Leder, und vor allem bewundere ich ihre Haare. Ihr dichtes, lockiges Haar bleibt oft schwarz bis ins hohe Alter. Der beste Beweis dafür sind die schwarzhaarigen Sechzigjährigen mit den von vielen tiefen Furchen durchzogenen Gesichtern, die ich, ehrlich gesagt, sexuell viel attraktiver finde als die Jungen in meinem Alter. Aber, wie gesagt, einer dieser gut aussehenden, alten Männer ist höchstwahrscheinlich mein Vater.

Selbst meine jungen Freunde haben harte, rasch alternde Gesichter. Nur ihre Augen sind noch jung. Es sind glühende, leidenschaftliche Augen, mit denen sie mich wehmütig und begierig zugleich anstarren, verwirrt und schwer getroffen in ihrer Männlichkeit. Denn auch ich bin ein Mann.

# Schuhe von Valentino

Der schwere, dunkle Wagen kam näher, raste mit höllischer Geschwindigkeit auf sie zu. Die Scheinwerfer leuchteten auf. Er hatte sie mitten im Visier.

Sie stand da wie gelähmt; groß, schlank, den weiten Mantel in der Mitte mit einem Gürtel zusammengerafft, das kalkweiße Gesicht verzerrt, ein stummer Schrei auf ihren Lippen und in ihren Augen die nackte Angst.

Der Wagen verfehlte sie nur knapp. Sie hörte die Reifen quietschen, als er abbremste. Im Rückwärtsgang begann die Jagd von Neuem. Ein Hauseingang bot nicht genügend Schutz. Sie presste ihren zarten Körper an die verschlossene Tür. Wieder verfehlte er sie nur um Haaresbreite.

Ein möglicher Fluchtweg war bei der schwachen Beleuchtung nicht zu entdecken. Die Straße schien menschenleer, die Häuser sahen unbewohnt aus. Feuchtkalter Novembernebel umhüllte gnädig die verfallenen Gebäude. Sie rannte im Zickzack die Straße hinunter. Das Klappern ihrer hohen Absätze ging im Aufheulen des Motors unter. Es war kalt, doch auf ihrer Stirn erschienen Schweißperlen und das nasse Haar klebte an ihren Wangen.

Ein Torbogen, der leicht zu übersehen war, eine schmale Gasse – zu schmal für den großen Wagen. Sie schlüpfte hinein, fand aber keinen Weg mehr hinaus. Sie saß in der Falle.

Der Motor des Wagens verstummte. Schritte. Schwere Männerschritte. Laut und selbstsicher hallten sie auf dem Kopfsteinpflaster wider. Sie kauerte sich an eine Hausmauer. Ein Müllcontainer verdeckte notdürftig die Sicht. Die Schritte kamen näher. Sie glaubte, seinen leise pfeifenden Atem zu hören und wagte selbst nicht mehr zu atmen.

Ein großer, dunkler Schatten beugte sich über sie. Er stand direkt vor ihr, putzte seine teuren Schuhe von Valentino an ihrem Mantel ab. Die neue Rolex, die sie ihm heute Morgen neben sein Zweieinhalb-Minuten-Ei gelegt hatte, blitzte vor ihrem Gesicht auf.

Seine klobigen Finger schlossen sich um ihren Hals.

Sie drückte ab.

Ein schwaches Stöhnen. Ein zweiter Schuss durchbrach die unheimliche Stille, scheuchte die letzte verschlafene Ratte auf. Sie ließ den leblosen Körper neben dem Müllcontainer liegen und lief, ohne sich noch einmal umzusehen, zurück auf die Straße. Sein Wagen stand vor dem engen Torbogen. Die Motorhaube war noch heiß. Ihre Hände zitterten und vor ihren Augen drohte alles zu verschwimmen. Sie fürchtete, sich augenblicklich übergeben zu müssen. In diesem Zustand konnte sie sich nicht ans Steuer setzen.

Das Viertel sah nach Vorstadt aus. Abbruchreife Mietskasernen und leer stehende Fabrikshallen. Sie beeilte sich, aus dieser einsamen Gegend wegzukommen. Ihre Füße schmerzten und sie bereute bald, den Wagen stehen gelassen zu haben.

Wie eine Wahnsinnige torkelte sie die Straße hinunter, verlor einen Schuh und merkte es nicht. Die dünnen Strümpfe zerrissen, den Mantel mit Straßendreck und Hundekot beschmiert, humpelte sie weiter die einsame Straße entlang. Sie stammelte Wortfetzen, die keinen Sinn ergaben, und plötzlich fing sie an zu singen, sang mit heller, zitternder Stimme: »Happy birthday my darling, happy birthday to you ...«

Ihr Antlitz hatte nichts Menschliches mehr, der Lippenstift war verschmiert, das Augen-Make-up zerronnen und auf ihren Wangen breiteten sich hässliche rote Flecken aus.

Erschöpft und am Ende ihrer Kräfte machte sie auf einer Brücke halt. Sie sehnte sich nur noch nach einem heißen Bad und einem warmen Bett. Doch das romantische Schlosshotel, das Dinner bei Kerzenlicht und der Champagner zum Frühstück waren in unendliche Ferne gerückt.

Verzweifelt beugte sie sich über das Geländer der Brücke, widerstand aber der Versuchung zu springen, warf nur den Revolver in den stinkenden Fluss.

Die Waffe hatte ihm gehört. Er war nachts oft allein unterwegs gewesen. Als er den Streit vom Zaun brach, hatte sie den Revolver aus dem Handschuhfach genommen, nicht in der Absicht, ihn damit zu töten, sondern um zu verhindern, dass er auf eine ähnliche Idee kam. Abgelenkt durch die schlecht funktionierenden Scheibenwischer, hatte er es nicht bemerkt. Er hätte sie auch auf einfachere und saubere Art loswerden können, durch Scheidung zum Beispiel. Sie ahnte jedoch, warum er sie beseitigen wollte und es möglichst wie ein Unfall aussehen sollte. Bei einer Scheidung hätte er keinen roten Heller bekommen. Gewöhnt an einen aufwendigen Lebensstil – luxuriöse Hotels, exklusive Bars, schicke Maßanzüge und hohe Verluste im Casino – brauchte er ihr Geld mehr als dringend. Auch seine hübsche Sekretärin stellte Ansprüche …

Bestimmt hatte er Schulden hinterlassen – die würde sie bezahlen. Das war das Letzte, was sie noch für ihn tun konnte. Weinend stand sie auf der Brücke und starrte auf die träge, schwarze Kloake, die den Dreck der ganzen Stadt schluckte. Der unerträgliche Gestank raubte ihr beinahe den Atem. Sie presste ihr Taschentuch vor Nase und Mund und ließ sich, leise schluchzend, zu Boden sinken. Die Stirn an das Geländer gelehnt, verharrte sie zitternd auf dem eiskalten Boden. Es begann wieder leicht zu nieseln. Aus der Ferne war das Geräusch eines Motors zu vernehmen.

Taumelnd wie eine Betrunkene erhob sie sich, wischte sich die Tränen vom Gesicht und winkte zaghaft. Der Wagen näherte sich rasch. Scheinwerfer flammten auf. Sie stieß einen markerschütternden Schrei aus, als sie von dem großen, dunklen Auto erfasst und über die Motorhaube geschleudert wurde. Ihr Kopf prallte gegen einen Brückenpfeiler. Sie blieb regungslos liegen.

Der Fahrer stieg aus. Er krümmte sich vor Schmerzen. Blut tropfte von seiner Hand und aus dem kleinen Loch in seinem Bauch. Stöhnend bückte er sich, hob die Tote auf und warf sie in den Fluss. Dann schleppte er sich zurück zu seinem Wagen und verließ die fremde Stadt auf dem gleichen Weg, auf dem sie gekommen waren.

# Au revoir

Sie verlässt die Underground mitten in der Lower East Side: ausgeraubte Geschäfte, aufgelassene Bars, verrostete Autowracks und wütende Parolen an den Mauern. In einer düsteren Sackgasse entdeckt sie einen Schnapsladen. Zwei alte Säufer lassen sich mit übel riechendem Fusel zu zwei Dollar die Flasche volllaufen. Ein räudiger Köter streicht um ihre Beine und schnuppert an ihren feuchten Hosen. Mit Schlägen und Tritten befördern sie ihn zur Tür hinaus.

»Ich suche ein Zimmer.«

»Gleich schräg gegenüber«, murmelt der Verkäufer. Er scheint ebenso wenig zum Reden aufgelegt wie sie.

Sehnsüchtig betrachtet sie die Flaschen mit den hübschen Etiketten, kauft schließlich ein Sixpack und verstaut, als er gerade einmal nicht hersieht, noch eine Dose in ihrer Manteltasche. Dann überquert sie die Clinton Street und steuert auf ein fünfstöckiges Gebäude zu. Die eiserne Feuerleiter endet im ersten Stock und auf dem Dach thront eine riesige Blechtonne. Links und rechts nichts als gähnende Baugruben und bis auf die Grundmauern abgebrannte Häuser. Der Schwarze an der Rezeption scheint sie überhaupt nicht wahrzunehmen. Aus einem überdimensionalen Ghettoblaster dröhnen monotone Rap-Klänge.

»Ich hätte gern ein Zimmer.«

Der Portier mustert sie gelangweilt. Sie ist groß, dünn und nicht mehr jung. Ihr zerzaustes Haar ist von undefinierbarer Farbe und ihr wadenlanger schwarzer Mantel völlig verdreckt. Wortlos reicht er ihr einen Schlüssel. Er verlangt weder Bargeld noch einen Ausweis.

Obwohl sie außer einem braunen Papiersack und sieben Bierdosen kein Gepäck hat, fällt ihr das Stiegensteigen schwer. Die steile Treppe will kein Ende nehmen. Lift gibt es keinen, nicht einmal einen »außer Betrieb«.

Ihr Zimmer liegt im vierten Stock. Die Bettwäsche ist grau, der TV-Apparat kaputt und im verstopften Waschbecken schwimmen die Reste längst vergessener Liebesnächte. Das Fenster geht auf die Straße hinaus und die Tür lässt sich von innen nicht zusperren. Sie schiebt einen Stuhl unter die Klinke, zieht den schweren Mantel aus und wirft sich aufs Bett. Ihre verstaubten Stiefel behält sie an.

Die Zigarette glüht noch im Aschenbecher, als sie einschläft. Nach etwa einer halben Stunde wecken sie schrille Schreie aus dem Nebenzimmer. Sie öffnet eine Dose Budweiser, leert sie in einem Zug und greift nach der nächsten. Erst als es draußen dunkel wird, steht sie auf, schlüpft in ihren Mantel, vergewissert sich, dass die Smith & Wesson in der Tasche steckt und verlässt das Zimmer.

Neben der Rezeption hängt ein Telefonautomat. Sie bittet den Schwarzen um die Telefonbücher. Zum Glück ist die Seite, auf der sich der gesuchte Name befindet, noch vollständig.

Das Telefonat dauert nur 25 Cent lang.

Sie marschiert die Houston Street hinunter, vorbei an überquellenden Müllsäcken und stinkenden Alkoholleichen. Ein kleiner Junge geht sie um ein paar Dollar an, gibt sich dann aber mit einer filterlosen Chesterfield zufrieden.

Es ist kalt, viel zu kalt für diese Jahreszeit. Dort, wo sie herkommt, braucht man keinen Mantel mehr. Ein paar Jugendliche verbrennen mitten auf der Straße altes Gerümpel. Sie wärmt sich kurz an ihrem Feuer. Keiner nimmt von ihr Notiz. Ihre Hände bleiben tief vergraben in den Manteltaschen. Eine Hand umklammert die 34er, die andere bewahrt die offene Bierdose, aus der sie sich hin und wieder mit einem Schluck stärkt, vorm Umkippen.

Ihre Schritte hallen laut durch die nächtlichen Straßen. Die Gegend wird ein bisschen besser. Bald muss die Bar auftauchen, von der er gesprochen hat. Sie geht langsamer, blickt sich immer wieder um. Vor einem hell erleuchteten Eingang bleibt sie stehen. Das grelle Neonlicht schmerzt ihre inzwischen an die Dunkelheit gewöhnten Augen. Das Lokal sieht teuer aus, aber die Adresse stimmt. Zögernd geht sie hinein.

Verlogene Romantik, zu viel Plüsch, zu viel Rot und zu wenig Licht. Ein Klavierspieler sorgt für Stimmung und die Kellner tragen schwarze Fliegen. An der Theke lehnen stark geschminkte Damen, die es für Geld machen und manchmal auch aus Liebe. Die Barhocker sind für die teureren Damen reserviert. An den kleinen Tischen im Dunkeln sitzen Männer, die gierig auf ein bisschen Sex warten.

Sie gibt ihren Mantel an der Garderobe ab und stellt sich an die Bar. Ihre Reize hat sie unter einem dicken, von Motten zerfressenen Pullover und einer weiten Hose versteckt. Von hinten sieht sie aus wie ein Mann.

Der Bartender lässt sich ziemlich lange Zeit, bis er sie nach ihren Wünschen fragt. Sie verlangt ein Bier gegen den Durst und einen »Rusty Nails« für das, was ihr noch bevorsteht.

Das blödsinnige Grinsen ihres Nachbarn geht ihr auf die Nerven. Gelangweilt betrachtet sie ihre mageren, blaugeäderten Hände und ihre abgebissenen Fingernägel.

Der Bartender reicht ihr den Drink, den sie nicht bezahlen kann.

Ein gut gekleideter Mann in den besten Jahren nähert sich der Bar aus einer anderen Richtung. Elegant gestutzter Schnurrbart, glatt rasiertes Kinn, eher klein gewachsen und zart gebaut. Das von Natur aus lockige Haar trägt er modisch frisiert. Obwohl er die dreißig längst überschritten hat, wirkt er jugendlich, frisch und dynamisch.

Ihr Anruf hat ihn total überrascht. Woher hat sie meine Nummer? Was macht sie in New York?

Am Telefon hat sie nicht gesagt, was sie von ihm will. Trotzdem hat er sofort eingewilligt, sie zu treffen.

Wie viele Jahre haben wir uns nicht gesehen, nichts voneinander gehört? Er rechnet kurz nach. Das verflixte siebte Jahr, denkt er belustigt.

Die Scheidung verlief problemlos. Sie bekam das mit Hypotheken belastete Haus, er den Wagen und das restliche Bargeld. Eine ganz gewöhnliche Geschichte – ihre Geschichte.

Er trägt ihr nichts nach. Nicht sie allein vertrieb ihn aus diesem Nest in Middle West. Ein geschiedener Mann erschien der Firma nicht mehr vertrauenswürdig genug und die Nachbarn betrachteten ihn ebenfalls mit scheelen Blicken. Heute ist er froh, dem kleinbürgerlichen Mief entkommen zu sein.

Sein Job ist zwar nicht gerade erstklassig, aber er verdient nicht schlecht, immerhin reicht es für eine kleine Wohnung im Village und für jede Menge Frauen. Er hält sich nach wie vor für unwiderstehlich, wechselt seine Freundinnen fast so oft wie seine Unterwäsche.

Selbstgefällig betritt er die schummrige Bar. Er ist überzeugt, dass seine geschiedene Frau von diesem Etablissement schwer beeindruckt sein wird. Solche Lokale hat es in Iowa nicht gegeben.

Er erkennt sie nicht sofort. Ein Whisky on the rocks hilft ihm über den ersten Schock hinweg. An ihr sind die Jahre nicht spurlos vorübergegangen. Er wirkt unverschämt rosig und erfolgreich neben ihr.

Sie starren einander schweigend an.

Ekelhafter Angeber, fällt sie ihr Urteil über den Mann, den sie einmal geliebt hat.

Eine versoffene, rasch alternde Frau, urteilt er – auch nicht gerade nett – über sie. Manche Frauen verkraften eben eine Scheidung nie. Aber das hätte sie sich früher überlegen müssen. Er empfindet nicht das geringste Mitleid, hofft nur, dass ihn keiner seiner Bekannten mit dieser verbrauchten, alten Schlampe sieht. Bestenfalls konnte er behaupten, dass sie eine Bekannte vom Land wäre. Sie will Geld, das spürt er. Doch er braucht seine sauer verdienten Dollars selbst. New York ist ein teures Pflaster und sein Vertreterjob auch nicht gerade ein Honiglecken.

Nach der Scheidung haute er einfach ab, überließ es ihr, die Kredite abzubezahlen. Aber das ist allein ihre Schuld gewesen. Warum hat sie mich auch wegen dieser kleinen Bettgeschichte gleich hinausgeworfen? Hat sie nicht Peggy geheißen? Überraschenderweise erinnert er sich noch an ihren Namen. Bei dem Gedanken an das süße, kleine Ding lächelt er versonnen. Sie ahnt, dass dieses Lächeln nicht ihr gilt.

Derselbe alte Hurenbock, er hat sich kein bisschen verändert. Aber die Vergangenheit interessiert sie schon lange nicht mehr. Sie verließ die kleine Stadt in Middle West kurz nach ihm, ging in den Süden, nach New Mexico und Kalifornien. Jahrelang zog sie von einer Stadt in die andere, ohne irgendwo Fuß zu fassen.

»Wie geht es dir?«

Sie antwortet mit einem zynischen »Bestens« und damit ist auch dieses Thema beendet.

Er wird ihr keinen Job verschaffen, nicht einmal den kleinen Finger wird er für sie rühren. Sie weiß jetzt, dass sie mit ihm nicht rechnen kann. Weder wird sie bei ihm wohnen können, noch wird er ihr Geld borgen.

Eigentlich hätte sie sich dieses Wiedersehen ersparen können. Aber sie kennt außer ihm niemanden in New York City. Wenn sie Glück hat, wird er wenigstens ihre Drinks bezahlen. Rasch bestellt sie noch einen »Rusty Nails«. Er war schon immer ein verdammter Geizhals.

»Sparsam und fleißig, der ideale Schwiegersohn ...«, klingen ihr plötzlich wieder die Worte ihrer Eltern in den Ohren.

Ungeduldig wartet er, bis sie ihr Glas ausgetrunken hat. Er bemüht sich, ihren Blicken auszuweichen. Von ihren schönen, braunen Augen hat er auch später noch manchmal geträumt. Verquollen und rotumrandet starren sie jetzt durch ihn hindurch. Frauen sollten eben besser nicht trinken. Er fühlt sich in seinen Vorurteilen voll bestätigt.

Sie zählt ihr restliches Bargeld. Es wird nicht einmal für eine Nacht in dieser miesen Lower-East-Side-Absteige reichen. Gemeinsam verlassen sie die Bar, wechseln noch ein paar belanglose Sätze miteinander, dann will er sich von ihr verabschieden. Sie schlägt vor, ihn ein Stück zu begleiten.

Schweigend gehen sie durch die wenig befahrenen Straßen, vorbei an niedrigen, dunkelroten Backsteinhäusern. Ein verlassener Park, ein leer stehendes Fabriksgebäude, eingeschlagene Fensterscheiben und aufgebrochene Türen.

Sie drängt ihn in die dunkle Eingangshalle. Die 34er malt sich deutlich unter ihrem Mantel ab.

Er lächelt verlegen, hält es für einen schlechten Scherz. Ein Blick in ihre müden Augen belehrt ihn eines Besseren. Sie hat nichts zu verlieren.

Der Lauf ihrer Smith & Wesson bohrt sich zwischen seine Rippen. Zitternd reicht er ihr seine dicke Brieftasche. Ein, zwei Monate wird sie sich mit seinem Kleingeld über Wasser halten können, sie ist nicht sehr anspruchsvoll. Zum Glück denkt sie auch an seine funkelnagelneue Rolex.

Nachdem sie seine Hosentaschen dreimal umgekehrt und die Innentaschen seines Sakkos gründlich durchsucht hat, schenkt sie dem zitternden, kleinen Mann ein verächtliches Grinsen und schickt ihn ein zweites Mal zum Teufel. Dieses Mal für immer.

# Das Haus am Fluss

Das einstöckige Haus am Fluss stand schon seit Jahren leer. Hin und wieder sah man Hobo im Garten graben oder Hecken schneiden. Er war nicht mehr der Jüngste, sein Haar war ergraut und spärlich geworden, aber er hatte sich sein kindliches Lächeln bewahrt.

Hobo kam jeden Tag hierher, so wie früher, als Miss Guinney noch hier wohnte. Eines Nachts kehrte sie von einem Ausflug in die Stadt nicht mehr zurück. Nach ihrem spurlosen Verschwinden wimmelte es in dem kleinen Haus nur so von Polizei. Sie machten selbst vor dem ersten Stock nicht halt. Hobo versuchte sie daran zu hindern, Miss Guinneys Schlafzimmer zu betreten. Sie hätte niemals geduldet, dass diese wildgewordene Horde in ihr kleines, privates Reich eindringt. Nicht einmal er hatte den ersten Stock betreten dürfen. Aber gegen diese Meute von Polizisten hatte er keine Chance. Er klammerte sich verzweifelt an ihre Beine – sie stießen ihn einfach die Treppe hinunter.

Danach kamen all diese bösen Gerüchte auf. Hobo glaubte kein Wort. Selbst wenn es stimmte, was die Leute erzählten – Miss Guinney würde schon ihre Gründe gehabt haben.

Er kümmerte sich weiterhin um das Haus. Nur den ersten Stock betrat er nach wie vor nicht. Wahrscheinlich hoffte er, dass sie eines Tages zurückkehren und alles wieder so werden würde wie früher.

Miss Guinney war eine attraktive, exzentrische Frau, groß und schlank, mit breiten Schultern wie ein Mann. Das Schönste an ihr war ihr blondes, langes Haar. Sie trug es nie offen, sondern immer straff zurückgekämmt und hochgesteckt, was sie sehr streng aussehen ließ. Man konnte sich jedoch vorstellen, wie prachtvoll es sein musste, wenn es über ihren Rücken floss. Hobo hätte zu gerne einmal ihr Haar offen gesehen, aber er wagte nicht, sie heimlich beim Kämmen zu beobachten.

Ihre Zimmer lagen im ersten Stock – ein Schlafzimmer, ein Bad und noch ein Raum, der immer versperrt war. Im Parterre befanden sich die Küche und ein geräumiges Wohnzimmer, das einer überdimensionalen Rumpelkammer glich. So sehr Hobo sich auch bemühte, Ordnung zu halten, Miss Guinney schaffte es immer wieder, ein Chaos zu hinterlassen. Jeden Morgen fand er schmutzige Gläser, leere Cognacflaschen und überquellende Aschenbecher im Wohnzimmer vor. Auf dem Teppich lagen die Kleider, die sie am Vortag getragen hatte. Er ließ sie reinigen, obwohl er wusste, dass Miss Guinney sie ohnehin nicht mehr anziehen würde.

Die Fenster des Salons gingen zum Fluss hinaus. Miss Guinney pflegte tagsüber draußen auf der überdachten Veranda zu sitzen. Den Garten, der bis zum Fluss hinunterreichte, benützte sie so gut wie nie. Er war total verwildert, sie erlaubte Hobo nicht, ihn zu pflegen. Als er einmal die meterhohen Hecken beschnitt, erhob sie ihre Stimme. Es war das einzige Mal, dass er ein scharfes Wort zu hören bekam und er ließ sich daraufhin zwei Tage nicht mehr bei ihr blicken.

Sonst sprach sie immer mit sanfter Stimme, in der ein gewisses Gähnen lag. Es schien, als würde sie Sprechen langweilen. Hobo sprach auch nicht gern, nicht nur, weil die meisten Leute lachten, wenn er den Mund aufmachte, sondern weil er einfach nichts zu sagen hatte.

Die Leute im Dorf dachten anfangs, Miss Guinney müsste immens reich sein oder irgendwo einen reichen Ehemann versteckt halten, denn sie besaß Unmengen von Schmuck und teuren Kleidern. Sie zog sich nicht nur täglich dreimal um, sondern trug auch jeden Tag etwas anderes. Man sah sie nie zweimal im selben Kleid.

Sie hatte das Haus vor Jahren günstig erstanden, well es am Fluss lag, feucht war und schon verfallen, als sie einzog. Früher hatten Überschwemmungen Haus und Garten übel mitgespielt, doch seitdem flussabwärts ein Staudamm errichtet worden war, gab es keine Probleme mehr mit dem Hochwasser.

Das Haus stammte noch aus dem vorigen Jahrhundert und sah recht hübsch aus, trotzdem wollte es damals keiner haben außer Miss Guinney. Allerdings ließ sie es noch mehr verfallen, das Dach wurde undicht und der Verputz bröckelte ab. Die Gerüchte über ihr sagenhaftes Vermögen verstummten.

»Eine Frau mit Geld würde doch das schmucke Häuschen nicht so verkommen lassen«, sagten sich die Nachbarn und die Neider wurden weniger.

Ihr Alter ließ sich schwer schätzen. Sie hatte sich in den zehn Jahren, die sie hier lebte, kaum verändert. Die Meinungen über ihre Schönheit waren geteilt: Manche fanden sie früher hübscher und entdeckten jetzt einen verhärmten Zug um ihren Mund, andere wieder behaupteten, sie würde mit den Jahren immer schöner. Jedenfalls hatte sie keinen Mann. Sie ließ sich nicht nur Miss nennen, sondern man sah sie auch nie mit einem männlichen Wesen. Außer mit Hobo natürlich, aber der war nur ein armer Narr. Böse Zungen unterstellten ihr, dass sie nur deswegen so viel Sorgfalt auf ihr Aussehen verwendete, um sich einen Mann zu angeln. Sie wirkte immer wie aus einem extravaganten Modejournal entsprungen.

Im Dorf lebte ein Mann, der es besser wusste. Er hatte sich ein Jahr lang vergeblich um ihre Gunst bemüht, obwohl er nicht übel aussah und sogar über das nötige Kleingeld verfügte, um einer anspruchsvollen Frau jeden Wunsch erfüllen zu können. Doch sie hatte ihn ebenso abgewiesen wie alle anderen, die es bei ihr versuchten.

Miss Guinney war nicht unfreundlich zu ihren Verehrern, sie behandelte alle gleich oder besser gesagt gleichgültig, sie war auch nicht arrogant, sondern einfach nur desinteressiert an anderen.

Kein Mensch außer Hobo überschritt je die Schwelle ihres Hauses. Sie empfing keine Gäste, hatte keine Freunde, nicht einmal Bekannte. Den Nachbarn schenkte sie ein kurzes Nicken, wenn sie ihnen zufällig auf der Straße begegnete. Da sie höchst selten ausging, brauchte sie nicht oft zu nicken. Das nächste Haus lag eine gute halbe Meile von ihrem entfernt. Ohne komplizierte Ausreden zu erfinden, lehnte sie jede Einladung ab. Während der letzen Jahre ließ man sie in Ruhe, belästigte sie nicht mehr mit Einladungen. Das Interesse an ihr flaute ab.

Ihr Tagesablauf war ohnehin allen bekannt. Fast bis auf die Stunde genau wusste jeder, was Miss Guinney machte. Erfreut über das Interesse und die geheuchelte Sympathie für seine Miss hatte ihnen Hobo bereitwillig alles erzählt, was sie hören wollten. So wusste jeder, dass sie nicht nur für Kleider, Schmuck und Kosmetika eine Menge Geld ausgab, sondern auch für Cognac und Zigarillos. Sie rauchte mindestens dreißig pro Tag. Noch vor dem Frühstück, das nur aus Kaffee und Toast bestand, zündete sie sich die Erste an.

Hobo wusste auch zu berichten, dass sie täglich viele Stunden in ihrem Badezimmer verbrachte. Wenn sie zum Frühstück herunterkam, war sie bereits sorgfältig geschminkt. Sie war jeden Tag erneut ein erfreulicher Anblick.

Nach dem Frühstück setzte sie sich hinaus auf die Veranda, rauchte und trank einen doppelten Cognac. Hobo sah sie nie mit einem Buch oder einem Strickzeug in der Hand, sie saß einfach nur da und starrte auf den Fluss, der so breit und träge war wie ein See. Manchmal kamen Ausflugsschiffe vorbei und die Touristen winkten der Schönen auf der Veranda ausgelassen zu. Sie winkte nie zurück.

Miss Guinney besaß ein altes Ruderboot und an besonders heißen Tagen ruderte sie in die Mitte des Flusses hinaus und ließ sich von der Strömung treiben. Stundenlang saß sie in ihrem Boot und schaute auf das schmutzige Wasser. Hobo musste oft meilenweit laufen, um sie wieder zurückzurudern.

Man sah sie nie schwimmen oder ein Sonnenbad nehmen.

Auch im Hochsommer, während der ärgsten Hitze, war sie elegant gekleidet.

Hobo genoss die Ruhe in ihrem Haus. Er hatte nie viel zu tun, nur selten trug sie ihm eine Besorgung auf, sie war auch nicht anspruchsvoll; was das Essen betraf, begnügte sich mit Salat und Sandwiches.

Wenn es draußen kühler wurde, begab sich sie in ihr Zimmer und erschien erst zum Abendessen wieder, entsprechend gekleidet und noch schöner als am Tag. Hobo nutzte diese Zeit, um das Dinner vorzubereiten. Sie nahm das Essen allein im Wohnzimmer ein. Er saß in der Küche, aber er bekam das Gleiche wie sie.

Nach dem Essen ging Hobo nach Hause, das Geschirr wusch er am nächsten Morgen. Er wohnte weiter oben am Fluss in einem vermoderten Bootshaus. Hobo war nie auf die Idee gekommen, sie zu fragen, ob er bei ihr im Haus schlafen dürfte und sie hatte es ihm nie angeboten.

Was sie an den langen Abenden allein zu Hause machte, wusste niemand. Es brannte immer sehr lange Licht im ersten Stock, aber die dunklen Vorhänge waren zugezogen; in dem einen Zimmer auch tagsüber.

An den Wochenenden hatte Hobo frei. Anfangs war er auch samstags erschienen, sie hatte ihm jedoch freundlich, aber bestimmt zu verstehen gegeben, dass sie ihn bis Montag früh nicht zu sehen wünschte. Hobo hasste die Wochenenden.

Die Leute waren bald dahintergekommen, dass sie jeden Samstag das Dorf verließ. Immer um die gleiche Zeit, etwa mittags, stieg sie in ihren Cadillac und raste die Mainstreet hinunter. Einer ihrer Verehrer hatte einmal versucht, ihr nachzuspionieren – bis in die Stadt war er ihr gefolgt, dort hatte sie ihn abgeschüttelt. Auch bei seinem zweiten Versuch war sie ihm entwischt.

Zuerst munkelte man allerlei über diese regelmäßigen Ausflüge von Miss Guinney, dann aber einigte man sich darauf, dass sie schließlich auch irgendwann ihre exklusiven Kleider kaufen musste. Ab diesem Zeitpunkt galt der Samstag als Miss Guinneys Einkaufstag. Allerdings kehrte sie meistens erst sehr spät in der Nacht zurück. Manchmal war es bereits hell, wenn die Nachbarn den Motor ihres Wagens hörten. Den Cadillac parkte sie im Garten, der nur vom Fluss aus einsehbar war.

Ein besonders hartnäckiger Bewunderer hatte eine Zeit lang versucht, sich ihr vom Fluss her zu nähern. Doch sie hatte sich sofort in ihr Haus zurückgezogen, wenn sein Boot auftauchte. Schließlich gab er auf. Ebenso wie die gefürchteten Frauenorganisationen bald aufgaben, Miss Guinney als Mitglied gewinnen zu wollen. Sie wurde für verrückt erklärt, nicht so wie Hobo, aber auch sie schien nicht ganz richtig im Kopf. Und die Damen verloren das Interesse an ihr und an ihren Ausflügen in die Stadt.

Bis sie eines Tages nicht mehr zurückkam. Man wartete einen Tag, zwei Tage, nahm an, sie wäre verreist. Als sie nach einer Woche noch immer nicht aufgetaucht war, begann die Polizei Nachforschungen anzustellen. Sie brachen Miss Guinneys Haustür auf. Hobo besaß keinen Schlüssel, und selbst wenn er einen besessen hätte, den Polizisten würde er ihn bestimmt nicht ausgehändigt haben.

In dem mysteriösen Zimmer im ersten Stock fanden sie dann die Anzüge in allen Größen, die Maßhemden und Lederschuhe, die goldenen Uhren und die leeren Brieftaschen.

Miss Guinney hatte sich ein sonderbares Museum eingerichtet. Zuerst dachte die Polizei, sie hätte diese »Schätze« nur gestohlen. Später stellte sich heraus, dass die Besitzer der hübschen Sachen als vermisst gemeldet waren, verschollen in der fernen Großstadt, manche schon vor Jahren.

Die Gerüchte überstürzten sich. Die schöne Miss Guinney musste sehr wählerisch gewesen sein, sie hatte sich anscheinend nur mit wohlhabenden Männern eingelassen.

Der Nobelstrich in der Stadt wirkte verwaist ohne sie, »die Lady im Cady«, wie sie von ihren Kolleginnen respektvoll genannt worden war, da sie ihren Kunden immer in ihrem schönen Wagen zu einem letzten Genuss verholfen hatte.

Hobo ging heim und erzählte Miss Guinney von den bösen Verleumdungen, und dass die Polizei gewagt hatte, in ihr Haus einzudringen. Aber den Wagen hatten sie nicht gefunden, den hatte er im Stausee versenkt.

Miss Guinney antwortete ihm nicht. Sie konnte nicht, lag sie doch unter den morschen Brettern des Bootshauses, friedlich schlummernd im Schlammbett des Flusses. Der Knoten in ihrem Haar hatte sich gelöst und die langen, blonden Strähnen breiteten sich auf den sanften Wellen aus. Hobo entfernte die Bretter, er konnte sich nicht satt sehen an ihrem wundervollen Haar, das sie endlich offen trug.

# Das blühende Leben

*Ich bin noch nicht einmal angezogen, da läutet schon jemand an meiner Wohnungstür. Meistens erkenne ich die Leute an ihrem Klingeln. So früh am Morgen, das kann nur die Hausmeisterin sein, bestimmt will sie mir den neuesten Klatsch erzählen. Ich kann nicht aufmachen, bin zu alt, um mich halb nackt zu zeigen. Sie kommt einfach herein. Habe ich vergessen zuzusperren? Ich sperre mich nachts doch immer ein, aus Angst vor Einbrechern lege ich sogar die Kette vor. Zwar bin ich keine reiche Frau, aber es wurden schon Ärmere als ich beraubt. Mein Mann hinterließ mir außer dieser Stadtwohnung, die viel zu groß ist für mich allein, noch einen Schrebergarten mit einem Wochenendhäuschen, doch den habe ich gerade verkauft.*

»Jessasmarandjosef! … Joschi!«

*Muss sie denn immer so schreien, diese primitive Person? Nicht einmal am frühen Morgen hat man seine Ruhe.*

»Ja, was ist denn nun schon wieder?«

»Komm rauf, schau dir das an«, brüllt die Hausmeisterin und sagt dann leise zu sich selbst: »Die is ja no warm. Und nackert is sie a.«

*Jetzt kommt der Josef angelaufen. Bin gespannt, was er sagen wird, wenn er mich so daliegen sieht.*

Doch die Hausmeisterin lässt ihn gar nicht erst zu Wort kommen. »Des is nix für di, schau weg, i deck s' erst a bisserl zu. Mein Gott, all die Scherbn und das ganze Blut und dieses braune Zeugs da, was ist denn das? Schmeckt nach Kaffee. – So, jetzt darfst herschaun.« Josef murmelt leise: »Scheiße.«

»Des is des Anzige, was d' sagn kannst auf Deutsch.«

»Ja, aber …«

»Nix aber, mit der Likörflaschn hat ma s' erschlagn.«

»Aber das sieht doch nach Scheiße aus.«

»Meinst, weil's so braun is? Des is Kaffeelikör, du Trottel. Hast kane Augen im Kopf?«

»Sie haben ja den Morgenrock drübergelegt.«

»Des tät da so passn, a Nackerte, die no dazu tot is, anglotzen mit deine schwarzn Glubschaugerl. Schamst di net?«

*Es läutete wieder, einmal kurz, zweimal lang. Jetzt kommt der alte Idiot auch noch daher. Heute bleibt mir wirklich nichts erspart.*

»Guten Morgen, Herr Hofrat«, begrüßen ihn Josef und die Hausmeisterin im Chor.

»Was ist denn hier los?«

»A Tragödie, Herr Hofrat, oder besser gsagt, a schene Bescherung. Schaun Sie sich das an, die liebe Frau Rittmeister habn s' erschlagn. Bestimmt wars einer von diesen Tschuschn. – Schau net so bös, Joschi, i hab ja net di gmeint.«

Der Hofrat schlägt die Hände vors Gesicht und stöhnt: »Mein Gott, wie schrecklich!«

»Schau, wie er scheinheilig tut, Joschi, gleich legt er si zu ihr, so wie er's gwohnt war, all die Jahr lang.«

»Was haben Sie gesagt?«, fragt der Hofrat irritiert.

»Nichts, gar nix, hab nur gmeint, dass es wirklich schad um sie is, so a schene Frau, wie des blühende Leben …« Und leise fügt sie noch hinzu: »A fette alte Schachtel war s'. Warum müssen Tote bloß immer so schiach sein.«

»Wie bitte?«

»Hab nur zu unserm Jugo gsagt, dass sie eine ausgesprochen fesche Person gwesn ist. Jetzt sieht ma aber net mehr viel von ihrer Schönheit, hab sie zudeckt – aus Pietät.«

»Das haben Sie ganz richtig gemacht, Frau Huber.«

*Heftiges Klopfen an der Wohnungstür – das kann nur die Meinrad sein, die fehlt mir noch zu meinem Glück. Natürlich, so ein Schauspiel kann sie sich nicht entgehen lassen.*

»Guten Morgen allerseits.«

»Guten Morgen, Frau Meinrad.«

*Sogar eine Verbeugung macht er, der Hofrat, mich jammert er dauernd wegen seiner Kreuzschmerzen an. Es fehlt gerade noch, dass er ihr die Hand küsst, dieser bigotten alten Jungfer.*

»Kommen S' net näher, des ist nix für schwache Nerven, bleibn S' weg«, kreischt die Hausmeisterin.

»Um Himmels willen, helfen Sie mir, Herr Hofrat, ich falle gleich in Ohnmacht.«

*Wenn sie bloß umfallen würde, die Meinrad, dann würde ich wenigstens nicht so allein hier herumliegen.*

»Liebe Frau Nachbarin, reißen Sie sich zusammen, wir dürfen jetzt nicht die Nerven verlieren.«

*Der Hofrat zwirbelt nervös seinen Schnurrbart. Gleich wird er wieder an seinen Barthaaren kauen – das konnte ich nie leiden.*

»Bitte, Frau Meinrad, setzen S' Ihnen doch hin, der Joschi soll Ihnen a Glas Wasser aus der Küch holn. – Joschi, was stehst so deppert herum, bring der gnä' Frau a Glasl Wasser. Ich könnt jetzt an kleinen Cognac vertragn. Die Gnädigste hat doch immer einen guten Schluck zuhaus ghabt, net wahr, Herr Hofrat?«

»Woher soll ich das wissen?«

»Na, ich hab nur dacht, denken wird ma wohl no dürfn. – Ach ja, da in der Kredenz. Schönes Geschirr hat s' ghabt, die Frau Rittmeister, echtes Zwiebelmuster! Und der Cognac is a net der billigste, französisch, da kenn i mi aus. – Möchten S' auch ein Schluckerl, Herr Hofrat?«

»Nein danke, so früh am Morgen …«

»Aber ich könnte jetzt ein Gläschen vertragen. Cognac soll ja reine Medizin sein«, sagt Frau Meinrad und greift nach einem Glas. Die Hausmeisterin flüstert Josef zu: »Das Wasser kannst selber trinken«, und schenkt sich dann ebenfalls großzügig ein.

*Dass sie sich jetzt über meinen teuren Cognac hermachen, finde ich etwas unverschämt. Nun, von mir aus sollen sie ihn trinken, ich habe sowieso nichts mehr davon. Obwohl, meiner Nachbarin gönne ich ihn wirklich nicht, soll sie sich doch woanders ihre Tagesration besorgen. Nach außen hin immer die feine Dame spielen, groß die Nase rümpfen über andere … Wie der Maximilian sie anstarrt, der alte Knacker, nur weil sie ihm immer ihren hoch geschnallten Busen unter die Nase hält, diese Schlampe. Dabei kriegt er ohnehin kaum mehr einen hoch. Wenn ich daran denke, wie ich mich abplagen musste, um wenigstens einmal im Monat zu einem bisschen Vergnügen zu kommen. Da lobe ich mir den Josef, ein wirklich hübscher und kräftiger, junger Mann, von bestem bosnischen Blut. Prinčip war vom gleichen Geschlecht. Ich nannte ihn auch immer Prinčip, das hörte er gern. Ich bin und bleibe eben eine überzeugte Republikanerin, ein Adeliger in der Familie hat mir gereicht, Rittmeister, dass ich nicht lache, er konnte nicht einmal reiten. Nur als Trinker war er große Klasse, hat sich die Leber herausgesoffen, dieser degenerierte Trottel. War ich damals froh! Schenkte ihm immer noch ein Gläschen nach, auch als er schon halb hinüber war und der Arzt ihm das Trinken längst verboten hatte.*

Und wieder läutet es an der Wohnungstür. Frau Meinrad springt auf und zischt aufgeregt: »Mein Gott, wer kann denn das sein?«

Der Hofrat beruhigt sie und schickt die Hausmeisterin zur Tür. Doch Frau Huber kommt gleich wieder zurück ins Zimmer gestürzt und flüstert mit zitternder Stimme: »Der Geldbriefträger, er hat a Überweisung für die Frau Rittmeister, is persönlich zu unterschreiben. Was soll ma jetzt machn?«

»Lassen Sie es einfach zurückgehen«, meint der Hofrat gelassen.

»Aber was soll i erm sagn?«

»Sie sind doch sonst nicht so auf den Mund gefallen, sagen Sie, dass sich die Frau Rittmeister nicht wohl fühlt und sich das Geld später persönlich vom Postamt abholen wird.«

»Aber könnte nicht einer von Ihnen unterschreiben, ich meine nur, es wäre weniger auffällig«, schlägt Josef vor. Auch er scheint jetzt ziemlich nervös.

»Halten Sie den Mund, Josef, Sie sind nicht gefragt. Außerdem wäre das, was Sie vorschlagen, ein eindeutiger Rechtsbruch.« Der Hofrat schenkt dem Jugoslawen einen vernichtenden Blick.

»Hast ghört, Verbrecher seid's, alle miteinand.«

»Frau Huber, bitte, das bringt doch nichts. Sie werden jetzt ganz ruhig hinausgehen und dem Briefträger sagen, dass die Frau Rittmeister endlich eingeschlafen ist, nachdem sie die ganze Nacht lang kein Auge zugetan hat.«

»Wie Sie meinen, Herr Hofrat.«

*Ausnahmsweise hat der Maximilian einmal recht, ich hatte wirklich eine schlechte Nacht. Als er mich nach dem Hauptabendprogramm verließ, genehmigte ich mir noch ein Gläschen Kaffeelikör und sah mir den Nachtfilm an. Und dann klingelte es plötzlich. Ich zog meinen Morgenrock über, schließlich kann man so späte Besucher nicht in einer rosa Kombinäsch empfangen, und ging zur Tür. Ehrlich gesagt, hoffte ich, dass es sich der Hofrat doch noch anders überlegt hatte. Ich schaute durchs Guckloch, und wen sah ich? Meine liebe Nachbarin, diese vertrocknete, alte Hutblume. Bestimmt hatte sie absichtlich das typische Klingeln vom Maximilian nachgemacht. Hätte ich sie doch bloß nicht hereingelassen!*

»So, den san ma los. Hab ganz überzeugend geklungen, habn S' mich ghört?« Die Hausmeisterin reibt sich zufrieden die Hände und schenkt sich noch einen Cognac ein.

»Was meinen Sie, Herr Hofrat, soll ma jetzt die Polizei anrufn? Die Nummer kenn i auswendig.«

»Warten Sie noch, Frau Huber. Lassen Sie uns erst überlegen, was wir denen erzählen werden. Ihnen ist hoffentlich klar, dass wir alle verdächtig sind. Jeder von uns könnte …«

»Ein Skandal! Ich bleibe hier keine Sekunde länger«, kreischt Frau Meinrad und springt wieder auf.

»Bleiben Sie doch sitzen, gnädige Frau. Ich meine doch nicht im Ernst, dass es einer von uns getan haben könnte, aber die Polizei wird das annehmen. Polizisten sind nun einmal sehr einfallslos und etwas beschränkt. Aber machen Sie sich keine Sorgen, ich kenne den Herrn Oberkommissar Maricek persönlich, wir waren Studienkollegen, ich werde ihn nachher anrufen, er war bei der Kriminalpolizei, wird wohl auch schon längst in Pension sein, aber er kann uns bestimmt sagen, was in so einem Fall zu tun ist.«

»Ja, rufen S' den Herrn an, das wird das Beste sein«, unterbricht ihn die Hausmeisterin und fährt dann in verschwörerischem Ton fort: »Ist Ihnen übrigens a scho aufgfalln, dass si der Herr Metzler no net hat blicken lassen? Wo der si wohl wieder herumtreibt. Hab zuerst kurz in sei Zimmer gschaut – in seinem Bett hat er heut Nacht sicher net gschlafn. A komischer Mensch, dieser Herr Student. Der is do bestimmt schon über dreißig, was der wohl studiert, möcht i wissn.«

»Nun ja, wie man so gehört hat, soll er ja nicht nur ihr Untermieter gewesen sein, nicht wahr, Herr Hofrat«, säuselt Frau Meinrad zuckersüß.

»Kann schon sein. Ich habe mir noch nie was aus solchen Gerüchten gemacht.« Der Hofrat wirkt sichtlich verärgert. »Geh, warn S' net a bisserl eifersüchtig auf den feschen Studenten?«

»Frau Huber, ich bitte Sie!«

Ein Schlüssel dreht sich im Schloss.

»Wenn man von der Sonne spricht, dann scheint sie«, meint die Hausmeisterin beinahe vergnügt.

»Guten Tag, die Herrschaften.«

Der Student erblasst.

»Sie schaun ja aus wie a Kaslaberl. Habn S' noch nie a Leich gsehn, Herr Metzler?«

*Kann diese alte Giftspritze nicht endlich ihren Mund halten. Der arme Kerl geisterte bestimmt wieder die ganze Nacht lang am Gürtel herum. Soziologische Studien nennt er seine Streifzüge durchs Prostituiertenviertel. Wenn es ihm Spaß macht? Jeder soll auf seine Art glücklich werden. Wahrscheinlich ist er ohnehin wieder einmal total blank, Geld hat er so gut wie nie.*

Der Student hockt sich neben die Leiche, hebt den Morgenmantel hoch und blickt entsetzt in die weit aufgerissenen Augen der Toten.

»Wie ist das passiert?«

»Wenn wir das wüssten, säßen wir längst nicht mehr hier«, bemerkt Frau Meinrad spitz.

Er streicht mit den Fingern sanft über das entstellte Gesicht und das mit Blut und Likör verklebte Haar.

»Lassen S' doch den Morgenrock drauf. Daschlagn hat ma s' mit der Likörflaschn. Passen S' auf, dass Ihnen net mit de Scherbn schneidn. Vielleicht sollten S' besser nix anrührn, wegen der Fingerabdrücke«, sagt die Hausmeisterin.

Ein herzhaftes »Scheiße« entfährt dem Studenten.

»Hab ich auch gesagt«, wirft Josef ein.

»Sei still, Joschi, hol lieber a Pflaster, sonst verblutet uns der Herr Metzler am End a no.«

»Machen Sie doch nicht so ein Theater wegen dieses kleinen Kratzers.«

Er wischt sich den blutenden Daumen an seinem Hemd ab.

»Wo warn S' denn heut Nacht, Herr Metzler?«, fragt Frau Huber und versucht, Stimme und Mimik eines Fernsehkommissars zu imitieren.

»Was geht Sie das an?«

»Die Polizei wird Ihnen dieselbe Frage stellen. Vielleicht sollten Sie sich einstweilen eine glaubwürdige Antwort überlegen«, wirft der Hofrat ein.

»Lassen Sie das nur meine Sorge sein.«

»Übrigens, wo warn Sie denn heut Nacht, Herr Doktor? Pardon, Sie san ja ka Doktor – also, Herr Hofrat?«, setzt die Hausmeisterin das Verhör fort.

»In meinem Bett natürlich, wo denn sonst.«

»Allein?«

»Was wollen Sie damit andeuten?«, braust der Hofrat auf.

»I mein ja nur, weil die Polizei Sie desselbe fragn wird. Sie habn also ka Zeugin dafür, dass Sie brav die ganze Nacht lang in Ihrem Bett glegn san. Oder können S' des vielleicht bestätign, Frau Meinrad?«

»Ich verbiete mir diese Impertinenz. Eine bodenlose Unverschämtheit ist das!«, empört sich Frau Meinrad.

»Also, dass er im Bett war, kann jeder behaupten«, mischt sich der Student ein.

»Sie net, Ihr Bett is net amal angrührt.«

»Haben Sie wieder geschnüffelt, Frau Huber?«

»Bei an Kriminalfall wird ma wohl no a bissl schnüffeln dürfn«, bemerkt die Hausmeisterin beleidigt.

»Und wie sieht es mit Ihrem Alibi aus, Frau Huber?«

»Ich hab wirklich gschlafn, wie a Ratz mit die Ohropax, des können S' ma glaubn, Herr Metzler, außerdem kann's der Joschi bezeugn.«

»Ah, das ist ja hochinteressant. Was sagst du dazu, Josef?«

Josef schweigt verlegen.

»Lassens den Joschi aus dem Spiel, er hat nix tan, für ihn leg i mei Hand ins Feuer. Fragens lieber die Meinrad, wie ihr der Nachtfilm gfalln hat.«

»Meine Nerven!« Frau Meinrads Stimme ist nahe am Überkippen.

»So beruhigen Sie sich doch, keiner verdächtigt Sie, liebe Frau Meinrad. Aber die Polizei wird natürlich auch von Ihnen wissen wollen, was Sie heute Nacht gemacht haben«, versucht der Hofrat die aufgebrachte Nachbarin zu besänftigen.

»Den Nachtfilm hat sie sich anschaun wolln, hat s' zumindest zur Rittmeisterin gsagt. Hab zufällig ghört, wie s' noch spät am Abend bei ihr angläut hat. Zuerst hab i dacht, dass Sie's sind, müssen S' schon entschuldign, Herr Hofrat, aber dann hab i die beiden im Stiegnhaus reden ghört.«

»Sie haben natürlich wieder gelauscht«, faucht Frau Meinrad die Hausmeisterin an.

Frau Huber lächelt triumphierend und sagt: »Jawohl! Aber bald hab i nix mehr ghört, weil s' reingangen san in die Wohnung. Und weggehn hab i sie a nimmer ghört.«

»Dafür habe ich gehört, wie Sie mitten in der Nacht bei ihr Sturm geläutet haben. Ihr ekelhaftes Gekreische ist selbst bis in mein Schlafzimmer gedrungen. Herr Hofrat, ich appelliere an Sie als Gentleman, stehen Sie mir bei ...«

Der Hofrat räuspert sich, sagt aber nichts. Und Frau Meinrad fährt jammernd fort: »Muss ich mir wirklich die Frechheiten dieser primitiven Person gefallen lassen? Ich kann und will mich nicht auf ihr Niveau begeben, das hat eine Dame wie ich nicht nötig.«

»Dame! Dass i net lach, a heimliche Quartalsäuferin san S', da hat die Frau Rittmeister schon recht ghabt. Man braucht si do nur Ihr Nasn anschaun, a richtige Schnapsnasn. Erfrierungen! – Wer's glaubt wird selig«, murmelt die Hausmeisterin.

»Hören Sie endlich auf mit diesem Getuschel, Frau Huber, das ist wirklich unerträglich. Wir führen uns auf wie eine Horde wild gewordener Bantus, dabei sind wir doch alle zivilisierte Menschen«, sagt der Hofrat.

»Halten Sie es für zivilisiert, jemanden mit einer Likörflasche zu erschlagen?«, fragt der Student.

»Mit Ihnen rede ich nicht.«

»Soll mir auch recht sein. Obwohl Sie ja sonst nicht so schweigsam sind, wenn ich zum Beispiel an Ihre lautstarken Auseinandersetzungen mit der Frau Rittmeister denke, die ich unfreiwillig in meinem Zimmer mit anhören hab müssen – hätte mir die Ohropax von der Frau Huber ausborgen sollen.«

»Ich lasse mich von Ihnen nicht provozieren, Sie, Sie ...«

»Gell, gstrittn habn S' alleweil, des hab i a mitkriegt. Aber Sie brauchn gar net so groß tun, Herr Metzler, Sie habn uns no immer net gsagt, wo S' heut Nacht warn.«

»Das geht Sie, wie gesagt, einen feuchten Dreck an, liebe Frau Huber. – Ich hole mir jetzt ein Bier, möchte sonst noch jemand eins?«

»Wenn Sie mir eins mitbringen würden«, sagt Josef zaghaft.

»Aber selbstverständlich.«

Frau Meinrad schenkt den beiden Bier trinkenden Männern einen missbilligenden Blick. Dann wendet sie sich wieder an den Hofrat: »So unternehmen Sie doch endlich etwas, ich bitte Sie!«

»Ich mach uns jetzt erst amal an Kaffee, einverstandn?«, schlägt die Hausmeisterin vor, »und dann wern ma mit vereinten Kräften des Verbrechn scho aufklärn, net wahr, Herr Hofrat?«

»Nun ...«, der Hofrat räuspert sich wieder, »nun, ich werde meinen Freund, den Oberkommissar Maricek, anrufen – nach dem Kaffee.«

Die Hausmeisterin begibt sich in die Küche und bittet den Studenten, ihr zu helfen. Während sie zusammen Kaffee kochen, redet sie ununterbrochen auf ihn ein: »Die alte Tschecherantin will si den Hofrat einfangen. Hat scho immer a Aug auf ihn ghabt, aber so lang die Gnädigste glebt hat, hat s' ka Chance ghabt. Eins muss ma der Rittmeisterin lassn, im Aufreißn war s' first class, selbst auf ihre alten Tag no.«

Der Student murmelt gelangweilt: »Finden Sie?«

»Sie etwa net? Tun S' do net so unschuldig, hat sowieso jeder gwusst, wie Sie ihr Miete zahln. Auch auf meinen Joschi hat sie's abgsehn ghabt, dieses unersättliche Weibsstück, aber das hab i net zuglassn.«

Die Hausmeisterin trägt das Tablett mit der Kanne und den Tassen ins Wohnzimmer. Unschlüssig bleibt sie in der Tür stehen, steigt dann vorsichtig über die tote Frau Rittmeister und stellt das Tablett auf den Couchtisch. Jeder, der sich eine Tasse Kaffee nehmen will, muss jetzt über die Leiche steigen.

»Möchten die Herrschaften vielleicht a Stückl Guglhupf dazu? Hab gestern an backn, is no ganz frisch – oder hast du ihn schon zamgessn, Joschi?«

»Nein, nein, habe mir gestern Nacht nur ein ganz kleines Stück abgeschnitten.«

»Des denk i ma, dass du gestern an Hunger ghabt hast«, sagt die Hausmeisterin leise und fügt dann lauter hinzu: »Schleich di endlich obe und hol den Kuchn.«

Josef schlägt die Tür hinter sich zu.

»Der wird immer unverschämter, ka Wunder, wo ihm die Frau Rittmeister immer so schöntan hat. ›Josef, das Licht im Vorzimmer funktioniert nicht, Josef, kannst du mal nach dem Abfluss im Bad schaun, er ist schon wieder verstopft, Josef, der Wasserhahn tropft ...‹ Verzeihn S', Herr Hofrat, aber so war s' eben, unsere Gnädigste.«

*Jetzt ist die Frau Huber auch noch eifersüchtig. Eigentlich hätte ich mir es ja denken können, der kleine Prinčip ist wirklich nicht ohne, aber dass er auch mit dieser hässlichen, alten Ziege …? Nein, das hätte ich nicht von ihm erwartet. Dass es die Meinrad auf meinen Hofrat abgesehen hat, war mir von Anfang an klar. Hätte ich ihn ihr doch bloß überlassen, es war sowieso nicht mehr viel mit ihm los. Da ist mein Prinčip schon ein anderes Kaliber. Zum Beispiel gestern, als er nach dem Nachtfilm noch bei mir anläutete …*

»Finden Sie, dass dies der rechte Augenblick ist, um solch intime Dinge zu besprechen«, wendet sich der Hofrat in vorwurfsvollem Ton an Frau Huber.

»Entschuldigen S' schon, Herr Hofrat, hab's ja net bös gmeint.«

*Klar meint sie es bös. Die Nachbarin war gerade gegangen, hatte unter dem fadenscheinigen Vorwand, kein Fernsehprogramm im Haus zu haben, bei mir angeläutet. Natürlich wollte sie nur nachschauen, ob der Hofrat die Nacht bei mir verbringt. Bis ins Wohnzimmer drängte sie sich rein und zog dann hochbefriedigt wieder ab. Ich wollte es mir gerade gemütlich machen, da läutete es schon wieder, dieses Mal ganz leise, ganz sanft. Ich wusste sofort, dass es der Josef war.*

Der Jugoslawe kommt zurück und stellt den Guglhupf neben die Kaffeekanne. Frau Huber teilt aus, dem Josef gibt sie nichts.

»Verhätschelt hat s' di«, sagt sie mit vollem Mund zu ihm.

»Wer?«

»Na, die da.« Die Hausmeisterin deutet auf die Leiche.

»Sie meinen die Frau Rittmeister.«

»Na wen denn sonst.«

»Ja, sie war immer sehr nett zu mir und dafür bin ich ihr auch sehr dankbar.«

*Wie schön, dass zur Abwechslung auch mal einer nett über mich spricht. Aber er hat ja nun am allerwenigsten Grund, sich über mich zu beklagen. Ich bot ihm immer nur das Beste vom Besten. Kein Wunder, dass die Alte völlig aus dem Häuschen war, aber ich konnte schließlich nicht ahnen, dass er auch mit ihr … jedenfalls hatten wir es uns gerade auf der Couch bequem gemacht, da kam sie wie eine Furie ins Zimmer gestürzt – leider hatte ich vergessen abzuschließen – und befreite ihren Josef aus meinen zarten Fängen. Er folgte ihr hinunter, brav wie ein Schäfchen, der Feigling. Dieses eine Mal enttäuschte er mich schwer, mein kleiner Mann aus Serbien. Nach dieser Szene ging ich sofort ins Bett, erschöpft, wie ich war, zog ich mich nicht einmal ganz aus. So viele Besucher in einer Nacht habe selbst ich nur selten.*

»Hast ihr dei Dankbarkeit a glei zeign müssen, gestern Nacht«, faucht die Hausmeisterin den Jugoslawen an.

»Jetzt geht es wieder los«, meint der Student belustigt.

»Halten S' endlich Ihr Goschn, nix als blede Bemerkungen machen können S'.«

»Man wird sie wohl neben ihrem Mann in der Familiengruft beisetzen«, wechselt Frau Meinrad rasch das Thema.

»Mei, wird des a schene Leich! All die feinen Leut – und der Mörder is bestimmt a dabei, inkognito natürlich ...« Die Hausmeisterin klatscht sich begeistert auf die Schenkel.

»Vielleicht sollten wir, bevor wir die Polizei rufen, die Angehörigen verständigen«, unterbricht der Hofrat die Hausmeisterin.

»Wir habn uns no gar net gfragt, wer jetzt alles erben wird. Meistens san doch die Erben die Mörder, zumindest in meine Heftln.« Die Hausmeisterin scheint jetzt in ihrem Element zu sein, doch auch Frau Meinrad hat zum Thema Erbe einiges zu sagen.

»Es ist ohnehin nicht mehr viel da. Den Schrebergarten hat sie ja gerade verkauft und ich weiß zufällig, dass sie erst vor Kurzem das Familiensilber ins Dorotheum getragen hat.«

*Das musste sie jetzt unbedingt anbringen. Aber dass wir uns dort trafen, weil sie ihren Pelzmantel versetzte, um ihre horrenden Schnapsrechnungen bezahlen zu können, das erzählt sie nicht. Sicher, die hunderttausend Schilling, die mir der Garten einbrachte, hätte ich schon gut gebrauchen können, ich war wirklich ein bisschen knapp in letzter Zeit. Deshalb war ich auch so hocherfreut, als ich am frühen Morgen* den *Geldbriefträger vor meiner Wohnungstür stehen sah, außerdem ist er ein gut aussehender Mann, unser neuer Briefträger. Ich bat ihn herein, bot ihm sogar ein Gläschen Kaffeelikör an, zum Kaffeekochen war ich zu faul.*

»Aber die Hunderttausend müssten ja eigentlich no da sein.« Die Hausmeisterin schlägt sich mit der Hand auf die Stirn. »Mein Gott, bin i a Depp! Mir san alle miteinand deppert gwesen! Sie war ja no warm, als i sie angfasst hab. Ist Ihnen net aufgfalln, dass sie no gar net stinkt? Sie is no net so lang tot, wie wir glaubt habn, die is erst jetzt in der Früh erschlagn wordn. Und i waß a von wem! Sein scheinheiliges Gsicht hättn S' sehn solln. Der is nur a zweits Mal kommen, um nachzschaun, ob s' wirklich hin is. Und wir habn erm wieder gehn lassn mit der ganzen Marie, wir Trotteln. Während wir da bled wegen unsere Alibis herumgstrittn habn, hat si der ausm Staub gmacht, der is bestimmt scho längst über alle Berg.«

*Das glaube ich leider auch. Er trank meinen Likör, bedankte sich sogar höflich und als ich nach dem Füllfederhalter griff und* den *Empfang des Geldes bestätigte, da schlug er zu, dieser nette und wohlerzogene junge Staatsdiener. Und ich hörte die Englein singen.*

# Pizza Capricorno – ein alpenländisches Melodram

Der Sommer neigte sich dem Ende zu. Leise Melancholie überfiel die Dorfbewohner. Der Berg drückt, sagte dann der Lindinger-Bauer alle Jahre wieder zu seinen Freunden am Stammtisch im »Goldenen Ochsen«. Und er wusste, wovon er sprach, hatte sich doch seine geliebte Kreszenzia vor ein paar Jahren um diese Zeit so einfach mir nichts, dir nichts von einer der steilen Felsnasen runtergestürzt.

Der Altweibersommer war auch nicht gerade die beste Zeit für den Humer Sepp. Im Zeichen des Steinbocks geboren, bevorzugte er die kalte Jahreszeit. Der Sepp war der erfolgreichste Jäger der kleinen Gemeinde Albdorf im Lackental am Fuße des Großen Bären. Da er sich nicht gleich mit jedermann verbrüderte, hatte er nicht viele Freunde im Dorf. Er galt eher als Einzelgänger und es umgab ihn etwas Düsteres, ja fast Diabolisches, was vielleicht auch nur an seinen dichten, fast zusammengewachsenen dunklen Augenbrauen lag. Die meisten Albdörfler respektierten und schätzten ihn jedoch. Er hatte nur einen einzigen Rivalen. Das war der Brantinger Alois, genannt Loisl. Der Alois war allerdings kein ordentlicher Jägersmann, im Gegenteil: Er wurde sogar der Wilddieberei verdächtigt. Bisher hatte ihn aber noch keiner dabei erwischt. Der Alois genoss den Ruf, der beste Schütze im ganzen Lackental zu sein. Jedes Jahr gewann er am Kirtag beim Tontaubenschießen den ersten Preis. Das ärgerte den Sepp, der immer nur Zweiter wurde, denn im Grunde war er ein großer Ehrgeizling. Doch der Sepp ließ sich seinen Ärger nicht anmerken. Ruhig und völlig beherrscht gratulierte er jedes Mal seinem erfolgreicheren Gegner. Nur bei der anschließenden Siegesfeier – einer großen Sauferei im Bierzelt am Sportplatz – wurde er nie gesehen.

Und dann gab's da noch die Rosemarie Gewandthaler. Manche hielten sie für das hübscheste Mädel im Dorf. Semmelblond und sommersprossig und von der Natur mit zarter, weißer Haut beglückt, entsprach sie allerdings nicht jedermanns Geschmack. Sie sieht eher wie eine Städterin und nicht wie eine Sennerin aus, lästerte so manche

Albdörflerin. Die Rosi war mit dem Humer Sepp verlobt, und das schon seit drei Jahren. Und sie war immer noch Jungfrau. Zumindest behauptete sie, jungfräulich zu sein. Und wenn's nach dem braven Sepp ging, würde sie es auch noch bis zur Hochzeit bleiben. Manchmal quälten ihn jedoch leise Zweifel, vor allem im Sommer, wenn sie monatelang allein oben auf der Alm war … Da er ihr, wie gesagt, schon vor drei Jahren die Ehe versprochen hatte, wurde sie langsam ein bisschen ungeduldig. Vielleicht versucht sie mich deshalb mit dem Loisl eifersüchtig zu machen, dachte sich der Sepp. Er war ein kluger Mann. Doch er konnte sich noch keine Frau leisten und vertröstete seine Rosi deshalb immer wieder aufs nächste Jahr.

In diesem Sommer hatte er sie besonders sträflich vernachlässigt. Seit vier Wochen war er nicht mehr oben auf der Alm gewesen. Aber Kruzifix nochmal, das Mensch wusste ja, dass er wie ein Viech am Staudamm hackelte, nur damit er sie endlich vor den Traualtar führen konnte. Die wilden Bäche traten Jahr für Jahr über die Ufer und der Fluss, in den sie mündeten, führte jedes Jahr Hochwasser. Das Land hatte beschlossen, die Kraft des Wassers zu nutzen, und mit dem Bau eines Staudamms begonnen. Jeder arbeitsfähige Mann im Dorf wurde gebraucht. Es war kein leicht verdientes Geld. Die Ausländer, die von den Herren der Verbundgesellschaft zusätzlich angeheuert wurden, weil sie nicht genügend österreichische Arbeiter auftreiben konnten, bekamen schlechter bezahlt als die Einheimischen – das war eine gewisse Genugtuung für die Albdörfler. Denn diese glutäugigen, schwarzhaarigen Fremden, die auf der Baustelle in Baracken wohnten, waren den Albdörflern ein Dorn im Auge, obwohl sie dem einzigen Greißler im Ort und dem Wirten vom »Goldenen Ochsen« zu unerhört schwarzen Zahlen verhalfen.

Der Brantinger Alois war der Einzige von den Jungen, der sich nicht von der Verbundgesellschaft anheuern hatte lassen. Doch auch seine Geschäfte schienen recht gut zu florieren. Er trieb regen Handel mit den Gastarbeitern, verscherbelte ihnen dies und das und überlegte inzwischen ernsthaft, ob er nicht eine Import-Export-Gesellschaft gründen sollte. Ja, der Alois war eben kein Blöder.

Das eigentliche Drama aber nahm seinen Anfang, als der Sepp an diesem wunderschönen Spätsommertag seine Rosi endlich wieder einmal auf der Alm besuchte. Als er aus dem Dickicht des dunklen

Nadelgehölzes auf die Lichtung hinaustrat, glaubte er seinen Augen nicht zu trauen. Vor der Almhütte saß ein großer, kräftiger blonder Mann. Er lümmelte mit nacktem Oberkörper auf der Bank und hatte die Ellbogen auf den schweren, von Würmern angefressenen Holztisch gestützt. Sein purpurrotes Hemd lag zusammengeknüllt neben ihm. Und das protzige Goldketterl auf seinen gekräuselten Brusthaaren blinkte aufreizend im Sonnenlicht.

»Roserl, wo bleibt denn mein Bier?«, rief der Alois, als sei er der Herr im Haus.

Das Erste, was sich der Sepp dachte, war: Der muss ja noch früher als ich aufgestanden sein, das hätte ich dem Loisl gar nicht zugetraut. Er selbst war in aller Herrgottsfrüh aufgebrochen, um den sechsstündigen Aufstieg bis Mittag zu schaffen.

Kurz darauf erschien die Rosi mit einer Halben in der Tür. Sie errötete bis zu den Haarwurzeln, als sie den Sepp erblickte, gab dem Alois das Krügerl und ging dem Sepp zögernd entgegen. Ein zaghaftes Busserl und sogleich drehte sie sich wieder nach dem Alois um, der ihnen lachend zurief: »Tut's euch wegen mir nur ja keinen Zwang an.«

»Bleibst eh zum Essen?«, fragte die Rosi den Sepp nach einer kleinen, peinlichen Pause. »Die Forellen hat der Alois im Wildbach mit der bloßen Hand gefangen …« Sie starrte dabei mit bewundernden Blicken auf die schlanken Hände vom Alois, die so gar nicht zu seinem eher rundlichen, etwas grobschlächtigen Körper passten.

Der Alois beschrieb daraufhin ausführlich, wie er die Forellen, die sich unter einem Stein versteckt hatten, in die Enge getrieben und überlistet hatte.

»Das sind echte Bachforellen, dafür zahlst unten im ›Goldenen Ochsen‹ über hundert Schilling«, sagte die Rosi stolz und hielt die beiden Fische an den Schwänzen in die Höh'.

»Mit einem Fisch kannst mich jagen, das weißt eh«, murmelte der Sepp gereizt. Und erst recht mit einem Fisch, den der Alois gefangen hat, fügte er in Gedanken hinzu und verzog angewidert die dünnen, fest zusammengepressten Lippen.

Die Rosi kehrte dem Sepp wortlos den Rücken und ging in die Hütte. Der Alois folgte ihr und gab ihr einen Klaps auf das hübsche Hinterteil.

Der Sepp blieb kreidebleich allein draußen sitzen. Da sie die Tür offen gelassen hatten, musste er mitanhören, wie der Alois der Rosi jeden Handgriff ansagte. »Nur mit einem bisserl Salz und Pfeffer und einem Spritzer Zitrone, so schmecken s' am besten ...«

Seine wichtigtuerische Art verdarb dem Sepp endgültig die Laune. Die mit blühendem Almrausch geschmückte Hütte, die immer noch saftigen Weiden, die milden Sonnenstrahlen, die Schäfchenwolken am hellblauen Himmel – diese ganze Idylle hier oben konnte ihm plötzlich gestohlen bleiben.

Der Alois bekam die große Forelle, die Rosi nahm die kleinere, zerteilte sie geschickt und gab dem Sepp ein Stück ab.

Er betrachtete das weiße Fleisch auf seinem Teller mit Widerwillen. Ihm ekelte vor Fischen und noch mehr ekelte ihm vor dem Alois, der herzhaft zulangte und immer wieder rülpsende und schmatzende Laute von sich gab. Der Sepp hielt sich an die Erdäpfel und den grünen Salat.

»Wenigstens kosten könntest den Fisch – mir zulieb«, bat ihn die Rosi und schaute ihm dabei so traurig in die Augen, dass er mit Todesverachtung einen Bissen in den Mund nahm. Prompt begann er zu husten und zu spucken.

»Wärst nicht der Erste, der an einer Gräte erstickt«, sagte der Alois und klopfte ihm dabei kräftig auf den Rücken.

»Trink schnell einen Schluck vom Alois seinem Bier«, riet die Rosi dem Sepp. Doch bevor er aus demselben Glas wie der Alois trank, würde er lieber ersticken.

Die Rosi brachte dem Sepp ein Glas Wasser. Er leerte es in einem Zug. Und obwohl ihm seine Rosi vielleicht das Leben gerettet hatte, schenkte er ihr einen bösen Blick, so als hätte sie ihm absichtlich das Stück mit der gemeingefährlichen Gräte gegeben. Insgeheim machte er allerdings den Alois für sein beinahe vorzeitiges Ableben verantwortlich.

Mehr oder weniger freundschaftlich legte der Alois dem Sepp den Arm um die Schulter und sagte lachend: »Schau nicht so bös, is eh nix passiert.«

Wütend packte der Sepp den Alois und drehte ihm den Arm auf den Rücken. Und schon gingen die beiden aufeinander los wie zwei brunftige Widder. Ein linker Haken vom Alois erwischte den Sepp recht unglücklich oder glücklich, je nach Standpunkt, zwischen den Augen. Die Haut unter seinen buschigen Brauen platzte. Es floss Blut, dem Sepp sein Blut. Wie ein wild gewordener Stier stürzte sich die Rosi zwischen die beiden Kampfhähne, trennte sie voneinander und bestand darauf, dass sie sich wieder versöhnten. Sofort streckte der Alois dem Sepp die Hand hin. Doch der Sepp schlug nicht ein, drehte sich um und ging in die Hütte, um sich das Blut von der Stirn zu waschen.

Die Rosi schickte den Alois weg. Zum Abschied machte er natürlich noch eine blöde Bemerkung. »Dass ihr mir nix anstellt«, sagte er und drohte der Rosi mit dem rechten Zeigefinger.

Als sie endlich allein waren, hatten der Sepp und die Rosi den ersten ernsthaften Krach ihres Lebens. Die Rosi weinte herzzerreißend und der Sepp gab schließlich nach. Er wusste, dass Vertrauen in einer Beziehung fast das Wichtigste war, und da ihm seine Rosi immer wieder versicherte, dass ihr Jungfernhäutchen noch völlig intakt sei, beschloss er halt, ihr einfach zu glauben. Außerdem hatte der Alois seit Jahren ein schlampertes Verhältnis mit der Gustl, der reschen, langmähnigen Kellnerin vom ›Goldenen Ochsen‹. Auch das beruhigte den ansonsten sehr misstrauischen Sepp.

Der Sepp blieb über die Nacht. Er hatte auch schon im vorigen Sommer öfters oben auf der Alm übernachtet. Aber dieses Mal war es was anderes. Zwar hatte ihn die Rosi letzten Sommer ein bisschen bei sich im Bett kuscheln lassen, doch geschlafen hatte er immer in der kleinen, fensterlosen Kammer, in der manchmal auch müde Wanderer Unterschlupf fanden. Die Almhütte war ziemlich geräumig, bestand aus einer gemütlichen Stube mit einem alten grünen Kachelofen und den zwei Kammern. Rosis Kammer hatte ein Fenster. Von ihrem Bett aus konnte sie den meist den von Wolken umhangenen Gipfel des Großen Bären sehen.

An diesem lauschigen Abend bedrängte die Rosi den Sepp mehr als sonst wegen der Hochzeit. Und sie fragte ihn sogar, ob er heute Nacht bei ihr im Bett schlafen wollte. Zwar hatte er Bedenken, doch die wusste die Rosi mit ein paar geschickten Handgriffen rasch zu zerstreuen.

Bei Sonnenuntergang ließ sich der Sepp von der Rosi verführen. »Schau, der Berg brennt«, sagte die Rosi. Doch der Sepp hatte keinen Blick für das fantastische Alpenglühen, zu sehr war er damit beschäftigt, seine Unschuld zu verlieren. Die Rosi hatte die ihre längst verloren, aber das konnte der Sepp zu diesem Zeitpunkt natürlich nicht wissen. Sie stellte sich recht geschickt an, führte ihn in sich ein, sagte ihm, wie er sich bewegen sollte … Der Sepp war viel zu glücklich, um sich über ihre Kenntnisse auch nur zu wundern. Und die Rosi war echt überrascht von seiner Leidenschaft. Zäh und ausdauernd, kam er ein ums andere Mal. Erst in den frühen Morgenstunden sanken sie in Morpheus' Arme.

Am Morgen danach machten sie den Hochzeitstermin fürs nächste Frühjahr aus. Anfang Oktober, wenn die Rosi wieder von der Alm ins Tal kommen durfte, wollten sie gemeinsam beim alten, etwas schwerhörigen Albdorfer Pfarrer das Aufgebot bestellen.

Zum Glück wurde die Alm nur von Mai bis Oktober bewirtschaftet. In der kalten Jahreszeit konnte der Sepp seine Verlobte, wann immer er wollte, am Hof des Bergbauern Lindinger besuchen.

Die Rosi war ein armes Mädel. Der Lindinger-Bauer hatte sich ihrer erbarmt und sie aufgenommen, nachdem ihre Mutter viel zu früh an einem furchtbaren Krebs gestorben war. Rosis Mutter war Magd beim Lindinger-Bauer gewesen und die Rosi war ein lediges Kind. Manche Albdörfler munkelten, dass sie dem Lindinger seines war, weil auch er leicht rotschädlert war und eine ganz weiße Haut hatte, obwohl er Jahr und Tag im Freien arbeitete. Aber das traute sich keiner laut zu sagen, denn der Lindinger-Bauer war bärenstark und außerdem sehr angesehen im Dorf.

Es sprach für den Sepp, dass er sich eine Frau ohne jegliche Mitgift ausgesucht hatte. Obwohl die Rosi wahrscheinlich den Hof erben würde, da der Lindinger keine eigenen Kinder hatte. Seine Zenzi hatte keine Kinder kriegen können, vielleicht war s' auch deswegen so depressiv gewesen, vermutete so manche Albdörflerin, die gerade voller Stolz Mutterfreuden entgegensah.

So oder so hatte der Sepp keine schlechte Wahl getroffen. Nicht nur, weil die Rosi ausgesprochen sauber, sondern auch weil sie eine Fleißige war. Sie würde bestimmt einmal eine tüchtige Bäuerin abgeben. Leider hatte der Sepp keinen eigenen Hof. Als jüngster von drei Brüdern stand er nach der Hauptschule vor der Wahl, sich dem Herrgott zu verschreiben oder Jäger zu werden. Sein ältester Bruder hatte den elterlichen Hof geerbt, der mittlere war in die Landeshauptstadt gezogen und Lehrer geworden und der

Sepp hatte sich eben für die Wildhüterei entschieden. Er ging bereits auf die dreißig zu, wohnte aber noch bei seinem Bruder auf dem Hof und bezahlte Kostgeld. Obwohl er eisern sparte, konnte er sich nicht einmal ein Auto leisten so wie der Alois, der seit Kurzem mit einem uralten Opel Kadett die Dorfstraßen unsicher machte.

Der Humer Sepp war ein Ehrenmann. Er beschloss, das Wort, das er der Rosi gegeben hatte, zu halten. Doch seit er von der verbotenen Frucht gekostet hatte, war er wie ausgewechselt. Seine Triebe begannen ihm gehörig zuzusetzen. Um die brave Rosi nicht zu schwängern und dadurch komplett zu entehren, ließ er sich eine Zeit lang nicht mehr bei ihr oben auf der Alm blicken. Seine erwachte Glut stillte er bei der reschen Gustl nach der Sperrstunde im ›Goldenen Ochsen‹ auf der rustikalen, nussernen Theke. Dem Alois gab die Gustl bald den Laufpass. Der Sepp war eben ein viel zuverlässigeres Mannsbild.

Als der Sepp seine Rosi endlich wieder einmal besuchte, erkannte er sie fast nicht wieder. »Mich stört's nicht, wennst ein bisserl mollig wirst, im Gegenteil, es passt dir ganz gut«, sagte er zu ihr, aber er rührte sie nicht mehr an. Neuerdings jammerte sie pausenlos, andauernd war ihr speiübel und ihr hübsches Gesicht war voller Pickel. Dem Sepp aber grauste vor allem wegen ihres Schweißgeruchs. Da also mit der lieben Rosi nicht mehr viel anzufangen war, vergnügte sich der Sepp immer öfter mit der lustigen Gustl, die alsbald auch ziemlich rund wurde. Doch da die Gustl immer schon kräftig gewesen war, fiel ihm ihr wachsendes Bäuchlein zuerst gar nicht auf.

Aus der schlanken Rosi war inzwischen ein richtiges Fass geworden.

Von nix kommt nix, sagten die Leute unten im Dorf, als die Rosi im Oktober die Kühe von der Alm hinuntertrieb. Wahrscheinlich wird's nur ein Dirndl werden, wenn s' Buben austragen, werden s' normalerweise immer hübscher, ätzten vor allem die Frauen.

Als der Sepp seine Verlobte im Herbst zum ersten Mal auf dem Hof vom Lindinger-Bauern besuchte, konnte er sein Erstaunen über ihre Körperfülle kaum mehr verbergen. »Schmeckt's dir denn so gut?«, fragte er die Rosi. »Ich mag dich trotzdem«, sagte er, als ihr die Tränen kamen. »Nur musst aufpassen, dass du's bergauf noch derschnaufst.«

Der ohnehin sehr hagere Sepp wurde mittlerweile immer dünner und dünner. Kein Wunder, hatte er doch zwei Frauen zu beglücken.

Die langen Winterabende verbrachte er am Hof des Lindinger-Bauern. Während er sich mit dem Alten unterhielt, häkelte seine Rosi unentwegt Babykleidung, abwechselnd in rosa, hellblau und weiß. Den Sepp langweilten die endlosen Gespräche, die sich immer um die gleichen Themen drehten: die baldige Hochzeit und das freudige Ereignis. In den Nächten flüchtete er zur Gustl ins warme Bett, kroch zu ihr unter die dicke Daunendecke und auf ihr liegend vergaß er seinen ganzen Ärger und Frust.

Eines Nachts, als er trotz Gustls intensiver Bemühungen nicht hatte einschlafen können – es quälte ihn sehr wohl das schlechte Gewissen, der Sepp war im Grunde ja ein anständiger Kerl –, zog er sich wieder an und schlich hinaus.

Eine sternenklare Nacht. Der Vollmond beleuchtete die schneebedeckten Berge. Der Sepp irrte ziellos herum, genoss die prickelnde Kälte auf seinem unrasierten Gesicht und dachte über sein schweres Schicksal nach. Und plötzlich, als hätte ein Skorpion seinen giftigen Stachel in Sepps zähes Fleisch getrieben, nagten Eifersucht und Misstrauen an ihm und fast automatisch schlug er den ordentlich ausgeschaufelten Weg zum Hof des Lindinger-Bauern ein. Oben am Hang angekommen, blieb er stehen und rieb sich die Augen.

Am Fenster von Rosis Zimmer im ersten Stock lehnte tatsächlich eine Leiter. Der Sepp zögerte nicht lange, stapfte die letzten Meter bis zum Haus durch die hohen Schneewechten und kletterte schnurstracks die Leiter hinauf.

In Rosis Zimmer brannte eine schwache Funzel, die Fensterläden waren nur angelehnt. Der Sepp gab acht, dass man ihn von drinnen nicht sehen konnte und spitzte seine großen, abstehenden Ohren.

Laut und deutlich ertönte die tiefe Stimme des Brantinger Alois.

»Deppertes Trampel, warum hast net die Pille genommen«, herrschte er die heulende Rosi an.

Ihr heftiges Schluchzen ging dem Sepp durch Mark und Bein. Doch dann bekam er etwas zu hören, das ihm die Zornesröte ins Gesicht trieb. »Wenn du deinem Sepp sagst, dass du von mir schwanger bist, dann bring ich dich um.« Um seinen Worten Nachdruck zu verleihen, watschte der Alois die Rosi ab. Zumindest hörte der Sepp draußen ein Geräusch, das verdächtig nach einer Watschen klang.

»Aber er wird's doch merken, rechnen kann der Sepp besser als wir beide zusammen«, flennte die Rosi.

»Sagst halt, es ist ein Siebenmonatskind.«

Der Sepp, der inzwischen fast zu einem Eiszapfen erstarrt war, stieg beinahe lautlos die Leiter hinunter. Sein Herz war schwer, seine Seele schwarz und voller Hass.

Und wieder vergingen ein paar endlos lange schneeweiße Wochen, in denen sich der Sepp kaum mehr bei der Rosi und dem Lindinger-Bauern blicken ließ. Und wenn er ihnen einmal kurz Gesellschaft leistete, dann war er noch stiller und verschlossener als früher. Bat ihn die Rosi gar, seine Hand auf ihren dicken Bauch zu legen, dann verdüsterte sich sein Blick noch mehr und meistens ergriff er gleich, nachdem er mit seinen langen Fingern flüchtig über ihren prallen Bauch gestrichen hatte, die Flucht.

»Er hat halt jetzt im Winter viel Arbeit mit dem Wild«, versuchte der alte Lindinger-Bauer der unglücklichen Rosi dem Sepp sein sonderbares Verhalten zu erklären. »Bald wird der Schnee schmelzen, aber heuer wird dein Sepp nicht mehr zehn Stunden am Tag unten am Staudamm hackeln müssen«, versicherte er ihr. Er hatte dafür gesorgt, dass sein Zukünftiger diese Drecksarbeit nicht mehr nötig hatte. Der Sepp würde demnächst zum Oberjäger befördert werden, gerade noch rechtzeitig vor der Hochzeit, die natürlich auch er, als Quasi-Brautvater, bestreiten würde. Und die ordentliche Mitgift, die er der Rosi mitzugeben beabsichtigte, würde den Sepp sicher wieder zu Vernunft bringen. Das sagte der Lindinger-Bauer natürlich nicht laut. Stattdessen sagte der alte Mann zu dem betrübten Mädel: »Wirst sehen, dein Verlobter wird schon bald wieder freundlichere Nasenlöcher machen.«

Ende Februar bliesen die Jäger zum letzten großen HALALI. Die Jagdsaison für das Dam- und Rotwild ging dem Ende zu. Im Dorf herrschte hektisches Treiben. Nur der Brantinger Alois machte wieder keinen Finger krumm. Man sah ihn oft schon nachmittags im ›Goldenen Ochsen‹ am Stammtisch hocken und flotte Sprüche klopfen. Der Alois war ein großer Trinker vor dem Herrn. Und er war halt ein Angeber und ein Prahlhans, wie's im Buche steht.

Auch der Sepp ließ sich in letzter Zeit des Öfteren im ›Goldenen Ochsen‹ blicken. Den Albdörflern war Gustls Zustand natürlich nicht verborgen geblieben. Sie kam mit ihrem dicken Bauch kaum noch zwischen den Tischen durch. Doch erstaunlicherweise ertrug sie ihre Schande mit großer Gelassenheit. Sie war fröhlicher und schlagfertiger denn je. Den Alois behandelte sie allerdings wie Luft.

Der Alois war nur einen Monat älter als der Sepp, aber er hatte sich inzwischen schon so versoffen, dass er fast zehn Jahre mehr auf dem Buckel zu haben schien. Seitdem er kaum mehr einen Schritt zu Fuß machte, sondern nur mehr mit seinem Kadett herumkurvte, hatte sein ungustiöser Gösser-Muskel gesundheitsschädigende Ausmaße angenommen. Aber sein Schmäh war immer noch der alte und kam bei seinen Saufkumpanen auch genauso gut an wie früher, vor allem wenn er, großzügig, wie er nun einmal war, eine Runde nach der anderen schmiss.

Die Stammgäste im ›Goldenen Ochsen‹ staunten nicht schlecht, als sich eines schönen Abends, genauer gesagt am Abend vor der letzten großen Jagd aufs Rotwild, der Humer Sepp zum Brantinger Alois an den Tisch setzte. »Es geht um die Gustl ... gleich gibt's eine Schlägerei«, raunte es durchs Gastzimmer.

Der Sepp und der Alois schienen sich um das Getuschel nicht zu scheren, sie tranken ein paar Halbe miteinander und schienen sich recht gut zu amüsieren. Selbst dem ›heiligen Josef‹, wie manche den Sepp hinter vorgehaltener Hand nannten, kam hin und wieder ein Lächeln aus. Irgendwann, die Sperrstunde war längst vorbei und die Gustl war schon in ihrer Kammer über der Gaststube verschwunden, bedienten sich der Sepp und der Alois selbst mit Flaschenbier. Den Zapfhahn zu betätigen, hatte ihnen der Wirt, bevor er ebenfalls schlafen gegangen war, strengstens verboten. Und während sie die allerletzte Flasche leerten, beschlossen die beiden ehemaligen Rivalen, am nächsten Tag gemeinsam auf die Pirsch zu gehen. Wankend und sich gegenseitig stützend verließen sie den ›Goldenen Ochsen‹ und im Morgengrauen machten sie sich dann wirklich zusammen auf die Pirsch.

Dem Alois schien diese plötzliche Freundschaft mit dem Sepp nicht ganz geheuer zu sein, da er aber an sich ein friedfertiger Mensch war, überwogen bald die positiven Gefühle für den neuen Freund und ehemaligen Rivalen. Dass der Sepp ihm die Gustl ausgespannt hatte, störte ihn nicht im geringsten. Die Gustl war ihm in letzter Zeit gehörig auf die Nerven gegangen, ja fast richtiggehend lästig geworden, beinahe genauso schlimm wie die Rosi mit ihrer ewigen

Jammerei. Er wollte von beiden Weibern nichts mehr wissen, vergnügte sich lieber mit den weniger komplizierten ausländischen Flitscherln, die im Schlepptau seiner besten Kunden, den Gastarbeitern, ins Lackental gekommen waren und für ein paar Schillinge unten in den Baracken ihre Liebesdienste anboten.

Während sie durch den Wald den Berg hinaufstiegen, wiederholte der Sepp immer wieder, mehr oder weniger lallend – aber das fiel dem Alois nicht auf, da der Sepp sowieso nie ganze Sätze von sich gab, sondern immer stockend redete und sogar ein bisschen stotterte –, dass er endlich einen kapitalen Bock schießen möchte, um »seinem besten Freund, dem Alois,« zu beweisen, dass er im Grunde doch der bessere Schütze von ihnen beiden war. »Wirst sehen, auf was Lebendiges zielen, das ist ganz was anderes als dein deppertes Tontaubenschießen. Da geht's ums wirkliche Töten«, sagte der Sepp ein bisschen großspurig zum Alois. »Leider war ich heuer vom Pech verfolgt. Es scheint, als hätte sich alles gegen mich verschworen, selbst der heilige Hubertus hat mich schmählich im Stich gelassen. Nicht einmal ein alter, klappriger Rehbock ist mir vor die Flinte gelaufen, geschweige denn ein kapitaler Hirsch.«

Auch an diesem kühlen, nebeligen Morgen schien ihnen Fortuna nicht gewogen. Die Spitze des Großen Bären verschwand unter einer dichten Wolkendecke, nicht einmal die kleine Nase, von der sich damals die Lindinger Zenzi runtergestürzt hatte, war mit freiem Auge auszumachen. Weit und breit war keine Spur von einem Hirschen zu sehen. Die Steinböcke schienen sich bereits über die beiden erfolglosen Jägersleut lustig zu machen. Völlig ungeniert hüpften sie vor ihren geladenen Flinten herum, so als wüssten sie, dass das Gesetz sie schützte. Der Alois fing an, sich über diese flinken Biester zu ärgern und nach ein paar Stunden, in denen sie vollkommen erfolglos herumgehatscht waren – die Kondition vom Alois war nicht gerade die beste –, konnte er sich nicht mehr länger beherrschen. Er zielte und drückte ab.

Ein stattlicher Steinbock musste dran glauben. Er fiel auf der Stelle um. Der beste Schütze des Lackentals hatte ihn aus mindestens hundertfünfzig Metern Entfernung anscheinend mitten ins Herz getroffen.

Der Sepp stieß einen Ton aus, den man als eifersüchtigen Seufzer oder schlecht artikulierte Bewunderung deuten konnte, je nachdem. Und dann sagte er kein Wort mehr, machte dem Alois auch keine

Vorwürfe wegen des streng verbotenen Abschusses. Im Gegenteil, als der Alois ihn bat, später zu bezeugen, dass der Bock krank gewesen wäre, nickte er nur gutmütig.

»Ich hol mir die Hörner, wartest auf mich?«, fragte der Alois.

Und der Sepp nickte wieder und staunte nicht schlecht, als er durchs Zielfernrohr beobachtete, wie der Alois, plötzlich leichtfüßig wie eine Gämse, ohne jede Ausrüstung die steile Wand hochkletterte.

Auch dieses Mal war also der Brantinger Alois der bessere Schütze gewesen. Neid und Eifersucht quälten den Sepp stärker denn je und irgendwann drückte er ganz versehentlich auf den Abzug.

Eine Untersuchung durch die Gendarmen im Ort fand statt und später kamen auch noch zwei Zivile aus der Landeshauptstadt daher und untersuchten den Unglücksfall.

»Ich dachte, es wär ein Wilderer ... wollte nur einen Warnschuss abgeben ... es war schon dämmrig«, stammelte der Sepp und war tagelang völlig am Boden zerstört. »Ich hab am Abend vorher zu viel getrunken. Ich bin nicht an die viele Sauferei gewöhnt ...« Das Wasser stand ihm in den Augen und er klang so verzweifelt, dass selbst den Kriminesern aus der Stadt seine Geschichte glaubwürdig erschien.

Ein schlimmer »Jagdunfall« halt, sagten die Albdörfler und zuckten die Achseln, der passiert bei uns eigentlich jedes Jahr. Die Einheimischen führten das schreckliche Unglück sowieso auf Sepps Alkoholkonsum zurück. Normalerweise trank der Sepp kaum was Hochprozentiges, höchstens mal ein Seidel oder ein Glaserl Slibowitz, aber eben nur eines. An jenem verhängnisvollen Abend hatte er mindestens sechs Halbe und vier Marillenschnäpse hinuntergeleert. Der Alois hatte die Zeche vom Sepp mitbezahlt, weil der Sepp doch bald ein armes Schwein sein würde, mit dem Gschrappen von der Rosi am Hals und vielleicht auch noch den Balg von der Gustl, denn man munkelte so allerlei im Dorf. Der Alois schien es dem Sepp jedenfalls nicht verübelt zu haben, dass er ihm sein Gspusi ausgespannt hatte, behaupteten die Albdörfler.

Ein paar Tage lang trieben sich die Männer in den dunklen Anzügen und den langen Mänteln noch im Dorf herum und fragten die Leute weiter über den Humer Sepp aus. Sie bekamen nur Gutes zu hören. Selbst die Gustl legte ihr ganzes Gewicht für ihn in die Waagschale.

»Der Sepp hat doch nichts dafür können, er zerfleischt sich eh selbst vor lauter Schuldgefühlen«, sagte sie zu den Gendarmen aus dem Dorf und auch zu den Zivilen aus der Stadt. Kurz danach zogen die Kriminalbeamten unverrichteter Dinge wieder ab. Nicht einmal eine Anklage wegen fahrlässiger Tötung bekam der Sepp an den Hals.

Um den Alois war keinem wirklich leid, außer vielleicht seinen ehemaligen Saufkumpanen. »Mit diesem Hallodri hat es einmal so enden müssen« und jede Menge anderer weiser Sprüche wegen seiner Weibergeschichten und seiner Wilderei machten die Runde im Dorf. Nur die Rosi trauerte aufrichtig um den Alois, war er doch immer lustig gewesen, nicht so langweilig und verschlossen wie der Sepp. Auch wenn der Loisl sie manchmal gehaut hatte, er hatte es ja nicht bös' gemeint ..., aber sie hielt lieber ihren Mund und weinte nur heimlich, allein auf ihrem Zimmer. Sie war schon ziemlich dick.

Bei der Rosi wird's bald so weit sein, flüsterten die Alten im Dorf und schenkten dem langen, dünnen Sepp bewundernde Blicke. Und selbst der Herr Pfarrer sagte jedem, der es hören wollte, dass der Humer Sepp eben im Grunde immer schon der bessere Schütze gewesen sei.

Beim Begräbnis vom Alois heulte die Rosi dann doch Rotz und Wasser. Aber sie war die Einzige, die Tränen um ihn vergoss. Gustls schöne kornblaue Augen blieben trocken. Sie hatte dem Sepp, wie gesagt, längst verziehen, dass er ihr den Vater ihres ungeborenen Kindes genommen hatte – es würden zwei Kinderchen werden, aber das wusste damals noch keiner im Dorf, nur die Gustl selbst ahnte es, weil gleich vier kleine Beinchen in ihrem Bauch herumstrampelten – die Gustl war eben eine sehr großzügige Frau.

Kurz nach dem Begräbnis vom Alois, bei dem nicht allzu viel Leut' erschienen waren, gebar die Rosi ein »Siebenmonatskind« ein winziges, hässliches und schrecklich schielendes Krispindl.

Der Sepp machte um die Rosi und ihren Nachwuchs nicht viel Gscher. Dafür kümmerte er sich um so mehr um die hochschwangere Gustl. Er war kein Falscher und erklärte jedem, der es hören wollte, dass der Rosi ihr Kind nicht seines war, sondern das vom Alois, und dass er sich deswegen um die Rosi und ihren Bastard nicht zu kümmern brauchen würd'.

Vor allem die Albdörflerinnen meinten, es würde der eitlen Rosi, die eigentlich gar nicht eitel war, sondern nach der Geburt nur wieder sehr hübsch, schon recht geschehen. Man ließ sich eben nicht ungestraft mit zwei Mannsbildern gleichzeitig ein.

Drei Monate, nachdem die Rosi dem zarten Mäderl das Leben geschenkt hatte, erblickten die Zwillinge von der Gustl, zwei stramme Buben, die bestimmt eines Tages tüchtige Schützen werden würden, das Licht der Welt. Und kurz darauf wurde in Albdorf eine Hochzeit gefeiert, keine große Dorfhochzeit zwar, sondern nur eine bescheidene kleine Feier im engsten Familienkreis. Die Braut war wunderhübsch anzusehen in ihrem langen weißen Kleid. Ihr dichtes, blondes Haar trug sie offen, auf die Schultern fallend. Sie hat eine Mähne wie ein Löwe, flüsterten die Albdörfler, die vor der Kirche Spalier standen, bewundernd.

»Man darf eben nicht jedes Wort auf die goldene Waage legen«, hatte der Sepp zu der heulenden Rosi am Tag vor seiner Hochzeit mit der reschen Gustl gesagt und er hatte sich durch Rosis Tränen nicht erweichen lassen, im Gegenteil, er hatte der Rosi in vollem Ernst vorgeschlagen, dass sie ja, zumindest im Winter, statt der Gustl im ›Goldenen Ochsen‹ kellnerieren könnte, denn die Frau Oberjäger hätte in Zukunft die Kellnerei nicht mehr nötig.

Ein paar Tage nach der Hochzeit wurde der Sepp hochoffiziell zum Oberjäger ernannt, allerdings gegen den Willen des Lindinger-Bauern, der die Sache aber vorher zu intensiv betrieben hatte, um sie nun wieder rückgängig machen zu können. Und bald darauf fingen der Sepp und die Gustl mit dem Hausbauen an. Trotz der vielen Arbeit kümmerte sich der Sepp weiterhin rührend um die beiden kräftigen Buben, denen er den Vater genommen hatte.

Als der Bruder vom Sepp, der gescheite Herr Lehrer aus der Stadt, einmal zu Besuch ins Dorf kam, betrachtete er die beiden Säuglinge, die wie ein Ei dem anderen glichen, mit kritischem Blick. Er kapierte sofort, was bisher nur die Gustl gewusst hatte und selbst sie war sich nicht ganz sicher gewesen. Das ist dein eigen Fleisch und Blut, sagte er zum Sepp. Schau dir nur diese dicken Haarbüschel an. Er strich den Zwillingen über das dichte dunkelbraune Haar. Auch sonst ist die Ähnlichkeit unverkennbar, fuhr er fort und hielt dem Sepp und der Gustl einen Vortrag über die Erbmasse und die guten Gene der Humer'schen Familie. Der Bruder vom Sepp unterrichtete Biologie und war ein Anhänger der Vererbungslehre.

Mit stolz geschwellter Brust gab der Sepp die freudige Nachricht am Sonntag nach der Messe am Stammtisch im ›Goldenen Ochsen‹

weiter. Und die Leute im Dorf sprachen von nun an mit noch mehr Hochachtung von ihm. Dass er die Rosi hatte sitzen lassen, ward ihm längst verziehen. Schließlich war s' selber schuld, das blöde Mensch, wenn s' sich einen Gschrappen von diesem Nichtsnutz Alois hatte andrehen lassen. Sie war eben ein Flitscherl, genauso eine wie diese ausländischen Menscher unten in den Baracken am Staudamm. In letzter Zeit sah man sie außerdem häufig mit einem dieser pechschwarzen Fremden von der Baustelle durch den Wald latschen. Giuseppe heißt er und das bedeutet Sepp auf gut Deutsch, hatte der Lindinger-Bauer, der auch nicht gerade begeistert über diese Verbindung war, seinen Nachbarn erzählt. »Er stammt aus Sizilien, aber er dürfte ein anständiger Kerl sein«, sagte er immer gleich dazu.

Von ihrem Selbstmordversuch und ihrer Rettung durch diesen kleinen, schnurrbärtigen Ausländer wusste keiner im Dorf, nicht einmal der Lindinger-Bauer.

An jenem lauschigen Abend, als ihr der Sepp mitgeteilt hatte, dass er die Gustl zum Traualtar führen würde, ging die Rosi nämlich ins Wasser. Sie legte ihr Kind ins Gitterbett, hinterließ ein paar Zeilen für den Lindinger-Bauern, die er zum Glück nie zu Gesicht bekam, und ging hinunter zum halbfertigen Staudamm. Bevor sie aufs Gerüst kletterte, bekreuzigte sie sich dreimal, und bevor sie ins eiskalte Wasser sprang, schickte sie ein Stoßgebet zum Himmel. Die Rosi konnte, so wie die meisten Albdörfler, nicht schwimmen.

Der kleine dunkelhaarige Fremde sprang ihr mitsamt seinen warmen Klamotten hinterher. Er kam aus dem Süden, aus einem Dorf am Meer, litt unter Heimweh und saß fast jeden Abend am Wasser. Giuseppe liebte das Wasser und hasste die Berge und er war ein guter Schwimmer. Plötzlich tauchte er wie ein Wassermann unter der halb toten Rosi auf, legte seinen Arm um ihren Hals und schwamm mit ihr im Schlepptau ans Ufer. Mit Mund-zu-Mund-Beatmung erweckte er sie wieder zum Leben. Seine warmen, weichen Lippen auf ihrem Mund wollte die Rosi dann ihr ganzes Leben lang nicht mehr missen.

Doch das ist noch lange nicht das Ende der Geschichte.

Als der Sepp im nächsten Spätsommer wieder einmal auf Gamsjagd ging, kam er oben auf der Alm vorbei. Die Rosi sah ihn schon von weitem, erkannte ihn an seinem müden, schleppenden Gang. »Schau, da kommt der Onkel Sepp«, sagte sie zu ihrem Silberfischerl.

»Peppi, Peppi, Peppi«, ahmte die Kleine ihre Mutti nach und winkte mit ihrem Patschhanderl dem fremden Onkel hocherfreut zu.

Der Sepp würdigte die beiden am Fenster der Almhütte keines Blickes.

Ein Gewitter zog auf. Und obwohl der Sepp wusste, wie schnell das Wetter in den Bergen daherkommen konnte, kraxelte er auf die hohe Nase hinauf. Er war hinter einem kapitalen Gamsbock her und vergaß dabei auf alle Vorsicht.

Am nächsten Morgen – die Luft war herrlich klar und frisch, gereinigt durch das Unwetter – ging die Rosi mit der Kleinen an der Hand nachschauen, ob auch keine Kuh abgestürzt war. Die Rosi schaute in jede Felsspalte, konnte zum Glück aber kein verirrtes Tier entdecken. Doch auf einmal vernahm sie leises Wimmern.

»Hast das auch gehört, Mausi?« Die Rosi beugte sich über den Grat.

Mindestens dreißig Meter unter ihnen lag eine zusammengekrümmte Gestalt. Der Mann lag halb über dem Abgrund, klammerte sich mit beiden Händen an einen Felsvorsprung. Erst auf den zweiten Blick erkannte die Rosi ihren Sepp. Der Arme hat sich was gebrochen, er kann sich nicht mehr rühren, dachte sie. Doch plötzlich vermeinte sie zu sehen, wie sich seine linke Hand bewegte – ein schwaches Winken? Er schien sie ebenfalls entdeckt zu haben.

Die Rosi nahm das Kind auf den Arm und betrachtete lange und sehr nachdenklich den regungslos daliegenden Sepp. Das Wimmern erklang mal stärker, mal schwächer zu ihr herauf. »Wir müssen schauen, dass wir heimkommen, da hinten zieht es schon wieder ganz schwarz herauf. Sag schön Baba zu dem armen Onkel Sepp«, befahl sie nach einer Weile ihrem Töchterchen.

»Baba«, erklang es glockenhell. Und durch das Echo hallte es laut und deutlich bis zum Oberjäger Sepp hinab.

»Gut, dass du außer Baba noch nicht viel sagen kannst, mein kleines Patscherl«, flüsterte die Rosi, als hätte sie Angst, der Sepp könnte sie hören, und kehrte mit ihrer Kleinen in die Hütte zurück.

Der Gipfel des Großen Bären verschwand unter einer großen schwarzen Wolke und auch die Spitze der kleinen Nase war von der Hütte aus bald nicht mehr zu sehen. Die Rosi begann zu kochen, es gab Fisch und sie hoffte, Giuseppe würde bald daherkommen und zwar noch rechtzeitig, bevor's draußen wieder zu blitzen und zu donnern anfing. Giuseppe aß gerne Fisch und er scheute auch nicht den sechsstündigen Aufstieg jeden Samstag nach der Arbeit am Staudamm.

Ein fernes Donnergrollen, kurz darauf setzte heftiger Hagel ein und trommelte auf das Dach der Hütte wie die Faust Gottes. Die kleine Maid schrie wie am Spieß. Die Rosi erstarrte, sie war eine fromme Frau, glaubte an das Wort Gottes und an die Heilige Schrift. *Und die Rache ist mein, sagte Gott* … Zitternd wie Espenlaub ließ sie sich auf der Ofenbank nieder, drückte das kreischende, kleine Dirndl fest an ihren Busen und betete für Giuseppe.

Kaum hatte der schreckliche Sturm – er war noch viel schrecklicher als der gestrige – etwas nachgelassen, hörte sie eine geliebte Stimme ihren Namen rufen. Sie stürzte hinaus in den Regen und eilte dem Geliebten entgegen, der gerade aus dem Dickicht des Waldes auftauchte. Giuseppe hatte das Unwetter, zusammengekauert unter einem Jägersitz, heil überstanden. Patschnass war er halt und halb erfroren.

»Zieh dich rasch aus und leg dich gleich ins Bett«, sagte die Rosi. Während er sich seiner Kleider entledigte, steckte sie das Silberfischerl ins Gitterbett und leistete dann dem Giuseppe in ihrem eigenen Bett Gesellschaft. Draußen rauschten die Wälder, die Vögel begannen wieder zu zwitschern und sie wärmte ihren Giuseppe mit ihrem wunderbaren, weichen Körper. Die Rosi war eben eine praktische Frau.

Jahre später: Aus dem zarten, kleinen Silberfischerl war ein fesches Mädel geworden und das Schielen hatte sich inzwischen auch gänzlich von allein gegeben. Sie gerät ihrer Mutter nach, sagten die Leute im Dorf und meinten das durchaus als Kompliment. Die hübsche Heidi – ihre Mutter hatte sie eigentlich Heidemarie getauft – war nicht nur eine gute Schülerin, sondern passte auch immer brav auf ihr kleines Brüderchen auf. Sie hing sehr an diesem kleinen schwarzgelockten Teufelchen, das nach seinem Vater genannt worden war, aber der Einfachheit halber von jedermann Seppi gerufen wurde. In Sizilien würde er natürlich Giuseppe heißen.

Die Rosi war schon lange nicht mehr oben auf der Alm. Der Lindinger-Bauer hatte viel Grund verkauft, mit dem Geld hatte Rosis Mann ein großes Haus am Hang über dem Stausee gebaut und unten im Erdgeschoss eine Pizzeria aufgemacht, die erste Pizzeria im ganzen Lackental. Giuseppe hatte das Geschäft gut im Griff und seine Pizza Capricorno wurde weit über das Lackental hinaus gerühmt. Der ›Goldene Ochse‹ stand kurz vorm Zusperren.

Giuseppe erlaubte seiner Frau nicht, in der Pizzeria zu arbeiten, in dieser Hinsicht war er ein bisschen altmodisch. Und so kümmerte sich die Rosi halt um das große Haus und die Kinder und an den langen Samstagen fuhr sie mit ihrem Alfa Romeo immer in die Landeshauptstadt zum Einkaufen.

Giuseppe hatte die resche Gustl als Kellnerin engagiert. Die Gustl war allerdings längst nicht mehr so resch und fesch wie früher, aber sie war immer noch eine tüchtige Kellnerin. Wenn sie niemanden fand, der ihr drauf schaute, dann brachte sie auch ihre beiden dunkelbraunen Buben zur Arbeit mit. Die Zwillinge hockten dann oft den ganzen Abend lang in der Küche und machten Hausaufgaben. Nur ganz selten sah man sie hinter dem Haus Fußball spielen. Die Rosi erlaubte ihrer Heidi nie, mit den Zwillingen zu spielen, obwohl s' eigentlich keine schlimmen Buben waren und schon gar keine Wildfänge, sondern eher brav und still und sehr verschlossen.

Abends, nach der Sperrstunde, saßen die Rosi und ihr Mann dann oft zusammen unten am Ufer des Stausees und schauten aufs Wasser. Und im Spätsommer ging die Rosi auch manchmal allein auf den Friedhof am Fuße des Berges, wo der Sepp und der Alois friedlich vereint nebeneinanderlagen. Sie brachte den beiden immer Wiesenblumen, die sie unterwegs gepflückt hatte, und verteilte die schönen, bunten Blumen gerecht auf beide Gräber.

# Gänsehäufl

Am Ufer der Alten Donau stand eine große Trauerweide. Die dicht begrünten Zweige spendeten an heißen Sommertagen wohltuenden Schatten und an den Ästen, die über dem Wasser hingen, hielten sich die älteren Herrschaften gerne an. Das Ufer war nicht befestigt, und so mancher war auf der feuchten Erde schon aus dem Gleichgewicht geraten.

Unter der Trauerweide lag eine Blondine. Sie lag auf dem Bauch, hatte Kopf und Rücken im Schatten und streckte nur ihren nackten Hintern und ihre langen Beine der Morgensonne entgegen. Das hübsche, lauschige Fleckchen war jedoch Maries und Luises Platz. Am Nacktbadestrand des Gänsehäufls galt Gewohnheitsrecht: Jeder der Stammgäste hatte ein bestimmtes Stückchen Wiese okkupiert und gelegentliche Besucher hatten sich danach zu richten.

Die beiden älteren Damen ließen, völlig außer Atem, ihre Liegen und Badetaschen ins Gras fallen.

»Jetzt reicht's«, schnaufte Marie empört. »Die hat hier wohl übernachtet.« Sie zeigte mit dem Finger auf die hübsche Blondine.

»Warum musst du auch immer zu spät kommen«, schimpfte Luise. »Anstatt am Eingang auf mich zu warten, hättest du doch längst hineingehen und unseren Platz besetzen können.«

»Das Tor war noch zu ...«

»Den ganzen Tag mit dem Kopf in der Sonne, das halte ich nicht aus«, stöhnte Marie.

»Da trocknet einem ja das Gehirn aus«, pflichtete ihr Luise bei.

Marie und Luise hatten im Laufe der vergangenen Jahre fast alle Städtischen Bäder ausprobiert und waren sehr stolz darauf, immer und überall die besten Plätze – halb im Schatten, halb in der Sonne – belegt zu haben.

Heuer fühlte sich Luise reif für die Insel. Sie brauchte ihre Freundin nicht lange zu überreden. Das Gänsehäufl war gerade frisch renoviert worden und das Wasser der Alten Donau war angeblich wieder sauber. Fast Trinkwasserqualität, stand in den Zeitungen.

Letzten Samstag hatte ihnen die Blonde zum ersten Mal das schattige Plätzchen unter der großen Weide vor der Nase weggeschnappt. Sie versuchten es mit guten Worten. Die junge Frau zuckte nur mit den Schultern und stöpselte sich demonstrativ mit den Kopfhörern ihres Walkmans die Ohren zu. Verärgert begnügten sie sich mit einem anderen, natürlich wesentlich schlechteren Platz.

Gestern standen sie eine halbe Stunde vor Öffnung des Bades am Eingang. Als sich die Kassiererin, fünf Minuten nach neun, endlich dazu bequemte aufzusperren, tauchte die Blondine praktisch aus dem Nichts auf und schlüpfte, ohne eine Saisonkarte vorzuzeigen oder eine Tageskarte zu kaufen, an ihnen vorbei.

Als Marie und Luise, die einen für ihr Alter durchaus beachtlichen Sprint hinlegten, keuchend bei der Trauerweide ankamen, hatte sie ihre zitronengelbe Luftmatratze bereits aufgepumpt.

Sie wiesen die junge Frau gereizt darauf hin, dass sie zum zweiten Mal auf ihrem Lieblingsplatz liegen würde. Ein herzliches Lachen war ihre einzige Reaktion.

Wütend breiteten die beiden älteren Damen ihre Decken und Liegen knapp neben der Blonden aus. Den ganzen Tag über fühlten sie sich jedoch äußerst unwohl. Sie waren sich ständig bewusst, dass die junge Frau jedes Wort mithören konnte. Nach einiger Zeit sprachen sie kaum noch miteinander. Ihre Stimmung sank auf den Nullpunkt und sie verließen die Insel zwei Stunden vor Badeschluss.

»Heute lege ich mich nicht mehr neben sie«, zischte Marie. Dieser erste Montag im Juli versprach ein strahlend schöner Sommertag zu werden. Sie wollte sich diesen Tag nicht wieder verderben lassen.

Flüsternd diskutierten die Freundinnen darüber, ob sie noch einmal ein ernstes Wort mit der jungen Frau sprechen sollten.

»Reden hat keinen Sinn. Die macht uns das doch zu Fleiß, freut sich höchstens, wenn wir uns ärgern«, sagte Luise.

»Holen wir den Badewaschl …«

»Du bist naiv. Schau dir mal an, wie diese Tussi gebaut ist. Wenn der zwischen ihr und uns den Schiedsrichter spielen soll, dann Gnade uns Gott!«

»Also bleibt uns nichts anderes übrig, als mitten in der Saison das Bad zu wechseln. Aber der Gedanke, dass ich mich von so einer vertreiben lasse, macht mich krank.«

»Gibst du aber schnell auf. Ziehen wir uns erst mal aus. Mir wird schon was einfallen.«

Sie stellten ihre Liegen ein paar Meter entfernt von der blonden jungen Frau auf, arrangierten Bade- und Kühltaschen wie eine Festungsmauer rund um die Liegen und schlüpften aus ihren Sommerkleidern.

Luise, eine kräftige Frau Ende fünfzig, war eher männlich gebaut, hatte kaum Busen, aber breite Schultern und einen flachen Hintern. Ihre Haut war welk und sehr runzelig.

Marie hingegen war rund und fest, hatte einen dicken Po, stramme Beine und ihre Haut war glatt wie die Haut eines jungen Mädchens, obwohl sie ein paar Jährchen mehr auf dem Buckel hatte als ihre Freundin.

»Ich muss heute unbedingt in den Schatten, ich seh aus wie ein Pavian«, jammerte Marie und streckte Luise ihr rosa Hinterteil hin.

Obwohl Marie Schatten bevorzugte, wurde sie jeden Sommer viel schneller braun als ihre Freundin, die sich sehr über diese Ungerechtigkeit der Natur ärgerte. Luise hatte nur ihren empfindlichen Kopf gern im Schatten, ihren drahtigen Körper pflegte sie, zumindest früher, den ganzen Tag über der prallen Sonne auszusetzen. Jedes Jahr handelte sie sich zu Beginn der Saison einen heftigen Sonnenbrand ein und fiel dann regelmäßig zwei, drei Tage aus. Inzwischen legte sie sich während der Mittagsstunden auch in den Schatten.

Die beiden Frühpensionistinnen hatten je einen Ehemann überlebt – Marie im wahrsten Sinne des Wortes. Ihr Mann starb vor nunmehr zehn Jahren an einem Herzinfarkt. Sie trauerte ihm nicht lange nach. Luise wurde vor sechs Jahren geschieden. Ihr Mann verließ sie wegen einer Jüngeren. Typischer Fall von Midlife-Crisis, urteilte Marie, die froh war, diesem Schicksal durch das frühe Ableben ihres Mannes entronnen zu sein.

An diesem Montag waren nur wenige Leute im Gänsehäufl.

»Lauter Tachinierer«, meckerte Luise.

»Die Studenten kommen erst nachmittags, die müssen sich doch am Vormittag ausschlafen.«

»Ja, weil sie sich die Nächte im Bermudadreieck um die Ohren schlagen …«

Marie kannte Luises Vorurteile gegen »dieses Studentenpack«, das sich in den Bars der Wiener Innenstadt herumtrieb, anstatt zu arbeiten, in- und auswendig.

»Ich habe heute nicht einmal Zeit gehabt, richtig zu frühstücken«, unterbrach sie ihre Freundin und begann ihre Kühltasche auszupacken. Angesichts der Unmengen von Proviant schien ihr die Entscheidung nicht leicht zu fallen.

»Ich mache heute einen Obsttag«, bemerkte Luise spitz. »Ich hab in den letzten Monaten zwei Kilo zugelegt. Wenn ich nicht aufpasse, werde ich noch eine richtig fette, alte Matrone.« Sie musterte ihre mollige Freundin mit verächtlichen Blicken.

Marie beachtete sie nicht weiter, sondern biss herzhaft in eine Extrawurstsemmel mit Gurkerl.

»Wenn ich mir all diese Fettsäcke nur ansehe, wird mir schon schlecht«, fuhr Luise fort.

»Sind doch noch gar keine da«, stellte Marie nüchtern fest.

»Hast du schon mal die Maier-Kur ausprobiert?«

»Milch und alte Semmeln, meinst du? Nein, das ist nichts für mich. Die Hollywood-Diät habe ich mal versucht, war mir aber auf die Dauer zu kostspielig, immer nur Steaks ...«

»Eben deswegen empfehle ich dir die Maier-Kur. Alte Semmeln haut dir dein Bäcker praktisch umsonst nach und einen Liter Milch wirst du dir wohl auch noch leisten können.«

Marie würdigte sie keiner Antwort, sondern genehmigte sich noch eine Banane als Nachtisch.

Nun begann Luise ebenfalls in ihrer Kühltasche zu kramen und brachte einen grünen Apfel zum Vorschein. »Jeden Tag einen Apfel und du bleibst gesund.«

»Ich steh mehr auf Bananen.«

Luise gab sich geschlagen.

Beide nahmen sich immer das Essen von Zuhause mit. Aber nicht nur das Essen, täglich schleppten sie auch Liegen, Badetücher und alle anderen notwendigen Accessoires für einen langen Sonnentag hin und her. Kabinen und Kästchen waren ihnen zu teuer, außerdem misstrauten sie der Sicherheit der Schlösser.

Ihre Gespräche an diesen Badetagen drehten sich um die ständig gleichen Themen: das Wetter, die Wassertemperatur, das Fortschreiten der bräunlichen Verfärbung ihrer Körper, die anderen Badegäste, vor allem die männlichen ... Männer waren vor allem Luises Lieblingsthema. Marie hörte meistens nur zu, ihr Interesse am anderen Geschlecht hatte während der letzten Jahre merklich nachgelassen. Sie war recht zufrieden mit ihrem Witwenstand.

»Ich werde mir doch auf meine alten Tage keinen Pflegefall mehr antun. Und einen jungen, hübschen Kerl bekommt eine Frau wie ich sowieso nicht mehr ab«, sagte sie oft zu Luise.

Der Kantinenpächter Leo, der erklärte Lieblingsfeind beider Damen, sperrte gerade sein Buffet auf.

»Ich kann seine schmutzigen Witze nicht mehr hören, sie sind wirklich eine Zumutung für jede Dame«, flüsterte Luise.

»Der kriegt seinen Hals auch nicht voll. Seit einer Woche verlangt er für einen Sommerspritzer schon wieder um einen Schilling mehr und seine verschrumpelten Frankfurter kosten gar zweiunddreißig Schilling, dabei sind sie noch kleiner als die im Schönbrunner Damenbad«, echauffierte sich Marie.

»Und wenn der Euro kommt, werden wir sogar das Doppelte dafür zahlen müssen, habe ich in der *Sonntagskrone* gelesen.«

Luise besorgte sich nur sonntags, wenn es sie »umsonst« gab, eine Zeitung.

Marie hatte *Die ganze Woche* abonniert und warf auch sonntags ein paar Schillinge für *Täglich Alles* in den Schlitz.

Montags tauschten sie immer ihre Zeitungen aus.

Marie hatte dieses Mal großzügig darauf verzichtet, das Partner-Rätsel in der *Ganzen Woche* allein zu lösen. Luise überließ ihr dafür das Sonntagsrätsel in der *Krone*.

»Der ägyptische Sonnengott heißt doch Ra, oder?«

»Das hast du mich schon hundertmal gefragt.« Maries Unsicherheit nervte Luise.

»Ich bin halt eine Alzheimer-Kandidatin.«

»Wusstest du, dass der Kaiser Konstantin geglaubt hat, die Sonne sei Gott?« Luise, die mit ihrem Kreuzworträtsel bereits fertig war, las ihrer Freundin nun aus dem Bildungsteil der *Ganzen Woche* vor.

»Pst, ich muss mich konzentrieren.«

»Manche Schwachsinnige glauben das übrigens auch«, fuhr Luise unbeirrt fort.

Als Marie endlich ihr Rätsel gelöst hatte, stand die Sonne bereits im Zenit. Die schöne Blonde lag noch immer regungslos auf dem Bauch. Ihr knackiger Po hatte eine schwarzbraune Tönung angenommen.

»Die braucht überhaupt keinen Schatten«, murmelte Marie neidisch.

»Schau mal, wer da kommt«, flüsterte Luise plötzlich und errötete wie ein junges Mädchen.

Der kroatische Bademeister näherte sich den drei Frauen. Luise schenkte dem großen, muskulösen Mann mit dem glänzenden, bronzefarbenen Körper einen sehnsüchtigen Blick.

»Sieht er nicht aus wie unser Arnie?«

»Welcher Arnie?«

»Die steirische Eiche natürlich.«

»Die ist doch blond.«

»Nur die Figur, meine ich.«

»Wie ein Adonis.«

»Der bildet sich weiß Gott was ein ...« Marie lächelte versonnen.

Obwohl Luise dauernd über die Männer herzog, hatte Marie ihre Freundin schon seit Längerem in Verdacht, in den gut aussehenden schwarzhaarigen Bademeister vernarrt zu sein.

»Und jetzt wird er sie gleich einschmieren. Jeden Tag nimmt er sich eine andere Tussi vor, ist dir das auch schon aufgefallen?«, zischte Luise.

»Das stimmt, er belästigt ständig die jungen Mädel.«

»Aber diese Flitscherln wollen doch gar nicht in Ruhe gelassen werden.«

»Du möchtest wohl selbst gern mal drankommen«, wagte Marie einen kleinen Scherz. Luise schenkte ihr einen bösen Blick.

Der Bademeister ließ sich neben der Blonden ins Gras fallen, stützte seinen Kopf auf die Linke und kehrte den beiden älteren Damen seinen durchtrainierten Rücken zu.

Wie gebannt starrte Luise auf seine strammen Hinterbacken, die mit einem schmalen schwarzen Streifen Stoff nur notdürftig bedeckt waren. Ihr hartes Gesicht wurde noch eine Spur härter und der herbe, verbitterte Zug um ihren Mund verstärkte sich ebenfalls. Sie sieht aus wie ein gieriger kleiner Vogel, dachte Marie und wandte sich kopfschüttelnd ab.

Der Bademeister begann der schönen Blonden den Rücken einzucremen. Luise rutschte mit ihrem Badetuch näher an die beiden heran und spitzte die Ohren.

»Bestimmt ist sie seine Freundin. – Deshalb darf sie auch umsonst rein«, bemerkte Marie.

Als die kräftigen Hände des Bademeisters über den knackigen Po der Blondine strichen, empörte sich Luise: »Das ist ja der reinste Porno.«

»*Du* wolltest doch unbedingt ins Gänsehäufl.«

Auf einmal fand Luise die Hitze unerträglich. Sie schlug vor, sich in der Alten Donau ein bisschen abzukühlen und steckte ihre Haare hoch. Luise ging nie ohne Kopfbedeckung ins Wasser. Ihre Bademütze hatte die gleiche Farbe wie gekochter Hummer und harmonisierte mit ihrem krebsroten Körper.

»Nirgends kann man sich anhalten«, beklagte sich Marie, blieb zögernd am Ufer stehen und schenkte den langen Zweigen der Trauerweide einen sehnsüchtigen Blick.

Luise, die bereits bis zu den Knien im Wasser war, reichte ihrer Freundin die Hand und half ihr die kleine Böschung hinunter.

Marie testete die Wassertemperatur zuerst mit den Zehen.

»Bacherlwarm ist es ja nicht gerade«, seufzte sie und befeuchtete ihre Stirn und ihre Hände, bevor sie bis zum Bauch eintauchte.

»Das dauert immer eine Ewigkeit, bis du mal drin bist.«

Luise war eine ausgezeichnete Schwimmerin, im Gegensatz zu Marie, die nur Brustschwimmen beherrschte und das nur mit dem Kopf über Wasser. Sie geriet schnell in Panik, vor allem, wenn sie Wasser schluckte. Luise wirbelte mit kräftigen Tempi das ruhige Wasser auf. Marie schwamm langsam hinter ihr her, ängstlich darauf bedacht, ja keinen Tropfen Wasser in den Mund zu bekommen.

»So ein präpotenter Tschusch …«, beklagte sich Luise weiter über den Bademeister.

»Richtig erfrischend«, unterbrach Marie, die bereits einige Meter zurückgeblieben war, ihre Freundin.

»Habe ich dir schon erzählt, was er gestern zu mir gesagt hat, als ich ihn gebeten habe, dir einen Schirm zu bringen …«

»Ich verstehe kein Wort – so warte doch auf mich!«, schrie Marie.

Widerwillig drehte sich Luise nach ihrer Freundin um und verlangsamte ihr Tempo. »Dauernd Extrawürscht, hat er gesagt.«

»Ich war eh dabei.«

»Er ist immer lästig, wenn unsereins was von ihm will. Nur zu den jungen Pupperln ist er scheißfreundlich.«

»Oder er hängt den halben Tag lang auf seinem Surfbrett herum«, schnaufte Marie. »Neben dem könnte man glatt ersaufen.« Sie begann heftig zu husten und zu spucken.

»Ich schwör's dir, irgendwann platzt mir mal der Kragen und dann schreib ich unserem Bürgermeister.«

»Ich kann nicht mehr.« Marie machte kehrt.

Luise folgte ihr und schweigend schwammen sie nebeneinander her zurück ans Ufer.

Als sie aus dem Wasser kamen, schaute sich Luise vergeblich nach dem Bademeister um. Die junge Frau lag nach wie vor unter der Trauerweide, doch er war wie vom Erdboden verschluckt.

Jetzt um die Mittagszeit war es sehr ruhig im Bad: Windstille und drückende Hitze. Keine kreischenden Kinder, keine krachenden Kofferradios. Die wenigen Sonnenhungrigen hielten auf ihren Liegen Siesta.

Die Blonde erhob sich, nahm ihre Luftmatratze unter den Arm und ging ins Wasser.

»Wenn ich solche Hängetitten hätte, würde ich wirklich nicht nackert herumrennen«, bemerkte Luise boshaft.

Marie, deren birnenförmige Brüste sich auch nicht mehr in frei schwebendem Zustand befanden, schien ihrer Freundin diese Bemerkung nicht übel zu nehmen.

»Ich geh auch noch mal kurz rein, das Wasser ist so herrlich heute«, sagte Luise.

»Du warst doch gerade erst drinnen.«

»Du brauchst ja nicht mitzukommen.«

Marie schüttelte verständnislos den Kopf und trocknete sich sorgfältig ab. Während sie sich mit ihrem selbst gemachten Sonnenschutzmittel, einem Olivenöl-Zitronen-Gemisch, einschmierte, beobachtete sie ihre Freundin, die mit kräftigen Kraulbewegungen hinausschwamm.

Die Silhouette von Luises Oberkörper verschmolz bald mit dem flimmernden Wasser. Nur ihre rote Bademütze leuchtete wie eine Boje am Horizont. Plötzlich war sie verschwunden. Nach ein paar Sekunden tauchte sie jedoch neben der Blondine auf der gelben Matratze wieder auf.

Es sah aus, als würden zwei Kinder auf einer Luftmatratze herumtollen. Doch Marie glaubte zu wissen, dass sich ihre Luise nicht mit der jungen Frau angefreundet hatte. Die zwei da draußen spielten keine harmlosen Spielchen miteinander.

Die Matratze kippte und beide Frauen tauchten unter. Die Blonde schlug mit Armen und Beinen wild um sich.

Marie blickte sich ängstlich um. Keiner der anderen Badegäste schien Interesse an diesem seltsamen Schauspiel zu haben. Vom Ufer aus war die Szene nur sehr undeutlich zu sehen. Marie bedauerte, kein Fernglas bei der Hand zu haben.

Zwei Arme ragten aus dem Wasser, der blonde Schopf dazwischen war nicht mehr zu sehen. Ein roter Kopf und noch ein Arm, der in die Höhe schoss und gleich darauf wieder eintauchte. Die Alte Donau wurde unruhig, das stehende Wasser begann sich zu bewegen. Einem Strudel gleich, malten sich größer und größer werdende Kreise auf der spiegelglatten Oberfläche ab.

Der rote Fleck näherte sich jetzt wieder dem Ufer, während der größere gelbe Fleck weit draußen in den Fluten trieb, kleiner und kleiner wurde und schließlich ganz aus Maries Blickfeld verschwand.

Marie stand auf, legte ein Handtuch über den lila Rucksack der Blondine und begann ihre eigenen Badesachen und die Sachen ihrer Freundin unter die Trauerweide zu räumen.

Als Luise ziemlich atemlos und mit verzerrtem Gesicht über die Uferböschung gekrochen kam, empfing Marie sie mit ihrem großen Badetuch, legte es ihr um die Schultern und frottierte sie ab. Leise und beinahe zärtlich sagte sie: »Setz dich in die Sonne, ich bring dir einen Kaffee und ein Stück Apfelstrudel – habe ich gestern Nacht noch gebacken.« Dann leerte sie den Kaffee aus ihrer Thermosflasche in einen Plastikbecher, wickelte den Apfelstrudel aus der Alufolie und reichte beides ihrer erschöpften Freundin.

Luise lächelte dankbar. Normalerweise brachte sich jede ihr eigenes Essen mit, das hatten sie von Anfang an so vereinbart. Strenge Rechnung, gute Freunde.

# Jackpot

»Machen Sie Ihr Spiel!«

Dieser Satz des Croupiers klang noch eine Weile in ihren Ohren nach. Sie hatte Jetons im Wert von 2.000 Euro eingewechselt. Die fünffache Summe befand sich noch in einem Kuvert in ihrer Handtasche. Sie war gespannt, wie lange sie brauchen würde, um alles zu verlieren.

Sie saß an einem der Roulettetische. Nur eine alte Dame im Rollstuhl leistete ihr um diese frühe Stunde Gesellschaft. Hinter ihr stand ein junger Mann, der nicht spielte. Offensichtlich fühlte er sich in seinem Anzug ziemlich unwohl. Vielleicht ein Zivildiener aus einem Pflegeheim? Manchmal setzte er für die alte Dame; ihre arthritischen Finger zitterten immer wieder so stark, dass sie die Jetons auf den Boden fallen ließ.

Der Junge erinnerte sie an ihren siebzehnjährigen Sohn. Er war genauso groß und schlaksig, sah genauso missmutig und gelangweilt drein und sein Haar war ebenso kurz geschoren wie das ihres Sohnes.

Pünktlich um fünfzehn Uhr hatte sie als Erste das Casino betreten. Ihren Mantel an der Garderobe abgegeben. Ihren Welcome-Drink in zwei Zügen hinuntergekippt und sich sofort an den French-Roulette-Tisch begeben.

Die prachtvolle Ausstattung des Casinos schüchterte sie ein. Die Lampen aus Murano-Glas, die bemalten Fenster und die kunstvoll gestaltete Decke hatten bestimmt ein Vermögen gekostet. In ihrem einfach geschnittenen schwarzen Kostüm kam sie sich etwas deplatziert vor.

Einhundertacht Spielautomaten, zwei Black-Jack-Tische, ein Multi-Roulette, American Roulette, French Roulette und Poker. Sie hatte sich total überfordert gefühlt. Nur French Roulette war ihr irgendwie bekannt vorgekommen.

Der InterCity »Radio Oberösterreich« aus Wien war pünktlich gewesen. Sie hatte sogar noch Zeit für ein ausgiebiges Mittagsmenü im Bahnhofsrestaurant »Drehscheibe« gehabt. Und war dann zu Fuß zum Schillerpark gegangen.

Die oberösterreichische Landeshauptstadt hatte sich verändert. Hatte ihren provinziellen Charme verloren. Selbst der Bahnhof wirkte großstädtisch. Zuletzt war sie vor achtzehn Jahren in Linz gewesen. Doch den Weg vom Bahnhof zum Schillerpark fand sie auch heute noch im Schlaf.

»Genießen Sie Spannung und Ambiente im Casino Linz«, empfahl eine Leuchtschrift über dem Eingangsportal.

Sie war gewillt, beides zu genießen, obwohl sie keine Spielerin war. Keine Ahnung von Poker und Black Jack hatte. Als ihr Sohn noch klein war, hatten sie allerdings viele verregnete Sonntagnachmittage mit einem Roulettespiel verbracht. Bei der Erinnerung an diese Nachmittage lächelte sie versonnen. Ein einziges Mal erst hatte sie ein Casino von innen gesehen. Damals, auf ihrer Hochzeitsreise nach Südfrankreich, hatten sie einen Ausflug nach Monte Carlo gemacht und bei einer Führung durch das legendäre Spielcasino ein paar hundert Schilling verloren. Ihr Lächeln verkrampfte sich, als sie daran dachte.

Mittwoch war Damentag im Casino Linz. Jede Dame bekam um nur 21 Euro Jetons im Wert von 25 Euro.

Ein Blick in den großen Spiegel gegenüber dem Roulettetisch. Die tiefen Falten auf ihrer Stirn behagten ihr nicht. Rasch sah sie wieder weg und zählte die Jetons, die sich vor ihr türmten. Im Kopfrechnen war sie schon immer die Schnellste gewesen. Auch wenn ihr Mann sich oft über ihre mangelnden Mathematikkenntnisse lustig gemacht, sie als mathematische Null bezeichnet hatte. Sie hatte bisher nichts verloren, im Gegenteil, ihr Gewinn betrug bereits über 1.000 Euro. Mit einem süffisanten Grinsen setzte sie wieder einmal zwei Hunderter auf Zero.

Das Geräusch der rollenden Kugel schmerzte sie. Fast war sie versucht, sich die Ohren zuzuhalten. Doch sie wusste, dass dies nichts ändern würde. Sie litt seit Kurzem unter einem Tinnitus. Brauchte keinen Arzt zu konsultieren, um diese Diagnose bestätigt zu bekommen. Schließlich war sie fast zwanzig Jahre lang mit einem Mediziner verheiratet gewesen.

Kennengelernt hatten sie sich hier, vor der Tür. Im Schillerpark. Hier hatte er sie im Schatten der Bäume zum ersten Mal geküsst. Hier hatten sie ihren ersten Joint miteinander geraucht und ihren ersten Rausch auf dem Rasen ausgeschlafen. Und hier hatten sie sich zum ersten Mal geliebt. Eine schnelle Nummer im Stehen. Sie erinnerte sich noch an die bedrohlichen Geräusche der blechernen Rückwand des Bosner-Ecks. Bei jedem seiner Stöße hatte sie gezittert. Weniger aus Leidenschaft, sondern aus Angst, dass die alte Bruchbude zusammenkrachen würde. Den Schnellimbiss gab es noch immer, allerdings hatte ihn ein ambitionierter Architekt neu gestylt. Glas und Aluminium zierten nun den beliebten Säufer-Treff.

Sie hatte damals im ersten Semester Wirtschaftspädagogik an der Uni Linz studiert. Er hatte ein Praktikum im Landeskrankenhaus Linz gemacht. Einen Herbst lang hatten sie sich fast täglich hier im Park getroffen. Geraucht, billigen Wein getrunken, auf einer Bank geschmust und den Rest der Nacht tanzend im »Rosenstüberl« verbracht.

Dann musste er zurück nach Wien. Und sie ging mit ihm. Da sie bald schwanger wurde, brach sie ihr Studium ab und spielte jahrelang Ordinationshilfe, Finanzberaterin, Ehefrau und Mutter für ihn. Bis er sie, vor nunmehr einem Jahr, gegen eine junge Krankenschwester aus der ehemaligen DDR eintauschte.

Morgen hatte sie ihren Scheidungstermin. Alles würde friedlich verlaufen, in gegenseitigem Einvernehmen. So wie er es sich gewünscht hatte.

Heute früh hatte sie das gemeinsame Konto abgeräumt und ihn auch um die 8.000 Euro Schwarzgeld erleichtert, die er momentan auf einem Profitkonto geparkt hatte. Er würde es sicher erst nach der Scheidung bemerken. Um die finanziellen Angelegenheiten hatte immer sie sich gekümmert. Schließlich war sie im Rechnen sehr begabt. Sie hatte beschlossen, sein Taschengeld – als das bezeichnete er seine steuerfreien Nebeneinkünfte schelmisch – zu riskieren. Entweder würde sie alles verlieren, was ihrer zukünftigen finanziellen Situation als geschiedene Frau auch nicht wirklich schaden würde, oder eben einen kleinen, unerwarteten Gewinn einheimsen.

Zero hatte ihr Glück gebracht. Als ihr der Croupier eine Menge bunter Jetons zuschob, lächelte sie ihn freundlich an. Ein sympathischer Mann, einige Jahre jünger als sie. Groß, dunkelhaarig, melancholischer Blick. Er lächelte zurück. Doch dieses Lächeln galt nicht ihr. Eine hübsche, junge Rotblonde saß jetzt neben ihr und strahlte ihn herausfordernd an.

Sie konzentrierte sich auf das nächste Spiel. Setzte dieses Mal auf Rot und eine Vierer-Zahlenkombination, in der sich das Datum ihrer Scheidung befand: die Sieben und die Acht.

Als sie erneut gewann, entkam ihr doch ein Lächeln. Sogleich sah sie jünger aus. Sie verweilte einen Augenblick bei ihrem Spiegelbild.

Seit ihr Mann ihr vor einem halben Jahr mitgeteilt hatte, dass er sie loswerden wolle, um seine siebzehn Jahre jüngere Sprechstundenhilfe zu ehelichen, diese Krankenschwester aus der ehemaligen DDR eben, hatte sie zehn Kilo abgenommen. Ihre Figur war wieder halbwegs intakt. Nicht so ihr Busen allerdings, der bestand längstens keinen Bleistifttest mehr. Leider sah sie im Gesicht um mindestens zehn Jahre älter aus, als sie war. Das hatte zumindest ihr Mann bei einem ihrer hässlichen Streitgespräche behauptet. Ihr Selbstbewusstsein befand sich seither im Keller.

Als sie wieder ein paar Jetons, dieses Mal wahllos, auf den Tisch warf, streifte plötzlich der Arm eines Fremden ihre Schulter. Sie drehte sich um. Hinter ihr stand ein gut aussehender älterer Herr mit weißen Schläfen. Sie schätzte ihn auf fünfzig oder sogar darüber. Er hatte eine gewisse Ähnlichkeit mit Richard Gere.

»Entschuldigen Sie bitte. Darf ich?«, fragte er, als er seine Jetons zu ihren legte.

»Bitte, bitte«, murmelte sie ein wenig verwirrt.

Er nahm zu ihrer Rechten Platz, verwickelte sie in eine harmlose Plauderei.

»Sind Sie Französin? Sie strahlen dieses besondere Savoir-vivre aus, das nur den Franzosen eigen ist.«

Unwirsch schüttelte sie den Kopf.

»Rien ne va plus«, sagte der Croupier, bevor sie noch dazu gekommen war, auf ihre Lieblingszahl zu setzen.

Sie schenkte ihre Aufmerksamkeit wieder dem Spiel. Setzte nun Jetons im Wert von 500 Euro auf ihre Lieblingszahl: die Achtundzwanzig. Und verlor. Der charmante Fremde verlor mit ihr.

»Er bringt ihnen kein Glück, mein Kind«, krächzte ihr die alte Dame ins Ohr, als sie der junge Mann in ihrem Rollstuhl knapp hinter ihr vorbeischob.

Die Alte hatte recht. In der nächsten halben Stunde schwanden die kleinen Häufchen vor ihr rasch dahin. Gleichzeitig schwoll das unangenehme Dröhnen in ihren Ohren an. Sie raffte ihre letzten Jetons zusammen, murmelte: »Ich komme gleich wieder«, und ging zur Kasse. Wechselte noch ein paar große Scheine aus ihrer Handtasche ein.

Ihre Finger streiften das Springmesser, das sie heute früh entdeckt hatte, als sie das ungeliebte Jausenbrot in den Rucksack ihres Sohnes steckte. Sie hatte ihm das Messer abgenommen. Was wollte er bloß damit in der Schule? Sie beschloss, ihn spätestens morgen zur Rede zu stellen. Momentan hatte sie eine andere wichtige Entscheidung zu treffen. Sollte sie zum selben Tisch zurückkehren oder ihr Glück an einem der anderen versuchen?

Sie entschied sich dann doch für den Croupier mit dem freundlichen Gesicht und den traurigen Augen. Leider war nur mehr ihr alter Platz neben dem Mann mit den weißen Schläfen frei. Hatte er diesen Platz für sie frei gehalten?

Ihr Nachbar begrüßte ihre Rückkehr mit einem erfreuten: »Schön, dass Sie wieder da sind. Unser Croupier wird gleich Pause machen. Aber der Blonde ist auch nicht übel.« Er deutete auf einen jungen Mann, der bisher das Geschehen am Tisch von einem etwas erhöhten Stuhl aus beobachtet hatte.

Sie schenkte ihm einen bösen Blick. Er schien zu verstehen. Setzte fortan nicht mehr jedes Mal auf die gleichen Zahlenkombinationen wie sie. Und sogleich war ihr das Glück wieder hold.

Misstrauisch sah sie ihn an.

Er lächelte unentwegt, auch wenn er verlor. Außerdem wirkte er ziemlich unkonzentriert. Vielleicht schien er einen Gewinn nicht dringend nötig zu haben? Vielleicht wollte er sich nur amüsieren? Sich einfach die Zeit mit Spielen vertreiben? Sein schönes Profil faszinierte und sein Lächeln bezauberte sie. Doch sogleich schimpfte sie sich eine Idiotin und widmete sich dem nächsten Spiel.

Er war geschmackvoll und teuer gekleidet und er trug keinen Ehering. Was natürlich nichts zu sagen hatte. Aber sie bildete sich ein, den Männern anzusehen, ob sie verheiratet waren oder nicht. Ihre Blicke verrieten sie. Sah einer verstohlen nach links oder gar zu Boden, wenn er eine Frau ansprach, dann war er garantiert in guten Händen. Außerdem verhielten sich verheiratete Männer immer gleich, wenn sie eine Frau anmachten. Entweder entschuldigten sie sich wortreich und verlegen oder sie gaben sich betont forsch und präpotent.

»Das Glück ist mir heute nicht hold. Außerdem habe ich Hunger. Vielleicht sollte man nicht mit leerem Magen spielen. Haben Sie Lust, mir im Casino-Restaurant Gesellschaft zu leisten? Angeblich haben sie hier einen ausgezeichneten Koch«, sagte er unvermittelt.

Sie schüttelte energisch den Kopf. »Ich habe schon gegessen.«

»Wenigstens ein kleiner Drink an der Bar? Sie können mich doch nicht pausenlos verlieren lassen.« Er sagte es fast flehentlich, aber der ironische Unterton war nicht zu überhören.

»Nein danke, ich trinke nicht.«

Will er mich vom Spielen abhalten? Hat ihn mir der Casino-Direktor auf den Hals gehetzt?, überlegte sie, als sie den Berg von Jetons vor sich zählte. Vielleicht haben sie Angst, dass ich die Bank sprengen werde? Auch der neue Croupier sah sie seltsam an. Lächelte nicht, wenn sie ihre Gewinne einstreifte. Bildete sie sich zumindest ein.

Ihr Mann hatte oft behauptet, sie wäre paranoid. Vielleicht war ja auch etwas dran an dieser Diagnose. Aber sie beschloss trotzdem, vorsichtig zu sein, und ignorierte fortan den attraktiven Mann neben ihr.

Vor der Rotblonden zu ihrer Linken häuften sich inzwischen auch die Jetons. Die junge Frau hatte eine gewisse Ähnlichkeit mit der Freundin ihres Mannes. Klein, zierlich, hübsche, aber nicht sehr ausdrucksvolle Gesichtszüge. Meist starrte sie nur finster auf die rollende Kugel.

Das Casino hatte sich mittlerweile gefüllt, an allen Tischen wurde gespielt. Die dezente Beleuchtung schmeichelte den vor Angst und Gier verzerrten Gesichtern. Ließ sie weicher, friedlicher aussehen.

Aber sie fühlte sich nicht mehr wohl. Weder ihr Verehrer zur Rechten, noch die Tussi zu ihrer Linken behagten ihr.

Sie setzte zum letzten Mal ein kleines Vermögen auf die Acht. Am 8. 8. 1988 hatte sie ihre große Liebe geheiratet, den Mann, der jetzt wegen einer kleinen, rotblonden Krankenschwester ihr Leben zerstörte.

Als die Kugel zwischen der Sieben und der Acht hin- und herzupendeln begann, wurde sie doch noch ein bisschen nervös.

Alle ihre Mitspieler und die Voyeure, die sich inzwischen um ihren Tisch geschart hatten, starrten genauso gebannt auf die kleine Kugel wie sie.

Ein leises Raunen ging durch den Raum, als ihr der Croupier einen riesigen Haufen Jetons zuschob.

Sie leerte das Plastikgeld in ihre Handtasche, ließ ein, wie sie hoffte, angemessenes Trinkgeld auf dem Tisch liegen und ging zur Kasse.

Ihr Vermögen hatte sich wundersamerweise um das Zehnfache vermehrt. Zusammen mit dem restlichen Geld in ihrer Handtasche besaß sie nun mindestens 100.000 Euro. Nun sollte noch einmal einer behaupten, dass diese abergläubischen, volkstümlichen Sprüche nicht ernst zu nehmen wären. Glück im Spiel, Pech in der Liebe! Ihr von der Midlife-Crisis gepeinigter Mann würde jedenfalls keinen Cent von ihrem Gewinn zu sehen bekommen. Eine Weltreise auf einem Luxusliner war angesagt, vielleicht sogar auf der Queen Mary II. Und die Anzahlung für eine Eigentumswohnung mit Grünblick, vielleicht sogar in Linz, würde auch noch drin sein.

Sie ließ sich ihren Gewinn bar auszahlen. Stopfte die Fünfhunderter-Scheine in ihre Handtasche, die nun fast nicht mehr zuging. Ihre Finger streiften die scharfe Klinge des Springers. Sie zog das Messer heraus und steckte es in ihre Manteltasche.

Schön langsam wurde ihr bewusst, dass sie zumindest Schilling-Millionärin war. Plötzlich war ihr doch nach einem Drink zumute.

Sie ging in »Schillers Café«, das sich im Erdgeschoss des Casino-Gebäudes befand. Die rote Tapete, die dunkelrote Kunstlederpolsterung und die geblümten Vorhänge erinnerten sie an die Bars und Discos, in denen sie mit ihrem Mann damals in Linz die schönsten Stunden ihres Lebens verbracht hatte. War nicht auch das inzwischen bestimmt legendäre »Rosenstüberl« rot austapeziert gewesen?

Sparsam, wie sie nun einmal war, bestellte sie das Sonderangebot: eine Baileys-Schnitte und eine Melange.

Kaum servierte ihr die freundliche Bedienung das Gewünschte, betrat Richard Gere das Café.

Er tat so, als würde er sich nach einem freien Platz umsehen. Das Café war halb leer. Dann steuerte er geradewegs auf ihren Tisch beim Fenster zu und fragte, ob er ihr Gesellschaft leisten dürfe.

Während sie noch überlegte, ob sie seine Gesellschaft wünschte, nahm er ihr gegenüber Platz. »Was für ein Kontrast zu dem prunkvollen Ambiente im Casino«, sagte er.

Sie nickte nur, überließ es ihm, das Gespräch in Gang zu bringen.

Er schien ein gebildeter und weltgewandter Mann zu sein. Schon nach wenigen Minuten gelang es ihm, sie in ein interessantes Gespräch über Spielsucht zu verwickeln. Als er eine Flasche Champagner bestellte, sagte sie nicht nein.

Nach dem zweiten Glas fragte sie ihn geradeheraus, ob er verheiratet wäre. Verheiratete Männer waren für sie schlicht und einfach tabu. Daran würde sich auch nach der Scheidung von ihrem Mann nichts ändern.

Er verneinte. Sagte, er sei geschieden. Seit vielen Jahren. Hätte es kein zweites Mal gewagt, in den Stand der Ehe zu treten.

Anscheinend war er wohlhabend, obwohl er nicht mit seinem Vermögen protzte. Aber gerade seine Bescheidenheit, sein Understatement, gefiel ihr. Er hatte heute Abend ein paar Tausender verspielt. Aber der Verlust schien ihn nicht sonderlich zu stören. Er spiele nur, wenn er geschäftlich unterwegs sei, behauptete er. Und sie war gewillt, ihm zu glauben.

Allerdings musste sie den letzten Zug nach Wien um vier Minuten vor elf erreichen. Sonst würde sie fünf Stunden bis zum ersten Frühzug warten müssen. Nach Mitternacht hatte am Bahnhof sicher nichts mehr offen. Nicht einmal die »Drehscheibe«.

Sie hatte keine Lust, im Hotel am Schillerpark abzusteigen. Am nächsten Morgen hatte sie einen wichtigen Termin vor Gericht. Vor dem Scheidungsrichter sollte sie pünktlich und ausgeschlafen erscheinen. Also verabschiedete sie sich von ihrem faszinierenden neuen Bekannten.

Er fragte, ob er sie zum Bahnhof bringen dürfe. Sie zögerte nur kurz, bevor sie ihn gnädig anlächelte und seinen Arm nahm.

Der Schillerpark verdiente die Bezeichnung Park eigentlich nicht. Die durchaus gepflegte Anlage bestand nur aus einem halben Dutzend Bäumen, wenigen ordentlich in Reih und Glied angelegten Rabatten mit blühenden Blumen und einigen eisernen Bänken.

Der Eingangsbereich des Casinos war gut ausgeleuchtet. Die Schlange der wartenden Taxis gegenüber auf der Landstraße war erheblich kürzer geworden.

Als sie bei der Baumgruppe rund um Schillers Denkmal angelangt waren, schloss sich plötzlich seine Hand um ihren Mund. Mit der anderen Hand drehte er ihr den rechten Arm auf den Rücken.

Sie trug ihre Handtasche wie ein Briefträger um die Brust. Er musste sie mit einer Hand loslassen, um an ihre Tasche zu kommen. Brauchte sogar seine zweite Hand, um ihr die Tasche über den Kopf zu ziehen.

Sie hatte keine Zeit, sich über ihre Gelassenheit und ihren klaren Kopf zu wundern. Als er ihren Arm losließ und nach ihrer Tasche griff, drehte sie sich blitzschnell um.

Er war auf diese schnelle Bewegung offensichtlich nicht gefasst gewesen. Auch sein Griff um ihren Mund lockerte sich.

Sie begann jedoch nicht zu schreien, versuchte auch nicht, die paar Meter bis zum Taxistand zu flüchten, sondern stieß ihm die Klinge des Springmessers, das sie in ihrer linken Manteltasche umklammert hatte, in die Kehle. Ein schneller Schnitt nach rechts und das Blut spritzte in hohem Bogen aus seinem Hals. Obwohl sie sich rasch duckte, bekamen ihre Haare ein paar Spritzer ab. Der warme Saft tropfte von ihrer Stirn, verklebte ihre Augen.

Als er schwer keuchend vor Schillers Denkmal zu Boden sank, vernahm sie ein anderes irritierendes Geräusch hinter sich. Sie verfluchte ihren Tinnitus. Drehte sich aber trotzdem um.

Die Rotblonde, die am Roulettetisch neben ihr gesessen war, stand knapp hinter ihr. Starrte sie entsetzt an. Sonst war weit und breit keine Menschenseele zu sehen.

»Verschwinde und halt den Mund«, herrschte sie die Frau an. Zückte wieder die Klinge des Springmessers und fuchtelte damit vor dem hübschen Gesicht der Kleinen herum.

Paranoid oder nicht, sie war inzwischen überzeugt, dass es sich bei der Rotblonden um die Komplizin des Richard-Gere-Doubles handelte.

Keine Zeugen, fiel ihr gerade noch rechtzeitig ein. Sie stieß der Tussi, die sich gerade umdrehte und abhauen wollte, die scharfe Klinge in den Rücken.

Der Schillerpark war schon in den 60er und 70er Jahren ein dubioses Pflaster. Bestimmt würden irgendwelche armen Junkies verdächtigt werden, die beiden Casinobesucher ermordet zu haben. Aber niemals sie, die Frau eines renommierten Arztes aus Wien. Sicherheitshalber stach sie der Rotblonden, die stöhnend auf dem Bauch lag und am Verbluten war, noch ein paar Mal das Messer zwischen die Rippen. Dann leerte sie die Geldbörsen des Pärchens. Verglichen mit ihrem Gewinn hatten die beiden aber nur Kleingeld zu bieten.

# Mutter Donau

Riesige Getreidespeicher ragen bedrohlich in den düsteren Morgenhimmel. Der Fluss schleppt sich lautlos und träge an den Betonmauern vorbei. Auf einem Abstellgleis verrosten leere Güterwaggons. Die Eisenbahnschienen, überwachsen mit Gras, enden im sumpfigen Augebiet.

Eine alte Frau steigt die Leiter vor ihrer Hütte hinab, reibt sich den Schlaf aus den Augen, streicht ihr mausgraues Kleid glatt und zieht einen alten Regenmantel über. Dann holt sie unter dem Pfahlbau ein großes Fischernetz hervor, rollt es zusammen und bahnt sich damit den Weg durch das dichte Gestrüpp.

Ihr leckes Ruderboot hat die stürmische Nacht heil überstanden. Der Boden ist nur knappe zehn Zentimeter hoch mit Wasser bedeckt. Sie macht das Seil los und marschiert, mit dem Boot im Schlepptau, flussaufwärts. Gleich nach dem gefährlichen Strudel, wo das Wasser flacher wird, tauchen sie immer auf. Seit beim Bau der Hafeneinfahrt das Flussufer aufgeschüttet wurde, hat der Donaustrudel allerdings viel von seiner letalen Wirkung eingebüßt. In den letzten Jahren wurden nur mehr selten Leichen angeschwemmt.

Die ganze Nacht lang hat sie gespürt, dass heute wieder ein Nasser ankommen wird. Ihr Gefühl hat sie bisher nur selten betrogen. Sie hat fast kein Auge zugetan, sich unruhig auf ihrer Matratze hin und her gewälzt und auf das Morgengrauen gewartet.

Mit dem ersten Lichtstrahl, der durch das ostseitig gelegene Fenster drang, stand sie auf. In ihrer Hütte ist es jetzt im November schon sehr kalt. Die Flamme ihres Gaskochers reicht höchstens aus, um sich einen Kaffee zu kochen, Wärme spendet sie kaum. Und die Kerzenstummel aus der Friedhofskapelle geben an den langen Abenden nur wenig Licht. Am meisten macht ihr jedoch die Feuchtigkeit zu schaffen.

Sie reibt sich die Hände und flucht, weil sie bei ihrem letzten Fischzug ihr einziges Paar Handschuhe verloren hat. Ihre rotgeäderten Hände sind ungewöhnlich groß und kräftig. In ihrer Jugend war sie eine stattliche Frau. Zehn Jahre Psychiatrie haben sie kleingekriegt. Heute geht sie gebückt und hat Schwierigkeiten mit dem Atmen.

Die Alte bindet das Boot fest, setzt sich auf einen Eisenpflock und starrt auf das träge, schmutzige Wasser. Die Kälte kriecht durch ihre dünnen Kleider. Kein Lüftchen regt sich. Stehende Novemberluft, kalt, grau, atemraubend. Nicht einmal die schweren Regenwolken bewegen sich.

Sie breitet ihr Fischernetz aus, zupft die Enden zurecht und mustert kritisch die Löcher am Rand.

Das Ruderboot schwankt friedlich in der sanften Strömung. Der kleine rote Eimer im Boot lacht sie so herausfordernd an. Sie zieht das Boot heran und schöpft es aus; wenigstens wird sie im Trockenen sitzen, falls sie es heute doch noch benützen muss. Die Donau erwacht, die Wellen klatschen an die Kaimauer.

Erwartungsvoll beugt sie sich über die Mauer. Trübes, öliges Wasser, ein zerfetzter Autoreifen, ein verbeulter Benzinkanister und weiter draußen eine dunkle Silhouette, die sich deutlich von der graubraunen Wasseroberfläche abhebt.

Die alte Frau springt ins Boot und rudert mit kräftigen Schlägen hinaus. Sie lässt das Netz zu Wasser, hilft mit dem Ruder nach; vorsichtig, um den aufgeweichten Körper nicht zu verletzen, treibt sie das, was von ihm noch übrig geblieben ist, ans Ufer, hängt das Boot wieder an den Eisenring und versucht, das gefüllte Netz an Land zu zerren – es bleibt an der Mauer hängen. Sie entschuldigt sich, bekreuzigt sich dreimal und nimmt einen zweiten Anlauf.

Was für eine schöne Leich! Kalte, verfaulte Augen, ein graugrüner Teint, die Wangen angeknabbert von gierigen Fischen, der dichte schwarze Schnurrbart und das nasse dunkle Haar mit Algen geschmückt ... Er sieht aus wie ein verletzter Seehund. Armer Kerl, wie viele Frauen hätte er wohl noch glücklich machen können, er ist bestimmt noch nicht alt gewesen. Am Zustand der Körper kann sie erkennen, wie lange sie im Wasser waren. Und der ist sicher nicht lange drinnen gewesen. Normalerweise weiß sie auch, woher sie kommen. Obwohl sich manchmal über die Länge des Weges, den die Toten zuletzt in den kalten Fluten zurücklegen, streiten lässt. Ihre letzte Reise ist, so wie die Fahrtrinne der Schiffe, allein von der Strömung abhängig.

In den guten alten Zeiten sprangen die meisten von der Reichsbrücke. Als die Brücke einstürzte, suchten sie sich einen anderen Absprungort. Die neue Reichsbrücke ist einfach nicht mehr so beliebt bei ihnen.

Beim ersten Toten vor ein paar Tagen dachte sie noch, er wäre von der neuen Brücke gesprungen. Als gestern der zweite ankam, ahnte sie bereits, dass etwas faul war. Schon früher waren nur selten Verunglückte unter den angespülten Leichen. Die meisten ertranken aus freien Stücken, doch dieser hier bestimmt nicht. Sie untersucht die Leiche genauer, findet jedoch keinerlei Anzeichen von Gewaltanwendung.

Versonnen betrachtet sie den jungen Mann. Sein Wasserkopf erinnert sie an das hübsche, dicke Baby, das vor vielen Jahren einmal angeschwommen kam. Und unwillkürlich muss sie an ihren Liebling, den kleinen Otto, denken, noch nicht einmal neun und schon durch fremde Hand ertränkt. Erst gestern hat sie ihm wieder einen Strauß Astern aufs Grab gestellt, obwohl sie Astern eigentlich nicht riechen kann. Doch wenn man sich auf anderen Friedhöfen bedient, darf man nicht wählerisch sein. Im Sommer pflückte sie für ihre Toten täglich frische Blumen in den Donauauen. In den Herbst- und Wintermonaten bleibt ihr nichts anderes übrig, als zum Zentralfriedhof zu fahren und fremde Gräber zu plündern. Auch die beiden neuen Gräber schmückte sie mit ausgebleichten Gestecken und vertrockneten Bouquets.

Eigentlich sind es keine neuen Gräber. Die letzten beiden Wasserleichen legte sie einfach auf alte Skelette drauf, nun fühlen sie sich wenigstens nicht mehr so einsam. Die Erde rund um die Gräber ist ohnehin durch den ständigen Regen aufgeweicht. Nur einem Profi würde auffallen, dass erst vor Kurzem ein Grab geöffnet worden ist. Aber Kollegen besuchen sie so gut wie nie. Sie wurde in dieser Branche nicht ernst genommen. Immer wieder versuchten sie, ihr die Leichen wegzunehmen.

Der ganze Zirkus mit Polizei und Gerichtsmedizin und der ewige Kampf mit den Städtischen Bestattungsunternehmen ist ihr zu anstrengend geworden. Außerdem wurde der Friedhof aufgelassen, als sie am Steinhof saß. Es wäre also gar nicht erlaubt gewesen, die armen Seelen hier zu begraben. Darüber zerbricht sie sich jedoch nicht den Kopf. Sie glaubt ihre Toten zu kennen. Unbekannt wollten sie bleiben, unerkannt sterben, das war es, was sie in die Donau trieb. Aber sind die letzten zwei wirklich gesprungen?

Aufgrund ihres Aussehens hielt sie die beiden für Ausländer. Seit wann bringen sich Ausländer um? Ein Ungar vielleicht? Doch ein Ungar würde bestimmt in Budapest springen. Rumänien liegt zwar ebenfalls am großen Fluss, aber viele Rumänen suchen in letzter Zeit Zuflucht in Österreich. Im Gasthaus wird viel gelästert über diese Rumänen. Angeblich handeln sie mit allem Möglichen, handeln schwarz – was immer das heißen mag – und sind auch so schwarz, so dunkel und furchterregend ... Sie hat noch nie einen Rumänen gesehen, außer vielleicht einen toten.

Das Wirtshaus bei der Hafeneinfahrt, nur wenige hundert Meter flussaufwärts, hat einen neuen Besitzer. Gleich bei ihrem ersten Besuch, nach ihrer Entlassung aus dem Spital, hat sie gespürt, dass sie kein willkommener Gast ist.

Der verstorbene Wirt war den Unglücklichen noch bis in den Tod hinein tief verbunden, er wollte auch unbedingt bei ihnen begraben werden. Sie lässt seinem Grab eine spezielle Fürsorge angedeihen. Im Frühjahr bekommt er täglich frische Blumen und im Herbst manchmal sogar einen gestohlenen Kranz. Liegen sowieso immer viel zu viele Kränze auf den Ehrengräbern am Zentralfriedhof herum.

Mit dem alten Wirt kam sie gut aus, vor allem nach dem Tod seiner Frau. Er stand ihr gegen die Simmeringer Bestattungsunternehmer bei und besuchte sie auch so manche Nacht in ihrer feuchten Hütte. Aber das war schon lange her, mindestens zwanzig Jahre.

Früher verständigte sie immer, wenn ein Selbstmörder ankam, vom Gasthaus aus die Polizei. Der neue Wirt verlangt drei Schilling für einen Anruf, auch deshalb hat sie die letzten beiden gar nicht mehr gemeldet.

Sie hat kein Geld, hat nie Geld gehabt. Lange Zeit waren die Nassen ihre einzige Einnahmequelle. Nach dem Agnoszieren konnten die Angehörigen die Leiche erwerben. Sie hatten eine kleine Gebühr zu entrichten und ließen den Leichnam meist gleich am Friedhof neben dem Fluss in einem einfachen gehobelten Sarg bestatten. Dabei schaute fast immer ein anständiges Trinkgeld für sie heraus. Manchmal bediente sie sich auch aus dem Portemonnaie eines Toten – falls sich noch kein anderer vor ihr an der Leiche zu schaffen gemacht hatte. Auch das kam früher häufiger vor. Wenn sich eine Wasserleiche schon längere Zeit in den Fluten befand, wurde sie durch die Verwesungsgase im Bauch wie ein Ballon an die Oberfäche gehoben. Arme und Beine folgten dem Gesetz der Schwerkraft und nur der Rücken ragte aus dem Wasser. Trieb der Leichnam unten, war die Wahrscheinlichkeit groß, dass bereits jemand anderer Hand angelegt hatte und das Gas dadurch entwichen war.

In letzter Zeit wurde viel Aufsehen um ihre Toten gemacht. Seit im Radio und in den Zeitungen über den Friedhof berichtet worden war, störten immer mehr Schaulustige ihre Ruhe. Zu Allerheiligen war es besonders schlimm.

Dutzende Melancholiker fielen wie ein Bienenschwarm über die Gräber her. Die letzte Zuflucht der Verzweifelten entwickelte sich zu einem beliebten Ausflugsziel für junge und alte Liebespärchen. Sogar Japaner – oder waren es Chinesen? – verirrten sich unlängst hierher und lieferten sich mit ihren Nikons heiße Schlachten um die schwarzen Kreuze mit den silbern gestrichenen Christusfiguren.

Zum Glück war nur an den Wochenenden so viel Betrieb. Diese Sonntagsspaziergänger machten sie nervös. Sie zog sich an den Wochenenden immer in ihre Hütte zurück und wartete ängstlich, bis es Abend wurde und sie wieder allein mit ihren Lieblingen war.

Ihr Friedhof gilt inzwischen als Geheimtipp, er wird sogar in einem Reiseführer als besondere Wiener Attraktion erwähnt. Und ein Fremdenverkehrsverein hat ihn, neben Führungen durch die Kapuzinergruft und durch das Wiener Kanalsystem, in sein Programm aufgenommen. Sie hat den neuen Wirt in Verdacht, an diesem Unternehmen beteiligt zu sein. Eine Knacker und ein Krügerl im Anschluss an den Friedhofsrundgang sind im Preis mit einbegriffen. Er verdient nicht schlecht an den Touristen, die sich meist nicht mit dem typischen Totengräberessen begnügen und sich gegen einen saftigen Aufpreis »Wiener Schnitzel« und »Mohren im Hemd« bestellen. Zu später Stunde träumte er oft lautstark von Tausenden Touristen, die in Zukunft den kleinen Friedhof heimsuchen würden.

Bei der Vorstellung, dass neugierige Fremde die liebevoll gepflegten Gräber zertrampelten und sich über die armen Kerle, die hier liegen, lustig machten, ist ihr fast schlecht geworden. Vielleicht sah der Wirt sie in letzter Zeit auch deshalb so misstrauisch an. Bei ihrem letzten Besuch war er allerdings überraschend freundlich.

»Na, wie geht das Geschäft?«, fragte er gleich zur Begrüßung.

»Wie soll's gehn, alt bin ich geworden und sehn tu ich auch nichts mehr.«

»Das denk ich mir schon lang. Ist doch ziemlich unwahrscheinlich, dass sich seit Monaten keiner mehr heimdraht hat. Früher ist doch mindestens jede Woche einer angeschwommen.«

»Das ist übertrieben, höchstens sechs oder sieben im Jahr.«

»Du musst dich halt ein bisserl anstrengen.«

»Wieso?«

»Na, die Gemeinde hat sich ernsthaft überlegt, den Friedhof wiederzueröffnen, wegen der vielen Fremden, die jetzt dauernd zu uns rauskommen. Ich sitz ja im Gemeinderat, hab selbst den Antrag gestellt. Aber ohne Leich ka Musi.«

»Heißt das, neue Gräber wollen s' habn?«

»Ja, was denn sonst? Wer interessiert sich schon auf die Dauer für die verwesten Kadaver unter der Erd? A frische Leich wollen die Herrschaften sehn. Man könnt ihnen auch anbieten, beim Leichenrausfischen mitzuhelfen, dann hätten s' daheim wenigstens was zu erzählen. Das Interesse an unserm Friedhof wird jedenfalls bald wieder abflauen, wenn sich nix tut.«

»Aber …«

»Nix aber, besser aufpassen musst und net den ganzen Tag lang auf der faulen Haut liegen. Hast verstanden?«

Sie nickte nur. Er stellte ihr noch ein zweites Krügerl hin. »Eine Spende des Hauses. Damit du heut Nacht gut schlafst und morgen fit bist.«

Früher, als das Geschäft noch florierte, bekam sie nach jedem Fischzug umsonst eine kleine Stärkung im Gasthaus, das wusste auch der neue Wirt.

Er würde sie bestimmt bei der Polizei anschwärzen, wenn er dahinter kam, dass sie die Toten einfach auf ihre Kollegen drauflegte. Er rechnete doch bereits fix mit der Wiedereröffnung, schwärmte von einem zweiten Zentralfriedhof und wollte schon demnächst ein Blumengeschäft neben seinem Gasthof eröffnen.

Seit diesem Gespräch ist sie vorsichtiger geworden.

Nach der letzten Bergung ging sie nicht mehr ins Wirtshaus.

Die Scheinwerfer eines vorbeirasenden Wagens blenden sie. Ein Arbeiter, der zur Schicht fährt. Er kommt täglich um diese Zeit hier vorbei.

Der Leichnam zu ihren Füßen hat sich noch nicht in Luft aufgelöst. Sie weiß nicht, was sie mit ihm anfangen soll. Ihn einfach begraben, so wie die anderen beiden? Beim kleinen Otto ist noch ein Platz frei. – Nein, dieser gut aussehende Mann hat sich nicht umgebracht. Er gehört rechtmäßig ebenso wenig hierher wie die anderen beiden oder wie der alte Wirt.

Vorsichtshalber bedeckt sie den aufgeschwemmten Körper erst einmal mit ihrem Netz. Seine Füße schauen vor, er ist ein großer Mann. Sie zieht ihren Mantel aus und legt ihn über seine Beine.

Nebelschwaden ziehen auf, hüllen das ungleiche Pärchen am Ufer der Donau gnädig ein. Während sie unschlüssig vor der Leiche auf und ab geht, wird ihr klar, dass es so nicht weitergehen kann. Sie hat nicht mehr genügend Kraft, um fast jeden Morgen einen schweren männlichen Körper aus der Donau zu fischen. Sie schenkt dem Toten einen letzten traurigen Blick und geht zu ihrer Hütte.

Der Vorderreifen ihres Fahrrads hat einen Patschen.

Trotzdem hängt sie den kleinen Leiterwagen, ein Geschenk des verstorbenen Wirtes, hinten an, schwingt sich auf den Sattel und radelt zurück zu ihrer Leiche.

Es dauert eine Weile, bis sie den schlammigen Körper aus dem Netz geschält hat. Sie packt den Toten unter den Armen, hebt ihn hoch und wälzt ihn in den Leiterwagen. Dann steigt sie auf ihr Fahrrad und fährt los.

Der hässliche Getreidespeicher, der wie eine mittelalterliche Burg im Nebel auftaucht, ist fest verschlossen. Sie rüttelt an den Türen, doch die schweren Vorhängeschlösser geben nicht nach. Eine verrostete Eisenstange vor dem Stiegenaufgang bringt sie auf eine Idee. Sie gerät ins Schwitzen, doch schließlich gelingt es ihr, das Schloss aufzubrechen.

Der Speicher ist leer. Hungrige Ratten tummeln sich auf dem schmutzigen Bretterboden. Sie verscheucht die Tiere mit ihrer Stange und sieht sich um, findet jedoch kein geeignetes Versteck für ihre Leiche. Dass die Ratten ihren hübschen jungen Mann verspeisen, will sie lieber nicht riskieren.

Enttäuscht verlässt sie den Speicher. Vereinzelt wagen sich bereits Sonnenstrahlen durch die dunklen Wolkenfetzen. Sie schiebt Rad und Leiterwagen über die Geleise.

Die Eisenbahnwagen sind nicht versperrt. Mit Hilfe der Stange gelingt es ihr, den Körper in den letzten Waggon zu befördern. Erleichtert schließt sie die Tür. – Keine Sekunde zu früh, Ilonka sperrt gerade das Gasthaus auf.

Die Totengräberin begrüßt die junge kroatische Kellnerin mit einem freundlichen Lächeln und folgt ihr in die Küche. Während ihr Ilonka das Gulasch von gestern Mittag aufwärmt, erkundigt sich die alte Frau nach ihren Verwandten und bewundert ihr neues, hübsches Kleid. Nach diesem anstrengenden Morgen braucht sie einfach ein bisschen Ansprache.

Die Kellnerin erzählt ihr, dass man so hübsche Sachen ganz billig auf dem Schwarzmarkt unten am Handelskai bekommt. »Dieses Kleid habe ich aber einem der Händler abgekauft, die nach der Arbeit immer noch auf ein Bier bei uns vorbeischauen.«

Während sich die Totengräberin gierig über das Gulasch hermacht, fährt Ilonka fort, vom Schwarzmarkt zu erzählen, von den Tschechen und Polen und den vielen Rumänen, die sich dort herumtreiben.

Der Alten bleibt der Bissen im Hals stecken. »Rumänen? Am Handelskai? Sind die jeden Tag dort?«

»Ja, natürlich. Obwohl, in letzter Zeit kommen sie meistens erst abends. Tagsüber macht ihnen die Polizei das Leben schwer, fast täglich eine Razzia. – Aber ich würd dir nicht raten, dich dort blicken zu lassen, ich geh auch nicht mehr hin. Es gibt fast täglich Schlägereien zwischen den Anrainern und den Händlern, manchmal sogar Messerstechereien.«

Die alte Frau lässt sich ein zweites Krügerl bringen.

Ilonka redet weiter auf sie ein, doch sie scheint ihr nicht mehr zuzuhören. Die Kellnerin wundert sich nicht über ihr plötzliches Schweigen. Der Chef hat ihr gesagt, dass die Totengräberin nicht ganz richtig im Kopf ist, sich dauernd mit den Leichen unterhält.

Die Alte glaubt jetzt zu wissen, woher die vielen Nassen kommen und beschließt, trotz Ilonkas Warnung diesem Schwarzmarkt heute Abend einen Besuch abzustatten.

Den Rest des Tages verbringt sie in ihrer Hütte. Sie stellt ihren einzigen Stuhl ans Fenster und schaut immer wieder ängstlich hinüber zu den Waggons. Irgendwann schläft sie auf dem unbequemen Stuhl ein.

Als sie erwacht, ist es draußen stockfinster, kein Mondschein, kein Sternenhimmel. Sie hat keine Ahnung, wie spät es ist, als sie sich auf den Weg zum Handelskai macht.

Den Patschen an ihrem Vorderreifen kann sie ohne Werkzeug nicht flicken, auch das Licht funktioniert nicht, doch um diese Zeit ist auf der Uferstraße kaum Verkehr. In schwungvollen Achtern radelt sie durch den toten Hafen, vorbei an den leeren Speichern, diesen monströsen Relikten des Tausendjährigen Reiches, und vorbei an den nicht mehr ganz so leeren Güterwaggons. Ihr Mantel flattert im Abendwind. Es hat zu regnen begonnen. Im Gasthaus brennt noch Licht. Der Wirt unterhält sich mit einem kleinen, dunkelhaarigen Mann, seinem einzigen Gast. Die beiden Männer sitzen am Stammtisch und schauen nicht einmal auf, als die Totengräberin die Gaststube betritt. Der kleine Mann spricht nur sehr gebrochen Deutsch. Ilonka ist nirgends zu sehen, meistens macht sie schon um 22 Uhr Schluss. Die Alte stellt sich an die Theke. Erst als der andere Gast aufs Klo wankt, fragt der Wirt sie unwirsch: »Was willst du denn hier?«

»Dasselbe wie immer.«

Der Fremde kehrt von der Toilette zurück, er scheint bereits ein paar Gläschen über den Durst getrunken zu haben. Seine Augen sind glasig, seine Wangen stark gerötet, er kann kaum mehr gehen.

Der Wirt drückt ihr ein Seidel in die Hand, stellt dem kleinen Mann noch einen doppelten Obstler hin und sagt dann zu ihr: »Wenn du ausgetrunken hast, schleichst dich wieder, gell. Ich kann dich heut Abend hier nicht brauchen. Ich mach gleich Sperrstund.«

»Der schaut aber nicht so aus, als ob er bald gehen würd«, protestiert die Alte, »außerdem ist er viel zu besoffen, um noch heimzufahren.«

»Wer sagt denn, dass der heut Nacht noch heimfährt?« Der Wirt zwinkert ihr verschwörerisch zu.

Erstaunt dreht sie sich um, lässt ihre Blicke von einem zum anderen wandern und überlegt mitleidig, wie viele Schnäpse der kleine, fremde Mann wohl noch runterleeren muss, bis er bereit ist für ein letztes kühles Bad, in der schönen blauen Donau. Nun braucht sie wenigstens nicht mehr zum Schwarzmarkt zu radeln. Sie trinkt in Ruhe ihr Bier aus.

Morgen hat sie wieder einen schweren Tag. Bald werden die Waggons voll sein mit Leichen.

Ich werd demnächst doch ein paar neue Gräber ausschaufeln müssen. Oder ich lass die Toten einfach weiterschwimmen? Aber dann wird der Wirt bestimmt jemand anderen finden, der sie für ihn aus dem Wasser holt – unter tatkräftiger Mithilfe zahlungskräftiger Touristen vielleicht? Ich werd doch lieber mit ihm zusammenarbeiten. Wenn er mich am Geschäft beteiligt – zehn Prozent von seinem Tagesumsatz für jeden Toten …? Ich würd auf meine alten Tage sogar noch reich werden. Und vorn auf der Rasenfläche, rund um die Kapelle, ist ja wirklich noch genügend Platz für frische Gräberzeilen.

# Sankt Marx

»Lieben Sie Mozart?«

Sie blickte sich um. Hatte dieser alte Mann die Frage an sie gerichtet? Mit ihr verließ gerade eine Gruppe japanischer Touristen das Haus, in dem einst Wolfgang Amadeus Mozart gewohnt hatte.

Der Alte wartete freundlich lächelnd auf eine Antwort.

»Wer liebt ihn nicht?«, sagte sie schnippisch und ging weiter.

Der Himmel über Wien war grau. Schwere Wolkenlaken hingen über den Türmen des Stephansdoms. Als es zu nieseln begann, sah sie ängstlich auf ihre neuen Sneakers.

»Sagen Sie das nicht. Ich kenne Leute in dieser Stadt, die seine Musik für volkstümlich, ja sogar für kommerziell und abgedroschen halten«, sagte der Alte neben ihr.

Schwätzer, dachte sie. Der Mann wirkte ziemlich heruntergekommen.

»Sie werden es kaum für möglich halten, aber es mehren sich die Stimmen, die meinen, mit seinen glatten, oberflächlichen Partituren könne man heutzutage keine Emotionen mehr erwecken. Einige sind sogar so vermessen, seine bekanntesten Opernarien als banale Gassenhauer zu bezeichnen, andere wieder werfen ihm vor, zu viele Noten geschrieben zu haben.«

Besorgt schaute sie auf das dunkle Wolkenmeer. Der Regen wurde heftiger. Sie bangte jetzt nicht nur um ihre neuen Schuhe, sondern bezweifelte auch, dass ihre pelzgefütterte Wildlederjacke den Regenguss heil überstehen würde.

»Haben Sie schon sein Grab besucht?«, fragte er.

»Hat man ihn nicht irgendwo außerhalb der Stadt verscharrt?«

»Sie haben wohl diesen Milos-Forman-Film gesehen?« Mit einem wissenden Lächeln sah er sie an und fuhr fort: »Sie dürfen eben nicht alles glauben, was Sie im Kino zu sehen kriegen. Bitte erlauben Sie mir, Ihnen die letzte Ruhestätte unseres Wolfgang Amadeus zu zeigen.«

»Ich fürchte, das werde ich nicht schaffen. Mein Flug geht um 20 Uhr 30, und ich habe vorher noch einen wichtigen Termin im Musikverein«, log sie völlig ungeniert.

Der alte Herr spannte seinen großen, schwarzen Schirm auf und bot ihr galant seinen Arm. »Sie werden ja ganz nass. Wenn Sie erlauben, werde ich Sie ein Stück begleiten. Wir wollen doch nicht, dass Sie von Wien eine Erkältung mit nach Hause bringen.«

Widerwillig hängte sie sich bei ihm ein.

»Woher kommen Sie, wenn ich fragen darf?«

»Aus Hannover ... Umgebung«, stammelte sie und wechselte rasch das Thema: »Sind Sie Musiker?«

»In Wien ist jeder ein Musiker. Aber ich habe mir mein Brot tatsächlich als Zweite Geige verdient, war jahrelang Ensemblemitglied des Mozart-Streichquartetts.« Er sagte es leise und sehr bescheiden.

Sie betrachtete ihn plötzlich mit anderen Augen. Vielleicht war er doch nicht nur ein aufdringlicher Rentner, der aus Zeitvertreib junge Frauen ansprach und sich damit ein paar Euro als Fremdenführer dazuverdienen wollte. Mit diesem einen Satz war es ihm gelungen, ihr Interesse zu wecken. Sein ungepflegtes, langes, weißes Haar wurde in ihren Augen zu einer interessanten Künstlermähne und sein schwarzer altmodischer Mantel verriet auf einmal den eigenwilligen, extravaganten Geschmack eines Musikers. Sie bildete sich sogar ein, dass er Mozart ein wenig ähnlich sah. Zumindest würde Wolfgang Amadeus als alter Mann bestimmt ähnlich ausgesehen haben.

»Ich heiße Christina von Braunstett und werde ab nächstem Semester in Wien Musik studieren«, stellte sie sich nun höflich vor und hoffte insgeheim, dass der nette, alte Herr vielleicht gute Beziehungen hatte. In Österreich muss man nur die richtigen Leute kennen, hatte ihr Vater behauptet. Sie war aber jetzt schon überzeugt, die Aufnahmsprüfung an der Wiener Musikhochschule zu schaffen, obwohl sie nur mittelmäßig Klavier spielte und ihre Stimme gerade mal leidlich war.

»Mit den Welfen verwandt?«

»Nebenlinie«, sagte sie knapp und in der Hoffnung, dass sich der Alte mit den deutschen Adelsgeschlechtern nicht auskannte. Ihre Familie war mächtig stolz auf das kleine »von«. Ihr Vater handelte allerdings nur mit Autos und ihre Mutter musste als Verkäuferin in einer Boutique das Haushaltseinkommen aufbessern. Christinas schicke Kleidung war aus der letzten Winterkollektion übrig geblieben.

Der Alte verbeugte sich und küsste ihr galant die Hand. Es war der erste Handkuss ihres Lebens. Beinahe war sie enttäuscht, dass sie seine Lippen nicht auf ihrem Handrücken gespürt hatte. Der Hauch eines Kusses hatte ihre Haut nur sanft gestreift.

Er stellte sich als Herr Franz vor und sagte lächelnd: »Ich kenne noch einige Kollegen am Konservatorium, vielleicht können die Ihnen behilflich sein.«

Inzwischen waren sie vor dem Abgang zur U-Bahn am Stephansplatz angelangt. Ein eisiger Wind fegte über den weiten, nach allen Himmelsrichtungen offenen Platz. Die Touristenscharen flüchteten vor dem Regen in die umliegenden, bereits überfüllten Kaffeehäuser.

»Unsere Wege trennen sich hier leider. Ich werde Wolfgang Amadeus meinen alljährlichen Besuch abstatten, und zwar mit der Straßenbahn«, sagte er, »während Sie die U1 nehmen müssen, wenn Sie zum Musikverein wollen.«

Plötzlich erschien ihr der Gedanke, Mozarts Grab zu besuchen, sehr verlockend. »Ich habe mich für Mozart entschieden«, sagte sie.

Im Laufschritt eilten sie die Kärntnerstraße hinunter und die Ringstrasse entlang. Unter dem Vordach der Tramway-Station am Schwarzenbergplatz stand bereits eine durchnässte Menschentraube. Christina hörte vertraute Laute.

»Touristen mit morbiden Vorlieben«, sagte der alte Herr augenzwinkernd.

Als der 71er endlich kam, entstand wüstes Gedränge in den Straßenbahnwaggons. Eng an ihn geschmiegt, vertraute Christina ihrem neuen Bekannten ihre geheimen Sehnsüchte an. Seit frühester Jugend träumte sie von einer Karriere als Konzertpianistin, von dem berauschenden Gefühl, auf einer Bühne mitten im Rampenlicht zu stehen und den tosenden Applaus des begeisterten Publikums huldvoll entgegenzunehmen.

Herr Franz hörte ihr mit ernster Miene zu, warf nur hin und wieder eine kurze Frage ein und betrachtete sie mit wohlgefälligen Blicken.

Beim Schloss Belvedere leerte sich die Tramway. Christina redete weiter auf den Alten ein, erzählte von der frühen Entdeckung ihres musikalischen Talents, nahm immer wieder eine Mozartkugel aus ihrer Jackentasche und steckte sie in den Mund. Als sie ihm auch eine anbot, verzog er abfällig das Gesicht.

Bei der Schlachthausgasse stiegen sie aus. Der Regen hatte nachgelassen, trotzdem hielt er ihr wieder seinen Arm hin. »Wir sind gleich da, nur noch ein paar Schritte, gnädiges Fräulein«, sagte er, als sie zögerte, seinen Arm zu ergreifen.

Graue Mietskasernen, billige Geschäfte und einfache Gasthäuser. Die Gegend war so gar nicht nach ihrem Geschmack. In Wien hat anscheinend nur die Innenstadt Weltstadtflair, dachte Christina.

Begleitet vom Dröhnen der Motoren gingen sie nebeneinander den Kiesweg hinauf. Mozarts letzte Ruhestätte war ein sehr lauter Ort. Der Sankt Marxer Friedhof wurde von Zubringern der mehrspurigen Stadtautobahn eingerahmt.

Christinas Laune hatte sich, seit sie die Anlage betreten hatten, erheblich verschlechtert. Offensichtlich waren sie die einzigen Besucher an diesem grauen, regnerischen Wintertag. Die vielen verfallenen und verwitterten Grabsteine jagten ihr Angst ein. Sie sah keinen Sinn darin, zwischen dunklen Bäumen und verwahrlosten Gräbern herumzuspazieren, hatte sich diesen Ort viel romantischer und erhabener vorgestellt. Aus Angst, auf dem feuchten Kies auszurutschen, hielt sie den Blick auf den Boden gerichtet und alle paar Meter beklagte sie sich über den schrecklichen Matsch, den kalten Wind und über ihre nassen Füße.

Um sie abzulenken, pfiff Herr Franz die Auftrittsarie des »Steinernen Gastes«.

»Zauberflöte?«, fragte sie.

»Knapp daneben, Don Giovanni«, sagte er sarkastisch, beschloss jedoch, dieses Spiel fortzusetzen, und pfiff weiter bekannte Mozartarien.

Sie erkannte weder Fiordiligis Arie »Come scoglio« aus »Cosi fan tutte«, noch Konstanzes Koloraturarie »Martern aller Arten« aus der »Entführung aus dem Serail«.

Christina besaß kein feines musikalisches Gehör. Er hatte sich nicht in ihr getäuscht.

Herr Franz pfiff nun eine sehr bekannte Arie.

»Pa … Pa … Pageno«, stammelte sie.

»Na endlich«, murmelte er leise. Laut sagte er: »Sie sind doch nicht etwa ein Angsthase, Fräulein Christina?«

Irritiert sah sie ihn an, sagte aber nichts.

»Halten Sie mich nicht für verrückt, schönes Kind, aber Sie sind das Ebenbild von Mozarts Frau Constanze. Das gleiche blonde Haar, die gleichen treuen Augen, ja selbst die gleiche Größe und Figur, würde ich sagen.«

Hätte sie Herrn Franz inzwischen nicht als völlig harmlos eingestuft, würde sie die Blicke, mit der er ihren Körper streifte, für aufdringlich gehalten haben.

Dennoch spürte er, dass er sich ihr Wohlwollen beinahe verscherzt hätte. Um sie wieder zu versöhnen, machte er sie auf besonders hübsche biedermeierliche Grabmale aufmerksam.

Christina konnte diesen schmalen, hohen Steinen jedoch nicht so viel abgewinnen wie er. Die zierlichen Statuen waren fast alle verstümmelt. Die kopflosen oder flügelamputierten Engel mit den alten, verwüsteten Gesichtern wirkten traurig und deprimierten sie. Und die Grabinschriften waren oft kaum mehr zu lesen. Wind und Wetter hatten ihnen lange zugesetzt. Über manche Inschriften musste sie allerdings auch lachen. Ihr Lachen klang jedoch nicht mehr entspannt, sondern ziemlich hysterisch.

»Bürgerliche Buchbindergattin«, »Sohn des bürgerlichen Kanalräumers«, sagte sie schrill.

Herr Franz quittierte ihr Gelächter mit einem missbilligenden Blick und erklärte ihr mit ernster Miene, wie wichtig es im ausgehenden achtzehnten und beginnenden neunzehnten Jahrhundert für die Bürgerlichen gewesen sei, sich dem Adel anzugleichen. »Nach der Französischen Revolution hat das Bürgertum auch in Österreich an Selbstbewusstsein gewonnen. Auf diesem Friedhof werden Sie kaum Gräber von Adeligen finden. Hier liegen höchstens ein paar verarmte Freiherren – also nur Kleinvieh.« Er gab seinen Worten eine sonderbare Betonung, die sie nicht zu deuten wusste.

»Der Sankt Marxer Friedhof war der Friedhof der wohlhabenden Wiener. So ein eigenes Grab hat schon damals eine schöne Stange Geld gekostet. Aber das neue Selbstbewusstsein war den Bürgern eben einiges wert. Natürlich haben sie auch bei der Gestaltung ihrer Gräber darauf geachtet, es den Adeligen gleich zu tun. Allerdings sind diese Grabdenkmäler zarter, geschmackvoller, viel weniger protzig und pompös als die Grüfte ihrer adeligen Vorbilder.«

Christina nahm den Stimmungsumschwung des alten Herrn nicht wahr, sie amüsierte sich gerade königlich über den »Bürgerlichen Lust- und Ziergärtner«.

Eingebildete, verzogene Göre, dachte er, zwang sich jedoch ein freundliches Lächeln ab, als er sagte: »Auch Wolfgang Amadeus wollte um jeden Preis vom Adel anerkannt werden. In seiner Naivität hat er geglaubt, er könne sich mit seinen wunderbaren Opern Eintritt in die feine Gesellschaft verschaffen. Aber er ist an Ihrer Ignoranz gestorben. Egal welch großartige Musik er für sie geschrieben hat, er ist von ihnen nicht akzeptiert worden. Im Gegenteil, sie haben ihn erbärmlich verrecken lassen, ihn in einen Lumpensack gesteckt und in einem Armengrab verscharrt. Die arme Constanze hat sich nur ein Begräbnis dritter Klasse leisten können. Nicht einmal ein Kreuz hat er bekommen.« Herr Franz wischte sich ein paar Tränen aus den Augen und verfiel in depressives Schweigen.

»Wann sind wir denn endlich da«, nörgelte Christina und betrachtete mit Leidensmiene ihre inzwischen ziemlich schmutzigen Sneakers.

Der Alte deutete stumm nach vorn.

Ein kleiner Platz, umgeben von hohen Bäumen und knorrigen Sträuchern. Einsam und verlassen lehnte ein Engel an einem Säulenstumpf, die Linke auf eine Fackel und den Kopf auf die rechte Hand gestützt blickte er traurig auf das tote Genie hinab.

Christina näherte sich der letzten Ruhestätte des berühmten Österreichers plötzlich im Laufschritt. Keuchend blieb sie vor dem Erdhügel stehen, der mit dunkelroten Eriken bepflanzt war.

»Eine kaputte Säule und eine fast unbeschriftete Tafel?«

Sie machte aus ihrer Enttäuschung keinen Hehl.

»... ich muss über Hals und Kopf schreiben – komponiert ist schon alles – aber geschrieben noch nicht«, zitierte Herr Franz seinen Herrn und Meister.

Er stand knapp hinter ihr. Sie spürte seinen Atem im Nacken, als er ihr ins Ohr flüsterte: »Ein bisschen mehr Ehrfurcht, Fräulein Constanze, wenn ich bitten darf!«

Empört drehte sie sich zu ihm um. Das gefährliche Glitzern in seinen Augen ließ sie eine scharfe Erwiderung hinunterschlucken.

Als sie sich über das Grab beugte, um die Inschrift zu entziffern, schlossen sich seine Hände um ihren zarten Hals.

Sie schlug wild um sich. Der Druck auf ihre Kehle wurde fester. Sie versuchte zu schreien, brachte aber nur ein unverständliches, heiseres Krächzen heraus. Ihr Gesicht verfärbte sich rot, dann blau. Sie hatte ihre Zunge nicht mehr in der Gewalt. Das Letzte, was sie spürte, war der schale Geschmack von erbrochenen Mozartkugeln in ihrem Mund.

Und das Letzte, was sie hörte, war die Anfangspassage von Mozarts Requiem, die Herr Franz leise vor sich hinpfiff.

Er packte sein Opfer an den Füßen und schleifte es unter das immergrüne Buschwerk neben dem Grabmal. Dann holte er eine Schaufel unter den Büschen hervor und begann zu graben.

Die Erde war durch den vielen Regen aufgeweicht und kam ihm schwerer vor als sonst. Er geriet rasch außer Atem, als er zu singen begann, und die Anfangspassage der Krönungsmesse bereitete ihm einige Schwierigkeiten. Die spirituelle Musik spornte ihn jedoch an. Der kleine Erdhaufen wuchs rasch. Plötzlich stieß er mit der Schaufel auf einen Widerstand. Er hielt inne, beugte sich über die Grube. Angewidert verzog er das Gesicht. Das Grab war bereits besetzt. Und was er sah, war gar nicht hübsch. Aus leeren Augenhöhlen starrte ihn die resolute, junge Amerikanerin vorwurfsvoll an, die er vor ein paar Jahren zu Mozarts Grab geführt hatte. Zum Glück kam kein falscher Ton mehr über ihre verfaulten Lippen. Das weiche, rosige Fleisch ihrer Wangen hatte sich grünlich verfärbt und war von zentimeterdickem Schimmel überzogen. Alles schien zerfallen und von Würmern angenagt. Nur die Kleider hatte das Ungeziefer verschmäht. Das Mädchen wirkte zwar ein wenig zerlumpt, war aber zumindest nicht nackt. Ihr rechter Arm war abgefallen und der linke Fuß schien etwas kürzer. Sie hatte eine gewisse Ähnlichkeit mit den verstümmelten Biedermeierstatuen auf den bürgerlichen Grabstätten.

Es war höchste Zeit, dass Wolfgang Amadeus attraktivere Gesellschaft bekam.

Die Arie der Gräfin aus dem dritten Akt der »Hochzeit des Figaro« schien Herrn Franz für diesen denkwürdigen Augenblick die passende Untermalung zu sein.

Als er Christinas leblosen Körper in die Grube wälzte, fing er vergnügt zu singen an: »Nur zu flüchtig bist du entschwunden ...«

# Kurzes Gastspiel

Wien, Westbahnhof, kurz vor dem Hereinbrechen der Dunkelheit.

Die Stadt schaute ihn von ihrer hässlichsten Seite an: aufgerissene Straßen, heruntergekommene Häuser, leer stehende Geschäfte und geschlossene Lokale. Nicht einmal die großstädtisch anmutenden Leuchtreklamen konnten das eintönige Grau übertönen. Selbst der Himmel über Wien war grau. Am Bahnhofsvorplatz lungerten ärmlich gekleidete Gestalten. Endlose Autoschlangen krochen in beiden Richtungen über die sechsspurige Fahrbahn.

Ein Blick in seine Brieftasche hielt ihn davon ab, ein Taxi zu nehmen. Hungrig und erschöpft von der langen Zugfahrt, schlenderte er den Gumpendorfer Gürtel entlang. Arabische Zeitungsverkäufer, ausgemergelte Junkies und minderjährige Strichbubis quatschten ihn an. Auch manch Schöne der Nacht, die am Straßenrand auf Freier wartete, schenkte dem kleinen, dicken Mann mit dem teuren Lederkoffer unterm Arm ein herausforderndes Lächeln und ein kokettes: »Na, Kleiner, wie wär's mit uns beiden?«

Eine dunkle Seitengasse, ein beleuchtetes Schild: »Pension Sissi« – was für ein vielversprechender Name! Die Pension befand sich im zweiten Stock. Vergeblich sah er sich nach einem Lift um. Mezzanin, Halbstock, erster Stock, die Stiegen wollten kein Ende nehmen.

In der Rezeption thronte eine wohlbeleibte Dame fortgeschrittenen Alters. Sie hieß ihn mit einem charmanten Lächeln willkommen und musterte ihn abschätzend von Kopf bis Fuß. Was sie sah, schien ihr nicht zu missfallen. Sein Anzug wirkte zwar abgetragen, war aber aus gutem Stoff, sein weißes Hemd sauber, die schwarze Krawatte mit den gelben Pünktchen ordentlich gebunden. Und aus der Brusttasche seines Sakkos schaute ein Stecktuch, im selben Muster wie die Krawatte, hervor.

Er fragte nach dem Zimmerpreis.

Sie konnte eine gewisse Enttäuschung nicht verbergen, runzelte die Stirn und griff nach ihrer Brille, die an einem Goldkettchen über ihrem bemerkenswerten Busen baumelte. Auf den zweiten Blick erschien ihr seine Eleganz mehr als fragwürdig, ja geradezu schmierig. Das

Sakko glänzte speckig, sein Kragen war mit Schuppen übersät, außerdem hatte er zu viel Pomade im grau melierten Haar. Sein Schnurrbart dagegen war verdächtig schwarz und sorgfältig gestutzt. Seufzend reichte sie ihm den Schlüssel von Zimmer Nummer 3.

»Klo und Dusche sind am Gang, gleich gegenüber.«

Sie verlangte keinen Ausweis, bestand jedoch darauf, dass er das Zimmer für eine Nacht im Voraus bezahlte.

Eine zweite Nacht würde er sich keinesfalls mehr leisten können, aber er war zu müde, um weiterzusuchen. Wie idiotisch, ausgerechnet nach Wien zu fahren! Angesichts der Touristenmassen, die neuerdings in diese ehemalige Metropole strömten, hatte er angenommen, dass die Stadt ein ideales Pflaster für ihn wäre. Konfrontiert mit dieser Tristesse, befürchtete er, eher depressiv als reich zu werden.

Er begab sich sofort aufs Zimmer, obwohl die freundliche Pensionsbesitzerin einer kleinen Plauderei nicht abgeneigt schien. Sie lächelte unentwegt und klimperte nicht nur mit den Wimpern, sondern auch mit ihren Armreifen, als sie ihm sein Zimmer zeigte.

Eine spärlich möblierte Besenkammer für fünfhundert Schilling. Das schmale, hohe Fenster ging auf einen Hinterhof hinaus. Über dem Stahlrohrbett baumelte eine nackte Glühbirne. Der Raum erweckte unangenehme Erinnerungen an eine Gefängniszelle, die er längere Zeit von innen gesehen hatte.

Er legte sich aufs Bett, verschränkte die Arme unterm Nacken und starrte auf den armen Kerl, der an der Wand gegenüber am Kreuz hing. Der Herr schaute ihn so vorwurfsvoll an. Er hielt dem durchdringenden Blick nicht lange stand, wandte sich ab und betrachtete gelangweilt die rissige, graugelbe Decke, verfolgte die Risse vom einen Ende zum anderen und versuchte, sich auf den Autolärm, der vom Gürtel herüberschallte, zu konzentrieren. Er hoffte, das monotone Geräusch würde ihn einschläfern. Die Sprungfedern der ausgeleierten Matratze bohrten sich in sein Kreuz und seine Schuhe drückten ihn. Sie waren ihm um mindestens eine Nummer zu klein.

Es klopfte. Erschrocken sprang er auf, rückte seine Krawatte zurecht und fuhr sich mit den Fingern durchs Haar.

»Herein!«

In der Tür stand die Dame des Hauses, ein Tablett mit einer Schale Kaffee in der Hand.

»Bei uns ist es üblich, den Gästen einen Willkommenstrunk zu kredenzen«, bemerkte sie gespreizt.

Er bedankte sich höflich und bat sie, näher zu treten. Als sie sich an ihm vorbeizwängte, streifte ihr Busen seinen Arm. Sie stellte das Tablett auf den Tisch neben dem Fenster und schenkte ihm einen koketten Augenaufschlag.

In jeder anderen Situation hätte ihn diese alte Schreckschraube zum Lachen gereizt, doch seine momentane Lage erlaubte ihm nicht, sich über andere lustig zu machen.

Die Pensionsbesitzerin war fünf bis zehn Jahre älter als er. Sie hatte ein hübsches, beinahe faltenloses Gesicht. Ihre schmalen Brauen hatte sie mit einem Kohlestift nachgezogen, ihre Lippen mit kräftigem Rosa beschmiert. Das lange, pechschwarz gefärbte Haar war mit einem neckischen, roten Mascherl im Nacken zusammengebunden.

Lächelnd erwiderte sie seinen kritischen Blick.

Ihr Lächeln machte ihn nervös. Während er krampfhaft überlegte, wie er sie, ohne unhöflich zu werden, wieder loswerden könnte, taxierte sie ihn erneut. Sie ließ sich viel Zeit dabei, schien seine Verlegenheit zu genießen.

Er besaß eine gewisse Ähnlichkeit mit dem Heurigenmusiker, an den sie ihre besten Jahre verschwendet hatte, und er erinnerte sie auch ein wenig an den Vorstadtcasanova mit guten Bankkontakten, dem sie einen Großteil ihrer Ersparnisse anvertraut hatte.

Doch eine alleinstehende Frau in meinem Alter darf nicht mehr allzu wählerisch sein, sagte sie sich und säuselte zuckersüß: »Vielleicht möchten Sie lieber ein Gläschen Wein bei mir drüben trinken?«

Er wollte verneinen, da fiel sein Blick auf ihre lange, doppelreihige Perlenkette und ein kaum hörbares »Ja, sehr gern« schlüpfte ihm über die Lippen.

»Sagen wir in einer halben Stunde?« Aufreizend mit den ausladenden Hüften wackelnd, verließ sie sein Zimmer.

An Abscheu grenzende Unlust war das einzige Gefühl, das ihre fülligen Formen bei ihm hervorriefen.

Das Gescheiteste wäre, einfach nicht hinüberzugehen, dachte er und wusste im selben Augenblick, dass er gehen würde. Für einen Mann wie ihn würde es eine Kleinigkeit sein, an ihren Schmuck heranzukommen. Bestimmt hatte sie auch Bargeld in der Wohnung versteckt. Diese alten Schachteln trugen ihr Geld nie auf die Bank, lieber vertrauten sie es einem Sparstrumpf an.

Sie hatte sich umgezogen, empfing ihn in einem tief ausgeschnittenen, mit Strass bestickten T-Shirt und in einem eleganten schwarzen Rock, den ihr massiges Hinterteil zu sprengen drohte. Das Haar trug sie jetzt offen auf die Schultern fallend.

Er wurde ins Wohnzimmer komplimentiert. Mit einschmeichelnder Stimme bat sie ihn, auf der Couch Platz zu nehmen.

Während sie sich an der Bar zu schaffen machte, einen Doppler öffnete und den Inhalt der Flasche in eine große Karaffe leerte, blickte er sich in dem sauberen und ordentlich aufgeräumten Zimmer um: gediegene altdeutsche Kästen und Kredenzen, Biedermeier-Sessel, ein glitzernder Kristallluster, ein echter Perser und an den Wänden kitschige Schinken in Öl. Seine Laune besserte sich zusehends.

Sie stellte Rotwein und Gläser auf den Tisch und setzte sich zu ihm auf die Couch. Ihr Geruch, eine seltsame Mischung aus Mottenpulver und schwerem Parfüm, raubte ihm beinahe den Atem.

Nach dem zweiten Viertel rückte sie ein Stück näher. Ihre Brüste quollen aus dem hautengen T-Shirt und ihr Rock rutschte hoch, entblößte ihre Schenkel.

Sosehr er sich auch bemühte, es wollte ihm einfach nicht gelingen, Lust zu empfinden.

Als sie mit ihren wulstigen, mehrfach beringten Fingern die Innenseite seiner Schenkel streichelte, blieb er zunächst völlig gleichgültig. Beim Anblick der funkelnden Ringe – Gold mit Diamanten besetzt – geriet er schließlich doch in Erregung.

Die Couch war viel zu schmal für den dicken kleinen Mann und die vollschlanke Dame des Hauses. Irgendwie, er wusste selbst nicht wie, brachte er es hinter sich, mit geschlossenen Augen und verkrampftem Mund. Sein Herz klopfte ihm bis zum Hals. Nach seinem ersten Infarkt hatte ihm der Arzt jede Anstrengung verboten.

Zufrieden seufzend blieb sie auf ihm liegen. Ihr Haar bedeckte seine Wangen und ihre doppelreihige Perlenkette hatte sich um seinen Hals geschlungen. Er bekam kaum mehr Luft.

Aus der Nähe wirkte ihr Gesicht derb und ordinär. Und ihr drittes Gebiss lachte ihn von alleine an. Auch die weißen Perlen schienen ihm auf einmal verdächtig gleichmäßig und keineswegs handgeknüpft zu sein. Er begann nicht nur an der Echtheit ihres Schmucks zu zweifeln, das ganze Zimmer kam ihm plötzlich wie die drittklassige Imitation eines gutbürgerlichen Haushalts vor. Nicht einmal der Perserteppich konnte ihn vom Gegenteil überzeugen.

»Das war für unser Alter gar nicht mal so schlecht«, konstatierte sie und drückte ihm lachend einen herzhaften Schmatz auf die Lippen.

Stöhnend versuchte er, sich aus ihrer Umklammerung zu befreien. Sie blies ihm ihren nach Wein stinkenden Atem ins Gesicht. Ihm wurde übel. Er befürchtete, sich jeden Augenblick übergeben zu müssen. Sex und Alkohol – noch dazu Rotwein – auf nüchternen Magen hatte er noch nie vertragen. Einer Ohnmacht nahe bemühte er sich mit letzter Kraft, sie wegzustoßen. Die Kette zersprang, die Perlen kugelten zu Boden.

Sie kreischte hysterisch und beschimpfte ihn lautstark, traf jedoch keine Anstalten, sich zu erheben, sondern klammerte sich nur noch fester an ihn, stopfte ihm ihre üppigen Brüste in den Mund und presste ihren stattlichen Bauch auf sein krankes Herz.

Ihm schwindelte und er spürte, wie ihn die Sehkraft verließ. Die Wände des Zimmers neigten sich, rückten näher und näher, die Decke senkte sich. Und das schwere Fleisch drohte ihn zu erdrücken. Ihm wurde schwarz vor den Augen. Ihre schrille Stimme verwandelte sich in ein unverständliches Gemurmel und in seinen Ohren erklang ein lautes, unheimliches Dröhnen. Ein hilfloses Röcheln, ein letztes Aufbäumen seines Oberkörpers, dann wurde es Nacht.

Sie verschränkte ihre dicken Arme auf seiner Brust, betrachtete beinahe liebevoll sein bleiches Gesicht und lächelte versonnen.

Nach einer Weile wälzte sie sich zur Seite, stand auf, holte einen feuchten Lappen und ein Handtuch aus der Küche und beseitigte die Spuren des kurzen Vergnügens.

Ihre Perlen würde sie später aufsammeln. An den langen, einsamen Winterabenden würde sie nun wenigstens eine Beschäftigung haben. Sie besaß die Fähigkeit, jedem Missgeschick etwas Positives abzugewinnen.

Während sie Rock und T-Shirt anzog, ließ sie ihren Gast nicht aus den Augen. Er schaute sie so traurig an, der kleine, tote Mann. Schließlich erbarmte sie sich seiner und streifte ihm die nicht mehr ganz saubere Unterhose über.

»Ateckskerl«, murmelte sie, zog ihm rasch auch Hemd und Hose an, packte ihn an den Füßen und zerrte ihn von der Couch. Sein Toupet blieb auf dem Polster liegen.

Schwitzend, keuchend und fluchend schleifte sie ihn über den Gang in sein Zimmer. Keiner konnte sie hören. Er war ihr einziger Gast. Als sie versuchte, die Leiche aufs Bett zu befördern, geriet sie noch mehr ins Schwitzen. »Verdammte Scheiße«, schimpfte sie leise, als hätte sie Angst, der Tote könnte sie hören.

Sie beschloss, ihn auf dem schmutzigen Linoleumfußboden liegen zu lassen. Vor dem Bett zusammengebrochen – plötzlicher Herzstillstand. Morgen früh würde sie den Notarzt anrufen.

Notärzte stellten keine unangenehmen Fragen.

Sie wischte sich den Schweiß von der Stirn und kehrte in ihre Wohnung zurück. Erschöpft von den ungewohnten Anstrengungen, ließ sie sich auf die Couch fallen und schenkte sich ein Glas Wein ein.

»Auf dein Wohl, Sissi!«, prostete sie sich zu, leerte das Glas in einem Zug und griff gleich noch einmal nach der Karaffe. Erst als die Karaffe leer war, sammelte sie die restlichen Sachen ihres soeben verblichenen Liebhabers ein und brachte sie in sein Zimmer. Das Toupet behielt sie als Souvenir. Dort, wo er jetzt war, brauchte er es nicht mehr.

Seine gepflegten braunen Lederschuhe stellte sie unter den Tisch, die stinkenden Socken legte sie ordentlich daneben. Als sie sein Sakko und die gelb gepunktete Krawatte auf einen Bügel hängte, fiel ihr Blick auf den schicken Lederkoffer unten im Schrank. Verärgert stellte sie fest, dass der Koffer verschlossen war.

Hastig durchsuchte sie die Taschen seiner Anzugjacke. In seiner Brieftasche herrschte gähnende Leere. Ein abgegriffener, längst abgelaufener Reisepass war die einzige Ausbeute. Die Züge des Toten wiesen zwar eine gewisse Ähnlichkeit mit dem unscharfen Passfoto auf, doch sie bezweifelte die Echtheit des Dokuments. Ein Herr Kaiser, mit Vornamen Franz Josef, geboren in Bad Ischl …?

Der Inhalt seiner Hosentasche war ebenfalls eine Enttäuschung: ein benutztes Papiertaschentuch, ein kleiner Kamm, dem einige Zähne fehlten, ausländische Münzen und ein heiliger Antonius aus silbern schimmerndem Blech, aber keine Kofferschlüssel.

Sie hatte keine Lust weiterzusuchen, holte einen Schraubenzieher aus ihrer Wohnung und brach das Kofferschloss auf. Der arme Kerl war kein Profi gewesen. Eine kurze Anwandlung von Mitleid überkam sie. Im Grunde war sie eine gutmütige Person. Doch plötzlich begann sie zu lachen, lachte laut und unbeherrscht, konnte gar nicht mehr aufhören, schüttelte sich vor lauter Lachen, angesichts dieses seltsamen Sortiments von Visitenkarten, leeren Portemonnaies, verrosteten Schlüsseln, altmodischen Dietrichen und funkelnagelneuen Fünftausendern, auf denen sie Freuds statt Mozarts Konterfei freundlich anblickte.

# Belinda

Eine Reklametafel versperrte die Sicht auf die Tankstelle am Rand der Wüste. An der weiß gestrichenen Wellblechbaracke stand in Großbuchstaben *BAR*. Ein unzufriedener Gast hatte ein einladendes *FUCK OFF* hinzugefügt.

In der Hütte stank es wie in einer Latrine. Selbst wenn Clair die Tür offen ließ, wehte keine frische Brise herein, sondern Schlangen und Kakerlaken trafen sich dann in der Bar zu einem Stelldichein.

Der graue Steinboden war mit Sand bedeckt, hinter einem Vorhang versteckte sich ein Stahlrohrbett mit einer ausgeleierten Sprungfedermatratze und an den Wänden hingen vergilbte Werbeplakate von Marlboro und Lucky Strike. Ein großer Eiskasten aus den Anfängen der Kühlschrankproduktion nahm fast die Hälfte des Lokals ein. Auf der Theke türmten sich die schmutzigen Gläser und im Frühstückskaffee schwammen tote Fliegen. Überquellende Müllsäcke und Dutzende leere Flaschen ergänzten das karge Interieur.

Obwohl es die letzte Tankstelle vor der Wüste war, hielt hier nur selten ein Wagen. Clair kümmerte sich nicht ums Geschäft. Oft gab es nicht einmal Benzin. Nur ein paar alte Stammkunden, Lkw-Fahrer, die seit Jahren dieselbe Route fuhren, waren ihr treu geblieben.

Bei der Tankstelle wuchsen noch kümmerliche Sträucher am Straßenrand, dahinter begann das Nichts, die Unendlichkeit aus Sand und Stein. Die Straße verlor sich in fiebrigen Wellen, flimmernde Spiegelbilder tauchten am Horizont auf, Umrisse schroffer Felsen, die sogleich wieder im Dunst der glühenden Sonne entschwanden. Heiße Winde peitschten den Sand auf und errichteten verschwommene, den Bergen täuschend ähnliche Gebilde. Die Luft zitterte und die graugelben Steinmassen drohten sogleich wieder einzustürzen. Sandstürme wüteten das ganze Jahr, sie überfluteten die Straße und zerstörten jeden Rest von Leben.

Nachmittags stellte Clair immer einen Tisch und zwei Klappstühle vor die Tür. Ihre tägliche Siesta war ihr heilig. Sie genoss diese Stunden, in denen sie sich, meist ungestört, dem Müßiggang hingeben konnte.

Wenn die Sonne unterging, verwandelte sich die Wüste in ein Flammenmeer. Das Dach der Wellblechbaracke schimmerte dann silbern, selbst die alten Ölfässer umfing ein geheimnisvoller Glanz und die Plakatwand warf gespenstische Schatten.

Die Nacht kam schnell, ohne Vorwarnung. Da ihr die Luft in der Hütte zu stickig war, blieb Clair auch nachts im Freien und legte sich mit einer Whiskyflasche im Arm unter die Werbetafel, die der Abendwind in ein sanftes Schwingen versetzte. Das monotone Quietschen über ihr und die vertrauten Geräusche der Wüste, die nur hin und wieder durch einen vorbeirasenden Truck unterbrochen wurden, schläferten sie ein.

Ihre Freundin Belinda verbrachte die Nächte ebenfalls draußen. Sie war nicht ängstlich. Kein Wunder, so wie sie gebaut war, brauchte sie sich vor nichts und niemandem zu fürchten.

Clair hatte sich an die Einsamkeit gewöhnt. Die Gesellschaft ihrer Freundin genügte ihr vollkommen. Belinda interessierte sich allerdings genauso wenig fürs Geschäft wie sie. Deshalb hatte sich Clair in den letzten Jahren mehr und mehr auf den Schrotthandel verlegt. Hinter der Hütte türmten sich die rostigen Autowracks. Erbarmungslos brannte die Sonne auf die verchromten Stoßstangen der ausrangierten Wagen. In der Mittagszeit konnte man sich auf dem heißen Blech ein Spiegelei braten.

In aller Herrgottsfrüh, noch vor Sonnenaufgang, machte sich Clair auf die Suche nach gestrandeten Fahrzeugen. Aus Erfahrung wusste sie, dass sich die meisten Unfälle nachts ereigneten. Zuerst nahm sie den Highway, gute dreißig Kilometer vor Baker bog sie dann auf die schmale Straße zum Afton Canyon ein. Diese Sandpiste konnte man eigentlich nicht als Straße bezeichnen. Tiefe Schlaglöcher und spitze Steine machten das unwegsame Gelände zu ihrem bevorzugten Revier. Als sehr ergiebig erwiesen sich auch die Telegrafenmasten entlang des Highways. Selten kehrte Clair ohne Beute nach Hause zurück.

Wenn es Verletzte gab, sorgte sie dafür, dass sie keinen Arzt mehr brauchten. Aber bei dem wahnsinnigen Tempo, das die Leute vor allem in der Nacht hinlegten, fand sie ohnehin nur selten Überlebende. Wenn sie Pech hatte und der Fahrer mit einem Schock davongekommen war, spielte sie die freundliche Samariterin, nahm ihn ein Stück mit und setzte den armen Teufel dann mitten in der Wüste aus. Machte er Schwierigkeiten, bekam er den Gnadenstoß. So mancher Raser hatte sein letztes weiches Bett im heißen Wüstensand gefunden.

Heute Morgen war ihr das Glück besonders hold: zwei völlig demolierte Wagen, zwei Tote. Sie nahm die beschädigten Fahrzeuge gleich an Ort und Stelle auseinander und lud nur die brauchbaren Teile auf ihren Pick-up. Im Afton Canyon war das kein Problem. Hier kam in den frühen Morgenstunden so gut wie nie ein Wagen vorbei. Die beiden Leichen ließ sie einfach liegen. Der nächste Sandsturm würde sich schon um sie kümmern.

Ihre Sammelleidenschaft war inzwischen in eine Art sportlichen Wettkampf ausgeartet. Sie musste schneller sein als die Leute von der nächsten Werkstatt und meistens war sie schneller. Das Geschäft lohnte sich, die Wüste war ein treuer Partner. Clair konnte sich hundertprozentig darauf verlassen, dass sie für Nachschub sorgte.

Am Ende des Monats lud sie die Autowracks auf ihren Anhänger und schaffte sie in die Stadt, die sie sonst eher mied. Städte bedeuteten Menschen, lästige, lärmende Menschen. Wenn sie mit den Schrotthändlern in Baker ihre Geschäfte abwickelte, deckte sie sich auch gleich in einem Supermarkt mit den notwendigsten Sachen ein. Viel benötigte sie ohnehin nicht, weder Belinda noch sie waren sehr anspruchsvoll. Diverse TV-Dinners, praktisch verpackt in Alufolie, einige Sechserpackungen Bier, ein paar Flaschen Whisky und viel, viel Eis. Manchmal füllte sie auch ihre Kanister mit frischem Wasser. Ihr Wassertank war jedoch selten leer. Sie hielt nicht viel vom Waschen und ging mit dem kostbaren Nass sehr sparsam um. »Eigentlich brauche ich das Wasser nur zum Verdünnen meines Whiskys – das Eis schmilzt immer viel zu schnell«, entschuldigte sie ihrer Freundin Belinda gegenüber jedes Mal diese überflüssige Sonderausgabe.

Die vielen Jahre in der Wüste hatten nicht nur in Clairs Gesicht Spuren hinterlassen. Auch ihr Körper schien nur mehr aus Haut und Knochen zu bestehen und ihre welke Haut erinnerte an gegerbtes Leder. Obwohl sie immer einen Strohhut trug, hatte die Sonne ihr ehemals dunkelblondes Haar weißblond gebleicht. Clair war rasch gealtert, obwohl gerade erst vierzig, sah sie aus wie eine Sechzigjährige. Aber sie war zäh, bei Temperaturen, die andere Leute an den Rand eines Kollaps brachten, begann sie sich erst richtig wohlzufühlen. Sie schwitzte so gut wie nie. Und ihre langärmeligen Hemden wechselte sie oft wochenlang nicht, das Gleiche galt für ihre Unterwäsche.

Ihre Stammkunden betrachteten sie in erster Linie als guten Kumpel. Sie konnte locker mithalten, was das Trinken betraf, und hatte schon so manchen beim Pokern um eine hübsche Summe erleichtert.

Clair interessierte sich nicht besonders für Männer. Hin und wieder erbarmte sie sich jedoch eines einsamen Reisenden und verdiente sich auf diese Weise noch ein paar Dollar dazu. Wenn sie gut aufgelegt war, verschwand sie auch mit einem treuen Kunden für fünf Minuten hinter dem löchrigen Vorhang und besorgte es ihm auf den quietschenden Sprungfedern umsonst. Aber das kam nur alle heiligen Zeiten einmal vor. Lieber blieb sie allein, allein mit ihrer Freundin Belinda, die ihr nie auf die Nerven fiel. Nach all den Jahren ihrer Freundschaft hatten sich die beiden Frauen nicht mehr viel zu sagen, aber sie verstanden einander auch ohne Worte ausgezeichnet. Belinda bekam sowieso alles mit, was sich auf der entlegenen Tankstelle abspielte, wozu also noch darüber reden?

Clair verglich ihre Beziehung zu Belinda gern mit einer Ehe, und zwar mit einer gut funktionierenden Ehe. Belinda meckerte nie, beklagte sich nie und hatte an ihrer Freundin nie etwas auszusetzen. Sogar für ihre kleinen Betrügereien beim Pokern zeigte sie Verständnis. Und wenn sich Clair schon vor dem Frühstück einen Drink genehmigte, zwinkerte ihr Belinda belustigt zu, obwohl sie selbst keinen Alkohol trank.

Genau genommen hatten die beiden Frauen nicht viel gemeinsam. Belinda teilte weder die Spielleidenschaft ihrer Freundin noch konnte sie sich für kaputte Autos begeistern. Auch in ihrem Wesen waren sie grundverschieden. Clair, bekannt für ihre schlechte Laune, die sich nur unter Alkoholeinfluss etwas besserte, gab sich meist mürrisch und unfreundlich, vor allem Fremden gegenüber, während Belinda immer ein verführerisches Lächeln auf ihren vollen Lippen hatte und alle Leute mit ihren großen, braunen Augen begeistert anstrahlte.

Clair missfiel die herzliche Art ihrer Freundin. Sie warf ihr vor, viel zu freundlich und viel zu wenig wählerisch zu sein. Aber Belinda zeigte weiterhin – großzügig, wie sie nun einmal war – was sie zu bieten hatte, und sie hatte einiges zu bieten. Clair hätte es lieber gesehen, wenn ihre schöne Freundin mit ihren Reizen weniger freizügig umgegangen wäre. Schweren Herzens gestand sie sich ein, dass sie eifersüchtig war. Eifersüchtig, weil sie ihre Bewunderung für Belinda mit all diesen vulgären Typen von der Landstraße teilen musste. Ihre Freundin pflegte tatsächlich jedem dahergelaufenen Kerl völlig ungeniert ihre prallen Brüste und ihre prächtigen Schenkel zu präsentieren. Da sie aber Belinda nicht gut den ganzen Tag über in der kleinen, engen Hütte einsperren konnte, blieb Clair nichts anderes übrig, als zu hoffen, dass sie Belindas Verehrer demnächst als Opfer eines Unfalls wiedersehen würde. Hielten diese liebeshungrigen Idioten unvorsichtigerweise an Clairs Tankstelle, so half sie dem Schicksal gern ein bisschen nach. Ein kurzer Blick unter die Motorhaube, ein paar Handgriffe, und der Schmalspurcasanova wickelte sich entweder um den nächsten Telegrafenmast oder sein hübscher Schlitten ging spätestens am Zabriskie Point in die Luft.

Clair hielt sich für Zerberus höchstpersönlich, nicht nur wegen Belinda, sie bewachte auch die Wüste. Jeder musste sie passieren, bevor er sich in diese unmenschliche Gegend wagte. Sie war der Vorposten, die letzte Warnung. Auch die beiden von heute Nacht hatten ihren Leichtsinn teuer bezahlt. Zufrieden betrachtete Clair im Rückspiegel die Ladefläche ihres Pick-up.

Sie hatte im Laufe der Jahre gelernt, die Wüste zu respektieren, sie verstand ihre Sprache und kannte ihre Launen. Stundenlang saß sie im Schatten der großen Reklametafel, wartete auf ein Auto und schloss mit Belinda Wetten ab, ob es dieser oder jener Wagen schaffen würde. Clair gewann fast alle Wetten, sie besaß einen guten Blick für Autos und erkannte bereits an der Fahrweise, ob einer durchkommen oder demnächst ihre Sammlung bereichern würde. Dieses Spiel wurde ihr nie langweilig. Auch Belinda schien es Spaß zu machen, obwohl sie sich nie darüber äußerte. Ihre letzte Wette betraf eine rote Corvette. »Zwei George Washington, dass der Rote höchstens bis Baker kommt. Selbst wenn die Maschine durchhält, eine Glatze hält keine fünfzig Grad im Schatten aus – tippe auf Gehirnschlag.« Belinda widersprach zwar nicht, aber Clair schloss aus ihrem Gesichtsausdruck, dass sie die Wette annahm.

Die Corvette liebkoste drei Kilometer nach der Tankstelle einen Kaktus. Der Glatzkopf war, ein seliges Lächeln auf den farblosen Lippen, friedlich entschlummert.

Feucht und schwül brach der Tag an. Der Sand, gestern noch wie Asche, schien frisch gereinigt durch die Nacht. Clair kehrte von ihrem erfolgreichen Streifzug zurück und verabschiedete sich von der Wüste mit einem respektvollen Hupen. Als sie sich ihrer Tankstelle näherte, erblickte sie einen fremden Lkw und zwei Männer, die sich an der überdimensionalen Plakatwand zu schaffen machten. Einer stand oben auf den Stützen, der andere reichte ihm das Werkzeug.

Clair stieg auf die Bremse, würgte den Motor ab und schnappte sich ihr Gewehr, das immer griffbereit auf dem Beifahrersitz lag. Sie lud durch und sprang aus dem Wagen. Langsam, die Flinte im Anschlag, näherte sie sich der Reklametafel. Die Mündung zielte auf den Mann am Gerüst.

»Lasst eure dreckigen Pfoten von meinem Plakat!«

Die Arbeiter schenkten ihr keinerlei Beachtung.

»Wenn ihr mein Baby nicht sofort in Ruhe lasst, knall ich euch ab.«

Der eine hatte nur ein mitleidiges Lächeln für sie übrig, der andere rief: »Hau ab, blöde Kuh!«

Ein Warnschuss, der äußerst knapp an seinem rechten Ohrläppchen vorbeizischte, überzeugte ihn schließlich doch. Beide Männer beeilten sich, einen möglichst großen Abstand zwischen sich und diese Verrückte zu bringen.

»Wir kommen wieder, darauf kannst du Gift nehmen«, versprach der Fahrer, als er sich sicher aufgehoben in der Kabine seines Lasters wähnte. Von einer Frau ließen sich zwei Kerle wie sie nicht so ohne weiteres in die Flucht jagen.

Clair durchlöcherte die Brems- und Rücklichter des Wagens mit vier gezielten Schüssen. Dann kümmerte sie sich um ihre Freundin.

Belinda lächelte sie dankbar an. Doch ihr Lächeln kam Clair heute weniger strahlend vor. Dieser Entführungsversuch musste auch ihr einen gehörigen Schreck eingejagt haben.

Die hübsche Blondine mit dem nichts sagenden Puppengesicht lag faul in einem bunt gestreiften Liegestuhl. Der üppige Frauenkörper füllte fast die gesamte Plakatfläche der Wäschefirma Belinda. Hinter der Schönen tobte, verschwommen und unscharf, die Brandung. Die Blonde war halb nackt und bot sich in verführerischer Pose dar. Ihre berauschenden Schenkel waren aufreizend gespreizt und ihr stattlicher Busen wurde nur notdürftig von einem zarten Büstenhalter aus hauchdünner Spitze bedeckt. Auch ihr winziges Höschen zeigte mehr her als erlaubt war. Mit einer Hand versuchte sie, ihre Blöße zu bedecken, aber selbst diese verschämte Geste wirkte obszön. Ihre Lippen waren leicht geöffnet, einladend war auch ihr Blick.

Clair zitterte vor Empörung und benötigte eine halbe Flasche Whisky, um sich zu beruhigen. Sie konnte ihrer Freundin den Vorwurf nicht ersparen, mit ihrer koketten Art diesen Angriff geradezu herausgefordert zu haben. Insgeheim verfluchte sie auch ihre eigene Gutmütigkeit. Sie hätte die beiden Kerle nicht laufen lassen dürfen, obwohl dann vielleicht andere, noch gefährlichere, gekommen wären. Sie wusste, sie würden immer wieder kommen und versuchen, ihr Belinda wegzunehmen.

Mit geladenem Gewehr marschierte sie vor der Reklametafel auf und ab und zerbrach sich den Kopf darüber, wie sie Belinda in Zukunft vor solchen Attacken schützen könnte. Und während einer dieser abendlichen Patrouillen kam ihr dann die rettende Idee.

Seltsame Geräusche tönten durch die Nacht, es hörte sich an wie das Schnarchen einer ganzen Kompanie. Am nächsten Morgen war die Plakatwand verschwunden. Das nackte Gerüst schaukelte einsam im Wind.

Belindas edle Körperteile schmückten nun die kleine Bar. Ihr hübsches Gesicht ließ den hässlichen, alten Eiskasten in neuem Glanz erstrahlen, Marlboro und Lucky Strike hatten ihren ausladenden Hüften weichen müssen, mit ihren langen, wohlgeformten Beinen hatte Clair die kleine Schlafnische austapeziert, und die gewaltigen Brüste ihrer Freundin baumelten jetzt über der Theke.

# Nachtschwärmer

Der Himmel über der Stadt ist schwarz. Der Mond versteckt sich hinter den Wolken. Regen und eisiger Wind fegen die Straßen leer.

Eine Frau drückt sich an den Hausmauern entlang. Die schwere Handtasche fest an die Brust gepresst, sucht sie Schutz unter Dächern und Mauervorsprüngen. Durch die dünnen Ledersohlen ihrer hochhackigen Schuhe dringt die Kälte des Pflasters.

Geschäfte, Restaurants, selbst die Kinos haben geschlossen. Nur Wickis Bar ist offen. Grelles Neonlicht strömt aus dem Lokal und verwandelt den Gehsteig in eine silbern spiegelnde Fläche.

Rasch schließt sie die Tür hinter sich und steuert auf die Theke zu. Das Klappern ihrer hohen Absätze stört die Stille in dem fast leeren Lokal.

Sogar Wickis Stammgäste sitzen am Heiligen Abend brav zu Hause vor ihren Fernsehapparaten, brummen »Stille Nacht, heilige Nacht« und stopfen Truthahn oder Karpfen in sich hinein. Die einen betrinken sich mit Bier, die anderen mit Champagner. Sie mag weder Bier noch Champagner.

Der Barkeeper begrüßt sie mit einem freundlichen Lächeln. Seine gelben, vorstehenden Zähne verleihen seinem Grinsen eine besondere Note. Er erinnert sie an ein kleines, fettes Häschen. Heute ziert noch dazu ein dürftiger Wattebart sein Kinn und seine Glatze versteckt sich unter einer roten Zipfelmütze. Nicht einmal in Wickis Bar bleibt sie vor Weihnachten verschont.

Wie allen einsamen Menschen graut ihr vor diesen Feiertagen. »Einfach ignorieren«, empfahl ihr letzter Therapeut. Aber wenn die ganze Stadt in weihnachtliche Hysterie verfällt, ist das leichter gesagt als getan. Dieses Jahr verzichtete sie auf professionelle Hilfe, versuchte es mit Selbsthilfe und bis jetzt blieb ihr die übliche vorweihnachtliche Depression erspart. Doch Wickis lächerliche Verkleidung ruft wieder dieses wohlbekannte Gefühl der Leere und Verlassenheit hervor.

Am liebsten würde sie gleich umkehren. Da jedoch weit und breit keine andere Bar geöffnet hat, muss sie wohl, wenn sie nicht auf ihren

Whisky verzichten will, hier ausharren. Und Whisky ist nun einmal ein wichtiger Bestandteil ihres Therapieplans.

Sie setzt sich auf einen mit rotem Kunstleder überzogenen Barhocker, legt ihre Handtasche auf den Hocker neben sich, fährt mit den Fingern durch ihr zerzaustes Haar und nimmt sich vor, die lächerliche Verkleidung des kleinen Barkeepers einfach zu übersehen.

Wickis stattlicher Bauch befindet sich in Höhe der Theke. Aber sie lässt sich nicht täuschen. Sie weiß, dass er auf einem Podest steht und dadurch um mindestens dreißig Zentimeter größer wirkt – was seine Chancen bei den weiblichen Gästen wesentlich erhöht, allerdings nur solange er hinter der Theke steht und sie bedient. Er leidet schwer unter seiner nicht vorhandenen Größe. Kaum aus den Kinderschuhen, hörte er auf zu wachsen. Jeder Bissen schlug sich fortan auf seine Leibesmitte.

»Scheußliches Wetter«, sagt er, noch immer von einem Ohr zum anderen grinsend.

Affektiert zieht sie ihre schmalen Brauen hoch. »Das schönste Fest des Jahres verdient nichts Besseres.« Ihre Stimme klingt, als hätte sie schon ein paar Whiskys gekippt.

In Wickis Bar ist es nicht viel wärmer als draußen. Der schmale, schwarze Kohlenofen sorgt höchstens dafür, dass der Whisky nicht einfriert. Der Barkeeper spendiert ihr auf Kosten des Hauses einen Doppelten zum Aufwärmen. Er verhält sich immer besonders nett und zuvorkommend zu alleinstehenden Damen. Dass sie eine Dame ist, steht für ihn außer Frage, obwohl sie sich den Luxus, der einer Dame gebührt, längst nicht mehr leisten kann. Vor einem Monat ist sie zum ersten Mal bei ihm aufgetaucht. Seither kommt sie fast jeden Abend. Wahrscheinlich ist sie erst vor Kurzem in diese Gegend gezogen.

Er weiß so gut wie nichts über sie. Eine Professionelle ist sie auf keinen Fall – die kann er schon von Weitem riechen. Ihr Parfum ist teuer und nicht zu aufdringlich. Auch ihr Benehmen ist immer tadellos. Selbst wenn sie zu viel getrunken hat, weiß sie Haltung zu bewahren. Unnahbar und gelangweilt hängt sie dann an der Theke und hält Männer, die ihr missfallen, mit blasierten Blicken auf Distanz. Noch nie verließ sie das Lokal in männlicher Begleitung.

Neben ihr steht ein Mann. Er ist groß, hager und nicht mehr jung. Den Kopf auf die Arme gestützt, starrt er in ein halb volles Bierglas. Er hat nicht einmal aufgeschaut, als sie das Lokal betrat. Sie mustert ihn abschätzend.

Wicki schenkt ihr unaufgefordert nach.

Ihre graugrünen Augen sind leblos und leer. Die Krähenfüße hat sie notdürftig überschminkt, aber das erbarmungslose Licht gibt jede Falte preis.

Sie bemüht sich, nicht ununterbrochen in den Spiegel hinter den Regalen zu starren, doch der Spiegel zieht ihre Blicke magisch an.

Die Theke aus warmem, braunem Nussholz ist das einzig Gemütliche in diesem sterilen Lokal. In der Ecke neben der Eingangstür stehen zwei winzige Tische, an denen nie jemand sitzt. Eine Musikbox und ein Spielautomat ergänzen das karge Interieur. Durch eine Fensterfront, die die ganze Breite des Lokals einnimmt, sind die Gäste den neugierigen Blicken von der Straße ausgeliefert. Aber an diesem Abend ist niemand unterwegs. Die Stadt wirkt wie ausgestorben. Nur der Regen trommelt an die Glasscheibe.

Sie dreht sich um, hofft, es würde sich vielleicht doch noch ein später Passant in Wickis Bar verirren.

Der Barkeeper scheint Gedanken lesen zu können. »Bei diesem Wetter wagt sich nicht einmal ein Hund auf die Straße«, kommentiert er ihren sehnsüchtigen Blick.

Draußen tobt jetzt ein orkanartiger Sturm. Der Wind reißt Zeitungsständer und Verkehrszeichen um und wühlt den Dreck im Rinnstein auf.

Heiliger Abend allein zu Hause, das hält sie nicht aus. Bei Wicki glaubt sie, der Einsamkeit entkommen zu können. Selbst wenn sie ihm nur mit einem Ohr zuhört, erscheint ihr die Langeweile erträglicher. Früher hätte sie sich allerdings nie träumen lassen, dass sie eines Tages froh sein würde, Weihnachten in Gesellschaft eines kleinen, redseligen Mannes namens Wicki zu verbringen.

Sie schenkt dem Mann, der neben ihr an der Theke lehnt, einen zweiten Blick. Er würde an Jahren sehr gut zu ihr passen. Sie ist noch nicht in dem Alter, in dem Frauen jüngere Männer zu schätzen wissen. Unter seinem dunkelbraunen Hut schauen ein paar hellgraue Haare hervor, aber sein Schnurrbart ist schwarz und dicht. Wie lächerlich wirkt dagegen Wickis blondes Bärtchen. Der spärliche Haarwuchs über seiner Oberlippe macht sein Milchgesicht auch nicht männlicher. Und mit dem verrutschten Wattebart auf seinem Kinn sieht er erst recht wie ein alberner Gartenzwerg aus.

Als es ihr endlich gelingt, dem Blick des Fremden im Spiegel zu begegnen, fühlt sie sich angenehm erregt. Blaue Augen, eine große, leicht gekrümmte Nase – eine sehr männliche Nase …

Wicki schaltet das Kofferradio ein. Weihnachtslieder.

Sie beginnt den Whisky bereits zu spüren. Als der Fremde gerade wieder einmal aufschaut, versucht sie es mit einem Lächeln.

Er blickt sich um, als konnte er nicht glauben, dass dieses Lächeln ihm gilt. Seine Schüchternheit irritiert sie, doch sie hört nicht auf zu lächeln. All die Müdigkeit einer blonden, alternden Frau liegt in diesem Lächeln.

Sie fragt sich, was so ein solider und seriös aussehender Mann am Heiligen Abend in dieser miesen, kleinen Bar zu suchen hat. Ein alleinstehender Mann, der seinen Weltschmerz in Bier ertränkt?

Während sie ihn von Herzen bedauert, vergisst sie völlig darauf, dass eigentlich auch sie nicht hierher gehört. Noch gelingt es ihr, Gesicht und Körper in Form zu halten. Vielleicht kleidet sie sich eine Spur zu jugendlich und hat zu viel Farbe im Gesicht, aber in ihrem blonden Haar sieht man noch keine graue Strähne. Sie hat es geschickt frisiert, am Hinterkopf toupiert, um Fülle vorzutäuschen.

»Einen Weihnachtspunsch, Madame?« Angeekelt schüttelt sie den Kopf und bestellt noch einen doppelten Whisky.

»Fröhliche Weihnachten!« Wicki prostet ihr mit einem Fernet zu. »Haben Sie heute schon Zeitung gelesen? Der Killer hat wieder zugeschlagen, zum vierten Mal, glaube ich …«

»Wollen Sie mir Angst machen?«

›Aber nein, er hat es doch nur auf Weihnachtsmänner abgesehen. Sie haben nichts zu befürchten. Trotzdem würde ich an ihrer Stelle abends nicht mehr allein nach Hause gehen.«

»Ja, ja, ich weiß«, murmelt sie gereizt.

»Keine Angst, ich passe schon auf Sie auf.« Er zwinkert ihr verschwörerisch zu. Aber sein Scherz verpufft, entlockt ihr kein Lächeln.

»Ich kann ganz gut selbst auf mich aufpassen«, sagt sie und klopft auf ihre pralle Handtasche.

Mühsam darauf bedacht, Wickis Blicken auszuweichen, beobachtet sie den Fremden im Spiegel. Sie hat nur mehr Augen für ihn.

Resigniert dreht Wicki das Radio lauter und beginnt die Gläser abzuwaschen. »White Christmas« – was für eine Farce! Laut Wettervorhersage werden die Feiertage zwar stürmisch und kalt, aber schneefrei sein. Unermüdlich trällert der kleine Barkeeper den Refrain.

Der gute alte Wicki geht ihr heute Abend besonders auf die Nerven. Verärgert kehrt sie ihm den Rücken zu und starrt den Mann mit den blauen Augen völlig ungeniert an. Sie hat nicht gelernt, auf einen Mann, der ihr gefällt, einfach zuzugehen. Auch fehlt es ihr an Mut, ihn anzusprechen. Er könnte sie für eine Prostituierte halten und das wäre ihr in höchstem Maße unangenehm. So weit ist es mit ihr noch nicht gekommen. Sie macht es nicht für Geld, sondern nur aus Lust und um nicht so allein zu sein. Außerdem hat sie schon sehr lange keinen Mann gehabt. Gut aussehende Männer im passenden Alter sind eine Rarität. Sie kann sich nicht damit abfinden, dass nur mehr alte Knacker oder unappetitliche Komplexler auf sie abfahren. Für unattraktive Männer hat sie nie was übrig gehabt. Der Fremde geht auf die Toilette. Er bewegt sich wie ein junger Mann.

Wicki beugt sich über die Theke und flüstert: »Ein komischer Typ, er hat den ganzen Abend lang geschwiegen.«

»Na und? Geschwätzige Männer sind sowieso das Letzte.«

»Trotzdem, seien Sie vorsichtig, Sie wissen ja …«

Sie stöhnt genervt.

»Ich meine es nur gut mit Ihnen. Keiner weiß, wie dieser Mörder aussieht, es gibt ja keine Zeugen mehr. Haben Sie gelesen, wie er die armen Kerle zugerichtet hat? Angeblich hat er sie nicht nur gefesselt und stundenlang gefoltert, sondern sie richtiggehend massakriert, sogar die Schwänze soll er ihnen abgeschnitten haben …«

»Reine Hirngespinste«, unterbricht sie ihn. »Im Fernsehen haben sie Bilder von den Opfern gezeigt. Zwar haben alle drei auffallend hässlich ausgesehen, aber es schien noch alles dran zu sein.«

»Die Polizei hält sich aber bedeckt, erzählt den Presseleuten keine schmutzigen Details, so einiges sickert jedoch immer wieder durch.«

»Alles Märchen, Wicki. Soviel ich weiß, hatten sie nur ein paar Kugeln in ihren fetten Bäuchen.«

»Auch keine angenehme Vorstellung.« Er streichelt grinsend sein Bäuchlein. »Spaß beiseite. Jedenfalls hat er immer erst nach Mitternacht getötet und nur einen pro Woche. Diese Woche hat noch keiner dran glauben müssen.«

»Die Woche hat ja gerade erst begonnen«, wirft sie scherzhaft ein.

Doch jetzt bleibt Wicki ernst. »In den Zeitungen ist gestanden, dass die Stadt heuer von Weihnachtsmännern geradezu überschwemmt wird. In der Branche tobt ein beinharter Konkurrenzkampf. Die Verleihfirmen versuchen einander mit Billigstangeboten auszutricksen. Aber ich glaube nicht, dass es sich tatsächlich um einen Branchenkrieg handelt. Bestimmt ist das irgend so ein Verrückter, der einen Hass auf Weihnachtsmänner hat. Wenn Sie mich fragen ...«

»Aber ich frage Sie nicht«, versucht sie, ihn endlich zum Schweigen zu bringen.

Der Barkeeper blickt sie missbilligend an, fährt aber dann in väterlichem Ton fort: »Wer weiß, ob er sich wirklich mit Weihnachtsmännern begnügt. Wenn ich Sie wäre, würde ich mich jedenfalls in nächster Zeit nicht mit einem Fremden einlassen.«

»Ich finde, es geht Sie einen feuchten Dreck an, mit wem ich mich einlasse«, faucht sie böse und begrüßt den fremden Mann, der gerade von der Toilette zurückkommt, mit einem koketten Blick. Er erwidert ihn beinahe vorwurfsvoll.

Sie zieht ihren Pelzmantel aus, legt ihn auf ihre Handtasche und schlägt ihre langen, schlanken Beine übereinander. Ihr schwarzes Kleid entspricht nicht der neuesten Mode wie ihr Mantel, außerdem ist es zu elegant für diese Bar. Raffiniert dekolletiert und aus weichem, fließendem Material schmiegt es sich eng an ihren wohlgeformten Körper. Sie beugt sieh vor und bietet dem großen, hageren Gast den schönsten Ausblick, den er sich nur wünschen kann. Allein Wicki profitiert davon. Lüstern leckt er sich die Lippen. Wenigstens er weiß ihre Reize zu schätzen.

Sie lässt ihre Wut an der unschuldigen und zum Glück leeren Zigarettenschachtel aus, bittet den Barkeeper um ein neues Päckchen und besteht darauf, die Zigaretten sofort zu bezahlen. Das Wechselgeld lässt sie sich rausgeben. Dann rutscht sie vom Hocker und geht zur Musikbox. Im Vorbeigehen streift sie den Fremden mit der Hüfte. Hätte er nicht seinen Mantelkragen aufgestellt, würde er ihren Atem im Nacken spüren.

»Are you lonely tonight« übertönt die langweiligen Weihnachtslieder. Deutlicher kann sie es fast nicht sagen. Wenn er diese Sprache auch nicht versteht …? Ihre Bewegungen sind einladend, aber sie wartet vergeblich.

Wicki dreht das Radio ab.

Als sie sich wieder hinsetzt, rückt sie ihren Hocker näher an den Mann im grauen Trenchcoat heran. Doch er bleibt unempfänglich für ihre kläglichen Versuche, seine Aufmerksamkeit zu erregen.

Sie nimmt eine Zigarette aus der neuen Packung und will ihn um Feuer bitten, zögert aber eine Sekunde zu lang. Wicki ist schnell mit dem Feuer zur Hand. Obwohl er selbst nicht raucht, trägt er immer ein Feuerzeug bei sich.

Nach ein paar Zügen dämpft sie die Zigarette wieder aus.

Der Mann mit den grauen Schläfen raucht eine starke, filterlose Marke, in ihren Augen ein weiteres Indiz für seine Männlichkeit.

Quietschende Autoreifen, blendendes Scheinwerferlicht.

»Eines Tages wird einer die Kurve nicht kriegen und mitten in meinem Laden landen«, scherzt Wicki.

Der gut aussehende Gast lächelt pflichtschuldig.

»Die Kreuzung ist total unübersichtlich«, steigt sie dankbar auf das unverfängliche Thema ein. Doch es bleibt ihr überlassen, sich mit dem Barkeeper über potenzielle schwere Unfälle zu unterhalten.

Die Zeiger der Uhr rücken auf eins vor. Wicki schließt üblicherweise um zwei. Wenn sie Pech hat, macht er heute Nacht den Laden schon früher dicht. Das Geschäft lohnt sich nicht.

»Noch einen Whisky.« Sie nimmt sich vor, ihn langsam zu trinken. Aber vielleicht sollte sie besser mit dem Trinken aufhören, der Barkeeper nimmt bereits das doppelte Format an und die Flaschen im Regal schwanken bedenklich.

Der schweigsame Fremde bestellt noch ein Bier.

Sie stürzt ihren Whisky in einem Zug hinunter. »Und jetzt brauche ich dringend einen Kaffee, Wicki.«

Ihr Verlangen ist so stark, dass sie Angst bekommt, ihre gute Erziehung zu vergessen. Sie greift nach der nächsten Zigarette.

Als sie sich weit zu dem Fremden hinüberbeugt und ihn um Feuer bittet, rutscht sie fast vom Hocker. Verzweifelt klammert sie sich an seinen Arm.

Er gibt ihr Feuer, schaut ihr sogar in die Augen. Doch sein Blick bleibt teilnahmslos. Dann schüttelt er ihren Arm ab, steckt sich ebenfalls eine Zigarette an und starrt wieder in sein Glas. Am liebsten würde sie ihm ins Gesicht schreien, dass sie diese heilige Nacht mit ihm beenden will.

Der Barkeeper quittiert die begehrlichen Blicke, die sie an den Mann mit den blauen Augen verschwendet, mit einem Seufzer. Als er ihr den Kaffee reicht, tätschelt er tröstend ihre Hand.

»Nehmen Sie sich in Acht!«

»Halten Sie endlich den Mund! Mit dieser komischen Maskerade sind Sie viel gefährdeter als ich.«

Entschlossen, ihn nicht weiter zu beachten, öffnet sie ihre Handtasche. Wicki versucht einen Blick auf den Inhalt zu erhaschen. Das Innenleben von Damenhandtaschen erregt immer wieder seine Neugier.

Doch sie gewährt ihm keine intimen Einblicke, nimmt einen karmesinroten Lippenstift heraus, zieht ihre Lippen nach und malt auch zwei runde Kreise auf ihre Wangen.

»Eine Serviette, Wicki!«

Geschickt verwischt sie den Lippenstift auf ihren Wangen und entfernt auch das überschüssige Rot aus ihren Mundwinkeln. Dann zieht sie die Lippen erneut nach, presst sie aufeinander und betrachtet ihr Werk zufrieden im Spiegel hinter der Theke. In den blank geputzten Chromleisten der Regale spiegelt sich ihr Gesicht gespenstisch verzerrt wider.

Wicki, der ihr beim Schminken bewundernd zugesehen hat, sieht erneut seine Chance gekommen. »Sie müssen etwas essen. Ich habe noch ein paar Hamburger in der Tiefkühltruhe. Nicht gerade ein Festtagsmenü, aber den Magen füllen sie auch.«

Sie schüttelt den Kopf. Ihr ist ohnehin schon schlecht. Allein bei dem Gedanken an die vor Fett nur so triefenden Hamburger befürchtet sie, sich übergeben zu müssen.

Doch so schnell ist Wicki nicht gewillt, sei Lieblingsthema wieder fallen zu lassen. »Ich werde uns ein richtig hübsches Weihnachtsmenü auf den Tisch zaubern. Hamburger mit Pommes frites und viel Ketchup, und ein bisschen Cocktailsauce müsste auch noch da sein … In seinem Eifer bemerkt er nicht, dass sie ihm längst nicht mehr zuhört.

Sie sehnt sich nach dem fremden Körper, der sich vage unter dem zerknitterten Trenchcoat abzeichnet, ist überzeugt, dass der Mann neben ihr einen jugendlichen Körper besitzt, durchtrainiert, drahtig und unverbraucht. Nur eine Nacht mit ihm …

Der Rocksaum ihres Kleides rutscht höher, legt ihre Schenkel bloß. Zärtlich streichelt sie ihre schönen Beine. Ihre Handflächen werden feucht. Plötzlich findet sie die Bar überheizt. Der Blick schmachtend und seltsam entrückt, die Lippen leicht geöffnet, bietet sie ein Bild reiner Begierde.

Wicki glaubt zu träumen, fasziniert starrt er auf das gerötete Fleisch, das zwischen den Bändern ihres Strumpfgürtels hervorquillt.

Es ist ihm nicht vergönnt, sich länger an diesem hinreißenden Anblick zu erfreuen. Ein eisiger Luftzug. Drei Augenpaare blicken zur Tür. Ein dicker Weihnachtsmann torkelt, »Scheiß-Weihnachten« grölend, ins Lokal. Unsicher steuert er auf die Theke zu, stolpert über seinen langen, roten Mantel und landet, mit dem Gesicht voran, im Schoß der blonden Frau.

»Hallo, Süße.« Er umarmt sie wie eine alte Bekannte, haucht ihr seinen stinkenden Atem ins Gesicht. Angeekelt stößt sie ihn weg.

»So schön bist du auch wieder nicht«, sagt er lachend, legt erneut seinen Arm um ihre Hüften und drückt sie fest an seine breite Brust.

Vergeblich versucht sie sich aus seiner Umklammerung zu befreien.

»Wenn Sie die Dame nicht sofort in Ruhe lassen, rufe ich die Polizei«, droht Wicki.

»Einen Schmatz und einen Schnaps zum Feierabend«, lallt der besoffene Weihnachtsmann. Seine feuchten Lippen streifen ihren Mund.

Sie revanchiert sich mit einer Ohrfeige. »Alte Schachtel …«

Die Hälfte ihres Kaffees rinnt über seine geröteten Wangen und tropft auf seinen langen, weißen Bart. Fluchend wischt er die braune Brühe von den Wangen und erhebt drohend die Hand.

Sie greift nach ihrer Handtasche.

Wicki weiß jedoch, was er seinen weiblichen Gästen schuldig ist. Bevor sie noch den Reißverschluss ihrer Tasche geöffnet hat, kommt er, mit einer Whiskyflasche in der Hand, hinter der Theke hervor.

»Verlassen Sie sofort mein Lokal!« Er schwingt die Flasche wie eine Keule und scheint fest entschlossen, sie auf dem Kopf des Betrunkenen zu zertrümmern.

Sie deutet auf die beiden dicken Männer, kreischt: »Hilfe, ich seh' doppelt«, und bricht in hysterisches Gelächter aus. Sie lacht sehr laut, kann überhaupt nicht mehr aufhören zu lachen.

Der Weihnachtsmann starrt sie eine Welle völlig entgeistert an, dann wankt er zur Tür.

Der seltsame Gast hat die Szene aufmerksam beobachtet, sich jedoch nicht eingemischt. Sein Glas ist fast leer. Er legt einen Schein auf die Theke und verlässt kurz nach dem betrunkenen Weihnachtsmann grußlos und ohne sich noch einmal umzusehen die Bar.

Sie hört auf zu lachen, schlüpft in ihren Mantel, klemmt sich die Handtasche unter den Arm und trifft Anstalten, ihm nachzulaufen.

Wicki hält sie zurück. Ein listiges Lächeln erscheint auf seinen Lippen. Und während er leise auf sie einredet, steckt er die Whiskyflasche in seine linke und eine Flasche Fernet in seine rechte Jackentasche.

»Lassen Sie uns bei mir noch ein Gläschen trinken. Sie müssen sich unbedingt meinen Gummibaum ansehen. Ich habe ihn aufgeputzt – jetzt kommt er sich wie ein echter Weihnachtsbaum vor.«

Er nimmt die rote Zipfelmütze ab, wirft einen Blick in den Spiegel hinter den Regalen und setzt die Mütze wieder auf. »Wird schon nichts passieren. Außerdem habe ich ja eine Beschützerin.« Er zwinkert ihr belustigt zu. Dann schließt er die Kasse und löscht das Licht.

Sie verlässt die Bar gemeinsam mit Wicki, der um einen Kopf kleiner ist als sie und viel zu dick.

Der Fremde, der hinter dem Zeitungskiosk auf sie gewartet hat, folgt ihnen unauffällig, aber sorgsam darauf bedacht, das ungleiche Pärchen nicht aus den Augen zu verlieren.

Er hat die Schöne schon länger in Verdacht. Bisher war sie immer schneller als er, außerdem mangelte es ihm an Beweisen. »Aber du bist ein prächtiger Lockvogel, kleiner Mann«, murmelt der geheimnisvolle Fremde, der kein einsamer Spinner ist und auch kein Mörder, sondern ein fleißiger Kommissar auf der richtigen Spur.

**Edith Kneifl (Hg.)**
**TATORT WIEN**
**Kriminalgeschichten**
Br., 280 S.
ISBN 3-85286-124-1

18 Kriminalgeschichten aus der Feder der österreichischen Sisters in Crime: Ein Feuerwerk an spannender Unterhaltung und ein grandioser Streifzug durch die mörderische Literaturlandschaft Wiens.
Von der harten, realistisch erzählten Crime-Story bis zur poetischen Vignette – in diesem Band sind sie alle vereint.

**Edith Kneifl (Hg.)**
**MÖRDERISCH UNTERWEGS**
**Von Berlin bis Mexico City**
**Kriminalgeschichten**
Br., 304 S.
ISBN 3-85286-124-1

Nach der erfolgreichen Anthologie »Tatort Wien« legt Edith Kneifl jetzt einen brandneuen Sammelband mit atemberaubend spannenden Geschichten aus der Feder von 21 renommierten Autorinnen des deutschsprachigen Raumes vor.
Gemordet wird in Städten weltweit – von Wien aus über Zürich quer durch Deutschland gen Osten und Süden bis auf die Kanaren – und dies ist nur ein Ausschnitt aus den mörderischen Streifzügen, zu denen uns die Autorinnen einladen.
Genrebreaker und klassische Whodunnits – auch in diesen neuen Geschichten werden mit Lust und Esprit Grenzen gesprengt, Tabus gebrochen und Regeln ad absurdum geführt.
Spannung und Genuss pur!